Andrea Lee

Vollmond über Mailand

Andrea Lee

Vollmond über Mailand

Storys DuMont

Aus dem Englischen von Angela Praesent

Die Originalausgabe erschien 2002 unter dem Titel
Interesting Women bei Random House, New York

Erste Auflage 2003

Ausstattung und Umschlag: Groothuis, Lohfert, Consorten (Hamburg)
Gesetzt aus der FF Quadraat und der BellGothic
Gedruckt auf säurefreiem und chlorfrei gebleichtem Papier
Satz: FAGOTT, Ffm
Druck und Verarbeitung: Clausen & Bosse, Leck
Printed in Germany
ISBN 3-8321-7823-6

PINKERTON (con franchezza):
Dovunque al mondo lo Yankee vagabondo si gode e traffica
sprezzando i rischi. Affonda l'ancora alla ventura

Luigi Illica, Giuseppe Giacosa, *Madame Butterfly*

Für Alexandra, die ihres zweiten Vornamens würdig ist,
und für Ruggero und Charles, i miei uomini interessanti

Das Geburtstagsgeschenk

Ein Mobiltelefon klingelt, irgendwo in Mailand. So viel weiß Ariel. Oder doch nicht? Das Telefon könnte seine elektronischen Mozart- oder Bacharach-Takte auch an den waldigen Ufern des Comer Sees trällern, in einer protzigen großen Villa mit Wachhunden und Kameraüberwachung. Oder in einer überteuerten Hotelsuite in Portofino. Oder, warum denn nicht, irgendwo auf den Äolischen Inseln, auf Ischia oder Sardinien? Es ist Ende September, und noch schmiegen sich überall am Mittelmeer die Yachten von Politikern, Waffenhändlern und panslawischen Gangstern dicht aneinander, im nachsichtigen goldenen Licht von Häfen, in denen die Kalender der werktätigen Massen nichts bedeuten. Wahr ist, dass das Telefon überall auf der Welt klingeln könnte, wo es reiche Männer gibt.

Lieber stellt sich Ariel aber Mailand vor, die nächste Großstadt für das ländliche Brianza, wo sie mit ihrer Familie in einem restaurierten Bauernhof wohnt. Und sie versucht angestrengt, sich das kleine Telefon auf einem Tisch in einer Wohnung vorzustellen, die derjenigen gleicht, die sie vor fünfzehn Jahren mit ein paar anderen Mädchen geteilt hat, alle im letzten Studienjahr an der Georgetown University. Der erste Schritt fort vom Studentenwohnheim also – wie die Szenerie einer Seifenoper über junge Akademikerinnen, deren Sexleben zwar vertrackt, aber rührend unerwachsen und linkisch ist. Es wäre für Ariel allzu verstörend, sich vorzustellen, dass sie in einer Hochburg des zeitgenössischen Mailänder Luxus anruft, ähnlich den Wohnungen einiger ihrer neureichen Freunde: schimmernder Marmor, eigens angefertigte Mosaikböden, Holztäfelungen aus verblichenen Schlössern, die entmutigende Atmosphäre von frischem Geld, so gleichmäßig verstrichen wie Butter auf Toast.

Hmm – und wenn es doch so eine Wohnung wäre? Dann gäbe es, vermutet sie, berufsbedingte Modifikationen. Spiegel selbstverständlich und ein Bett von der Größe eines Handballfelds, mit einer Nutria-Überdecke und handlich angebrachten Fesselvorrichtungen. Vielleicht ein kleiner Kerker hinter dem Ankleidezimmer? In jedem Fall aber ein Bad mit marokkanischen Hammam-Wasserhähnen und ein antikes Taufbecken, zum Bidet umfunktioniert. Abgründig tiefe Wandschränke mit Strumpfbandgürteln und im Schritt geschlitzten Höschen, fetischistisch akkurat gefaltet und gestapelt. Und Schachteln voller spezieller Kondome, vielleicht nach Modell und Aroma sortiert. Werden sie en gros bestellt? Nach einem Katalog? Doch da kommt Ariel wieder zu sich, denn jemand geht ans Telefon.

»Pronto?« Die Stimme klingt jung, freundlich und eilig.

»Spreche ich mit Beba?« fragt Ariel in ihrem korrekten, aber schwerfälligen Italienisch, aus dem sie nie versucht hat, den amerikanischen Akzent zu tilgen.

»Ja«, sagt die Stimme mit einem Anflug von munterer Eile.

»Ich bin eine Freundin von Flavio Costaldo, und er hat mir erzählt, dass Sie und Ihre Freundin – Ihre Kollegin – vielleicht daran interessiert wären, einen Abend mit meinem Mann zu verbringen. Es geht um ein Geburtstagsgeschenk.«

Wenn eine Ehe in einem gewissen Stadium weilt – auf jenem nicht eben unbekannten Plateau, auf dem die Beteiligten einander nichts zu sagen haben –, vermögen sie manchmal gleichwohl gut zusammenzuleben. Akte des Großmuts zu vollbringen, die nicht unbedingt auf Verzweiflung hindeuten. Flavio hatte nicht vorgehabt, Ariel zu Taten anzuregen, als er ihr vorschlug, Roberto, ihrem Mann, »una fanciulla« – ein junges Mädchen – zum fünfundfünfzigsten Geburtstag zu schenken; wie gewöhnlich hatte er nur sticheln wollen. Flavio ist Robertos bester Freund, ein Filmproduzent aus Kalabrien, der es fünf, sechs Jahre zuvor aufgegeben hat, Ariel verführen zu wollen, und sich fortan mit einer Intimität begnügte, die darin bestand, dass er sie feinfühlig peinigte, wann immer sie sich begegneten. Ariel, eine großgewachsene Frau von siebenunddreißig Jahren mit einem frischen Gesicht, ist als Tochter eines Offiziers auf Armeestützpunkten überall auf der Welt aufgewachsen. Sie ist von einer klassischen amerikanischen Schönheit, die zugleich etwas Sprödes und Diensteifriges an sich hat, eine – das ist ihr wohl bewusst – nicht unerhebliche Schwachstelle: Auf Flughäfen treten manchmal Reisende in der Überzeugung an sie heran, sie halte sich von Berufs wegen dort auf. Auf Partys bleibt sie stets geduldig, wenn der unvermeidliche Pedant sich darüber auslässt, wie unpassend es für eine große, sich eher träge bewegende Schönheit doch sei, den Namen des flüchtigsten aller Geister zu tragen. Sie selbst ist der Meinung – die sie entschieden für sich behält, wie so viele ihrer Gedanken –, dass Shakespeares Ariel nicht nur ätherisch ist, sondern vor allem kompetent und treu, wie sie selbst es von Natur ist: eine Seltenheit überall auf der Welt, besonders aber in Italien. Sie ist für Roberto, einen altmodischen Haustyrann, die ideale – zweite – Frau. Und für Flavio das perfekte Opfer. Als er seinen Vorschlag machte, saßen sie im Garten des weitläufigen, modernen Landhauses von Flavios vierter Frau in einer bewachten Villensiedlung bei Como, und ihre jeweiligen Ehepartner hielten sich am anderen Ende der Terrasse auf und sahen sich Muster von Glasbausteinen an. Ariel brachte Flavio jedoch mühelos aus der Balance, indem sie lachte und die Idee aufgriff. Dabei ging ihr durch den Sinn, wie viel Zuneigung sie doch für den guten alten Flavio entwickelt hatte seit ihrer Anfangszeit in Italien, in der sie ihm nur den rituellen Abscheu der frisch verheirateten Ehefrau für den besten

Freund ihres Mannes entgegengebracht hatte. Inzwischen war sie eine mitfühlende Beobachterin seines heraufdämmernden Alters und dessen Begleitumstände, des karmischen Verhängnisses, das jedem überalterten Playboy droht: getönte bifokale Fliegerbrille und ein Reptilienteint; eine reiche, tyrannische Frau, die ihm eine strenge Diät von Treue und faden Speisen auferlegt; ein kleines braunes Notizbuch voller berühmter Kumpane, die ihn nicht mehr anrufen. An jenem Nachmittag hatte Ariel zum ersten Mal die Befriedigung erlebt, seine Gelassenheit abbröckeln zu sehen, als sie ihn lieb bat, ihr die Nummer des besten Callgirls von Mailand zu geben.

»Das ist doch nicht dein Ernst«, blubberte er. »Ariel, cara, du kennst mich schon so lange, da weißt du doch, dass ich nur gescherzt habe. Du bist doch keine ...«

»Komm mir nicht mit dieser mediterranen Nummer, Flavio – anständiges Mädchen hier, liederliches Mädchen da. Das ist ein bisschen überholt, selbst für deine Maßstäbe.«

»Du bist keine italienische Ehefrau, wollte ich nur sagen, und es gibt Nuancen, die du nie begreifen wirst, auch wenn du hundert Jahre hier gelebt hast.«

»Ach, bitte erspar mir das Ethnologische«, sagte Ariel. Sie genoss es, Flavio so durcheinander gebracht zu haben. Sein *fanciulla*-Einfall, auf den sie aus einem für sie untypischen schelmischen Impuls heraus eingegangen war, wurde auf einmal konkreter. »Gib mir einfach die Nummer.«

Flavio schwieg eine Weile und umfasste mit seinen fetten, sommersprossigen Händen sein Limoncello-Glas. »Ihr schlaft noch miteinander?«, fragte er auf einmal. »Stimmt da alles?«

»Ja. Und ja.«

»*Allora, che diavolo stai facendo?* Was zum Teufel soll das dann? Er ist dir nämlich treu, weißt du – kaum zu glauben bei einem solchen

Frauenheld; über seine erste Ehe weißt du ja Bescheid. Seit es dich gibt, hat es ein paar Ausrutscher gegeben, aber nichts von Bedeutung.«

Ariel nickte, nicht im mindesten gekränkt. Sie wusste von diesen Ausrutschern und hatte sie längst schon abgebucht als erwartbarer Teil des Lebens, das sie gewählt hatte und das ihr immer fremd bleiben würde.

Flavio seufzte und hob den Blick himmelwärts. »Va bene. Aber du musst sehr vorsichtig sein«, sagte er und sah rasch zum Ende der Terrasse zu seiner unermüdlich wachsamen Frau mit ihren goldenen Sandalen und ihrem anorektischen Körper. Einen Moment darauf fügte er noch eine rätselhafte Bemerkung an: »Na, wenigstens bist du katholisch. Das ist immerhin schon was.«

Also spricht Ariel nun, dank Flavios kleinem braunen Notizbuch, mit Beba. Beba – ein Kosename wie für ein Krabbelkind. Mitte zwanzig, ehemaliges Model. Brasilianerin, aber kein Transsexueller. Groß, dunkel. Arbeitet im Gespann mit einer russischen Blondine. »Die beiden sind so wundervoll, dass du meinst, du wärst in eine andere Sphäre eingetreten, wenn du sie siehst, in ein Paradies, wo alles einfach und göttlich ist«, hatte Flavio während eines ihrer Telefongespräche schwärmerisch gesagt; behagliche, der Planung dienende Plaudereien, die seine Frau misstrauisch machten und ihm erneut Gelegenheit gaben, Ariel zu ärgern. »Die eigentliche Gefahr besteht darin, dass Roberto sich in eine von ihnen verlieben könnte«, bemerkte er irgendwann leichtfertig. »Nein, wahrscheinlich doch nicht – dafür ist er zu knickrig.«

Mit Beba zu reden, ist im Vergleich dazu leicht. »Wie viele Männer?«, fragt Beba, sachlich wie ein Traiteur. In ihrer Stimme schwingt ein geheimnisvolles Glück mit, so dass Ariel versucht ist, dem nachzuspüren und mehr zu sagen, als sie normalerweise von sich geben würde; sie bemüht sich, diesem Impuls zu widerstehen. Aus Zeitschriftenartikeln weiß sie, dass Prostituierte einfach nur ohne große Umstände ihre Arbeit erledigen möchten, wie alle Leute.

»Nur mein Mann«, sagt Ariel und spürt, dass eine gelassene Kühnheit von ihr Besitz ergreift.

»Und Sie?«

Flavio hat Ariel erzählt, dass Beba bei reichen Mailänder Damen, die außerplanmäßige Spielchen schätzen, überaus beliebt ist. Wie die nirgendwo verzeichneten Adressen, an denen sie ihre Kashmere-Sachen kaufen und ihre Abtreibungen vornehmen lassen, ist Beba auf ihrem Gebiet Spitze und äußerst exklusiv. Flavio hatte Ariel gedrängt, sich doch zu beteiligen, und wissend gegluckst, als sie das ablehnte. Das Glucksen besagte, dass er, wie alle, Ariel für prüde hält. Das ist sie nicht – wenn diese Tatsache auch durch den fatal tüchtigen Eindruck verschleiert wird, den sie durch ihre Fähigkeit macht, Platzkärtchen zu schreiben, zweisprachige Töchter großzuziehen und hausgemachte Tagliatelle aufzutischen, die besser sind als die ihrer italienischen Schwiegermutter. Niemand ahnt jedoch, dass sie dieselbe Tüchtigkeit über die Jahre hin in viele, viele erotische Spiele mit dem erfahrenen, anspruchsvollen Roberto eingebracht hat. Auf ihrer Hochzeitsreise hatten sie in Bangkok eine Nacht mit zwei höflichen Teenagern verbracht, die aus dem nummerierten Angebot hinter einem großen Schaufenster ausgesucht worden waren. Doch das war vor zwölf Jahren, und obwohl es Ariel nicht ganz klar ist, was sie zu diesem Geburtstagsgeschenk bewegt, erkennt sie doch mit untrüglicher weiblicher Vernunft, dass sie nicht dazu vorgesehen ist, die Bühne mit zwei jungen Huren zu teilen, die wie Engel aussehen.

Der Plan sieht vor, dass Ariel sich mit Roberto zu einem Abendessen in der Stadt verabreden wird und dass ihm statt ihrer Beba und ihre Kollegin Gesellschaft leisten werden. Nach dem Essen werden die drei zu dem winzigen Appartement nicht weit vom Corso Venezia gehen, das Flavio weiterhin behält, seine einzige Geste der Unabhängigkeit von seiner Frau. Ariel hat auf einem Abendessen bestanden, obwohl Flavio dagegen war, und Beba hat sie mit einem Hauch von Amüsement wissen lassen, dass dadurch das Geschenk sehr viel teurer würde. Die meisten Kunden, sagte sie, verlangten kein Abendessen. Warum Ariel darauf besteht, dass ihr Mann gesellig mit zwei Nutten herumsitzen, Antipasti, zwei Gänge und Dessert bestellen soll, ist ein Rätsel, sogar für Ariel selbst. Und doch hat sie das Gefühl, so sei es richtig. So will sie es haben, und sie kann schließlich tun, was ihr passt, oder?

Als sie am Ende der Verhandlungen angekommen sind, hört Ariel sich zu ihrer Verlegenheit sagen: »Ich hoffe, Sie beide werden das Ganze sehr angenehm gestalten. Mein Mann ist ein wunderbarer Mensch.«

Und Beba, offenbar gewohnt, mit Ehefrauen zu reden, versichert ihr phänomenal geduldig, sie habe durchaus verstanden.

Als Ariel auflegt, klingelt das Telefon, und natürlich ist es ihre Mutter, die aus den Staaten anruft. »Na, endlich ist deine Leitung frei«, sagt ihre Mutter, die offenbar an etwas kaut, wahrscheinlich an einem Diät-Bagel, denn in Bethesda ist es acht Uhr morgens. »Mit wem in aller Welt hast du bloß so lange geredet?«

»Ich habe Robertos Geburtstagsparty arrangiert«, sagt Ariel gewandt. »Wir laden ein paar Leute zum Abendessen in den Golfclub ein.«

»Golf! Ich habe noch nie begriffen, wie du in Italien leben und so bieder sein kannst. Golf in Giottos Hügeln!«

»Giottos Hügel liegen in Umbrien, Mama. Wir sind hier in der Lombardei, also dürfen wir Golf spielen.«

Sie sieht ihre Mutter – im Gegensatz zu Beba – völlig klar vor sich: winzig, drahtig, als wären die Muskeln unter ihrer Porzellanhaut stählerne Gitarrensaiten. Stockgerade sitzt sie in der Küche ihrer Eigentumswohnung, angetan mit der schicken, unkonventionellen Uniform aus schwarzen Jeans und Kashmere-T-Shirt, in der sie ihr selbst ersonnenes Unternehmen dirigiert – schenkt man ihr Glauben, wurde sie zu der unglaublich erfolgreichen Vorortflotte von Vespakurieren durch ihren Lieblingsfilm *Ein Herz und eine Krone* inspiriert. Einen Kaffee mit Sojamilch vor sich, klopft sie mit einem farblos lackierten Fingernagel auf die Tischplatte, während ihre Kristall-und-Silber-Ohrringe beben und ihr Blick über Land und Ozean hinweg die Entfernung bis zu ihrer einzigen Tochter ermisst.

Was würde sie wohl sagen, wenn sie von dem vorangegangenen Telefongespräch wüsste? Fast sicher, vermutet Ariel, würde sie sich freuen über einen Akt, der auf jenen am Charakter ihrer Tochter stets vermissten Schwung hindeutet. Bereits als Ariel noch klein war, galt ihre beklagenswerte Konventionalität schon als ausgemachte Sache. Die Mutter selbst kostet ihre frische Witwenschaft mit bemerkenswertem Stil aus und ist mit einem viel jüngeren Lobbyisten befreundet, dessen sexuellen Geschmack sie nur zu gern mit ihrer Tochter von Frau zu Frau erörtern würde. Aber sie möchte Ariel nun wirklich nicht schockieren.

Mit ihrem italienischen Schwiegersohn flirtet Ariels Mutter schamlos, und die stehende Pointe dabei lautet, dass leider nicht sie als erste am Ball gewesen sei. Dieser Scherz entlockt Roberto unweigerlich ein widerwilliges Lächeln, und er kommt auch bei *seiner* Mutter bestens an: eine weitere glanzvolle Witwe, eine Intellektuelle aus Padua, die ihre Schwiegertochter mit jener herablassenden Sorge betrachtet, wie man sie einer preiswürdigen Zuchtstute zukommen ließe. Seit Jahren lebt Ariel in dem Staub, den diese beiden Dynamos aufwirbeln, und es sieht ganz so aus, als würden ihre eigenen Töchter mit zunehmendem Alter – sie sind nun acht und zehn – sich allmählich auf die Seite ihrer Großmütter schlagen. Keines dieser weiblichen Wesen kann es Ariel anscheinend verzeihen, dass sie so ist, wie sie ist. Daher behält Ariel ihre neue Bekanntschaft mit Beba für sich, keineswegs aus Prüderie, sondern als ein starkes Amulett. Gerade so, wie sie es mit vierzehn strikt für sich behalten hatte, dass sie keine Jungfrau mehr war.

»Stimmt etwas nicht?«, fragt ihre Mutter. »Deine Stimme klingt so seltsam. Ihr habt doch keinen Streit, du und Roberto?« Sie seufzt. »Ich habe dir schon hundert Mal gesagt, dass diese verwöhnten italienischen Männer von Natur aus promisk sind und darum eine Frau brauchen, die sie in Bann hält. Du musst prickelnd sein, immer agil, auch eine Spur verrucht, wenn ich das sagen darf, mein Schatz. Sonst gehen sie einfach woanders hin.«

Von ihrer eigenen Lüge angeregt, gibt Ariel tatsächlich ein Essen im Golfclub, zwei Tage vor Robertos Geburtstag. Das Clubhaus ist ein restauriertes Schloss, im neunzehnten Jahrhundert von einem Industriellen erbaut, und von der Terrasse, auf der die Party stattfindet, blickt man auf den Pool und auf einen künstlichen See. Drei Dutzend ihrer Freunde versammeln sich an dem kühlen Abend spät im September zu einem edel-ländlichen Herbstmahl, bestehend aus Polenta, Fassone-Steaks und den stark duftenden Pilzen, die *funghi reali* genannt werden, alles überstreut mit geraspelten albanesischen Trüffeln. Ariel ist stolz auf das Essen, das sie mit dem Küchenchef des Clubs in kürzerer Zeit verabredet hat, als sie brauchte, um mit Beba zu verhandeln.

Roberto ist Jurist, Berater einer Partei der politischen Mitte, die für eine italienische Partei maßvoll rechtschaffen ist, und seine Freunde umgibt allesamt der Glanz von materiellem Erfolg und maßvoller Rechtschaffenheit. Obwohl die Gruppe international ist – viele der Männer haben sich amerikanische Frauen gegönnt, wie sie sich deutsche Autos gönnen –, herrscht der typische Humor der italienischen Bourgeoisie vor, und das bedeutet: voll des Klatsches, gelegentlich grausam und – Roberto zu Ehren – strotzend von Bemerkungen zu Sex und Potenz. Jemand reicht einen Artikel aus L'Espresso herum, in dem Männer über fünfzig mit dritten und vierten Ehefrauen unter dreißig gefeiert werden, und alle linsen verschmitzt zu Ariel herüber. Und Robertos älteste Freunde, Flavio und Michele, erscheinen mit einer großen Geschenkschachtel. Sie enthält nicht, wie jemand vermutet, eine Stripperin von Zwergengröße, sondern eine kleinere Schachtel, aus der eine dritte, eine vierte und fünfte zum Vorschein kommen, bis Roberto schließlich unter Jubelrufen eine winzige Schachtel Viagra auspackt.

Da steht er über den fünfundfünfzig blakenden Kerzen auf einer mächtigen Birnen-Schokolade-Torte und dankt seinen Freunden mit vernichtender Grazie. Alle lachen und klatschen – Roberto Furioso, wie sein Spitzname lautet, ist für seine Widerborstigkeit berühmt. Er blickt nicht zu Ariel hin, die den Applaus anführt, ganz die beliebte zweite Frau und keine Spielverderberin. Wie immer braucht sie ihn nicht anzusehen, um seine Präsenz zu spüren; sie hat sich ihrem Bewusstsein eingebrannt. Er ist ein kleiner, charismatischer Mann mit einem großen griechischen Kopf, dichtem, kurz geschnittenem schwarzem Haar, das dabei ist, einen ebenmäßigen stahlgrauen Ton anzunehmen, und mit schmalen, abwärts geschwungenen Lippen zwischen tiefen Sorgenkerben, wie sie sein Großvater hatte, ein sizilianischer Baron. Als Ariel ihm zwölf Jahre zuvor auf der Hochzeit einer entfernten Verwandten bei Florenz begegnet war, hatte sie sofort den übermächtigen Willen erkannt, von dem sie immer schon geträumt hatte, eine Kraft, die ihrer eigenen Persönlichkeit eine Gestalt verleihen würde. Und er, sicher ebenso Gefangener seiner Begierde wie sie, sah sich diese lachhaft groß gewachsene, lachhaft sanfte amerikanische Schönheit an, und als sie zum dritten Mal miteinander tanzten, brach aus ihm der magische Satz hervor, der für immer die Koordinaten von Ariels privater Mythologie setzen würde: »Tu sai che ti sposerò. Du weißt, dass ich dich heiraten werde.«

Furioso ist Roberto noch immer, doch nun ist es seine Aufgabe, alt zu werden, und Ariels, ihm dabei zuzusehen. Darum schikaniert er sie und fühlt sich durchaus im Recht dabei. Wie alle zweiten Frauen war Ariel als Lösung gedacht gewesen, und nun hat sie das Problem schlicht noch vergrößert.

Robertos Geburtstag hebt mit dem blendenden Sonnenschein an, der das strahlende Herbstwetter ankündigt, das aufkommt, wenn Alpenwinde den Smog aufs Meer hinausfegen. Die Aussicht von Ariels Haus am Berg ist auf einmal unendlich weit, als hätte man einen Vorhang beiseite gerissen. Die stahlblauen Alpen sind das erste, was sie im Fenster sieht, als ihre Töchter, dem Familienbrauch entsprechend, um halb acht ins elterliche Schlafzimmer platzen und einen verdellten Kinderwagen mit angebundenen Luftballons vor sich herschieben, der voller Geschenke ist. Unter Gekicher singen Elisa und Cristina »Happy Birthday« und lassen ihre hübschen, stumpf geschnittenen Haare fliegen, alles in der heiteren Gewissheit, dass ihr leicht zu erzürnender Vater, der es hasst, abrupt geweckt zu werden, Ton in ihren Händen ist. Sie quieken, verteilen Küsschen und lassen sich aufs Bett plumpsen, und Ariel spürt, dass ihre so zärtlich geliebten Ärmchen und Beinchen allmählich geschmeidiger werden, wendiger, muskulöser von den allwöchentlichen Reit- und Gymnastikstunden. Zweisprachig dank der Sommer, die sie in Maryland verbringen, sind sie doch weit mehr Italienerinnen als Amerikanerinnen; wenn Ariel in den Stunden ihrer wirklich glücklichen Geschäftigkeit als Mutter gelegentlich einmal innerlich Abstand nimmt, hat sie bemerkt, dass die Mädchen, wie alle anderen kleinen Italienerinnen, vorzeitig gereift wirken. Und obwohl Ariel zu Zeiten unter ihrer Anhänglichkeit schier erstickt, stand immer fraglos fest, welcher Elternteil für sie den Vorrang hat. Sie haben sich zusammengetan, um ihrem Vater bei Body Shop Geschenke zu kaufen, Seife, Augen-Gel und Gesichtscreme mit Gelee Royale darin. »Damit du dann jünger aussiehst, Papa«, sagt Elisa und trifft damit wie üblich den wunden Punkt.

»Dürfen wir heute wirklich bei Nonna Silvana übernachten?« fragt Cristina ihre Mutter.

»Ja«, antwortet Ariel und spürt, dass ihr unter dem Nachthemd hervor die Röte bis ins Gesicht steigt. »Weil Papa und ich in der Stadt zu Abend essen.«

Die Mädchen jauchzen. Sie halten sich liebend gern bei ihrer italienischen Großmutter auf, die sie all ihre Pucci-Kleider aus den sechziger Jahren anprobieren lässt und die beiden mit glasierten Maronen und Kit-Kat-Riegeln füttert.

Als das Frühstück – ein Geburtstagsfrühstück mit Schokoladenbrioche – beendet ist und die Mädchen im Auto darauf warten, dass Ariel sie zur Schule bringt, gibt sie Roberto ein kleines Päckchen in Geschenkpapier. Er will gerade aus der Tür gehen und hat sein joviales Vatergesicht bereits wieder in dem Geheimfach verstaut, in dem er es aufbewahrt. »Eine Überraschung«, sagt Ariel. »Mach's nicht vor heute Abend auf.« Er dreht das Päckchen hin und her und schüttelt es misstrauisch. »Ich hoffe, du hast nicht wieder Geld für etwas ausgegeben, das ich nicht brauche«, sagt er. »Diese Party ...«

»Ach, hierfür wirst du schon Verwendung haben«, sagt Ariel in dem nahtlos-heiteren Ton, in dem sie es über die Jahre hin zur Perfektion gebracht hat. In dem Päckchen befinden sich eine Million Lire in großen Scheinen, der Schlüssel zu Flavios Appartement sowie ein entzückendes Höschen aus Seide und Spitze, das Ariel eine Größe kleiner gekauft hat, als sie selbst trägt. Dabei liegt auch ein Kärtchen mit dem Rat, Roberto möge in der Gesellschaft, in der er sich befinde, wie ein Märchenprinz nach der Person Ausschau halten, der das Höschen am besten passt. Das Billet ist witzig und eine Spur obszön, wie es Roberto schätzt; die elegante Zuwendungsgeste einer Ehefrau, deren Gatte, wie alle italienischen Männer, in kleinen Dingen heikel ist.

Als Ariel die Mädchen an der Internationalen Schule absetzt, leiert sie wie üblich noch einmal herunter, wann und wo die beiden abgeholt werden, erinnert sie an ihre Turnsachen, an einen Brief für die Geographielehrerin. Ariel versagt es sich, die beiden mit fieberhafter Intensität zu küssen, als brächen sie zu einer langen Reise auf. Stattdessen sieht sie zu, wie sie in einem Dickicht aus Fohlenbeinen, marineblauen Steppjacken, Gekicher und Geheimnissen verschwinden. Ariel winkt anderen Müttern zu, Italienerinnen, Amerikanerinnen, Schweizerinnen; gepflegten Frauen mit tragischen Trauermienen, die klein wirken in den mächtigen Land Cruisern, die sie wenn nötig durch ganz Lappland oder durch die Sambesi-Wüste befördern könnten.

Ariel möchte an diesem Morgen mit niemandem reden, aber ihre ungestüme englische Freundin Carinth fängt sie ein und besteht darauf, einen Kaffee mit ihr zu trinken. Sie setzen sich in die kleine Pasticceria, in der sämtliche Mütter ihre Törtchen und Süßigkeiten kaufen, und Ariel nippt an einem Cappuccino und hört sich Carinths endlose Mitteilungen über ihre Zystitis an. Innerlich ist Ariel weit abwesend, aber sie will verflucht sein, wenn sie sich auch nur eine

Silbe entlocken lässt, selbst vor ihrer treuen Freundin mit dem Milchmädchenteint und den lasziven Augen. Verflucht will sie sein, wenn sie aus Robertos Geburtstag nur ein beliebiges weiteres, leicht herumgetratschtes Frauengeheimnis machen sollte. Um der Versuchung zu begegnen, blickt sie sich trotzig im Laden um und mustert die Regale mit Meringen, Marzipan, kandierten Veilchen, mit Kistchen voll vergoldeter Schokoladenzigarren, Zuckergussmandeln für Hochzeiten oder Erstkommunionen und Geburtstagstorten, die Palm-Beach-Residenzen gleichen. Der Zuckerduft ist überwältigend. Und einen kurzen Moment lang brennen Ariel, das einzige Mal an diesem Tag, Tränen in den Augen.

Zu Hause sind Stunden herumzubringen. Zunächst mailt sie einen Artikel über einen Mailänder Verpackungsdesigner an eine der amerikanischen Zeitschriften, für die sie Übersetzungen übernimmt. Dann sagt sie telefonisch ihren Unterricht bei einem alten Handwerker im benachbarten Dorf ab, der ihr beibringt, alte Tapeten zu restaurieren, ein Handwerk, das sie liebt und bei dem sich ihre großen Hände als erstaunlich geschickt erweisen. Dann geht sie hinaus, um mit den Gartenarbeitern zu reden – drei illegalen rumänischen Immigranten, die einen ausgewaschenen Hang an der Ostseite des Grundstücks neu befestigen. Sie muss mit ihnen feilschen, und dabei beäugt sie der Anführer, ein empörend gutaussehender Junge von zwanzig, mit dreister Bewunderung. Hübsche Jungen nimmt Ariel durchaus wahr; gelegentlich stellt sie sich auch komplizierten Sex mit Fremden an ungemütlichen öffentlichen Orten vor. Aber eigentlich existieren diese Jungen für sie nicht, so wenig wie für sie die Männer zählen, die auf Partys mit ihr flirten. Nur Roberto existiert, und so ist es seit jenem lang vergangenen dritten Tanz gewesen, als Ariel einen Kreis um sie beide zog, der die übrige Welt ausgrenzte. Dieses Wissen hält sie sogar vor Roberto verborgen, weil sie annimmt, dass es ihn langweilen würde, wie übrigens alle anderen auch. Und doch – ist es wirklich so langweilig, nur einen Mann zu wollen, den Mann, den man bereits hat?

Nachdem die Gärtner gegangen sind, bleibt nichts mehr zu tun – keine Kinder, die von der Schule abgeholt und zu Kursen gebracht werden müssen, keine Hausarbeit, bei der sie mit Hand anlegen sollte, kein Abendessen, das es vorzubereiten gälte. Die Hunde sind beim Tierarzt, wo sie gewaschen und untersucht werden. Undenkbar, Carinth oder eine andere Freundin zum Lunch einzuladen, undenkbar auch, sich wieder an die Arbeit zu begeben, einkaufen zu gehen, sich ein Video anzuschauen oder ein Buch zu lesen. Nein, ihr bleibt nichts anderes übrig, als die Tatsache zu akzeptieren, dass sie für einen Nachmittag wohl die einsamste Frau der Welt ist.

Gegen drei setzt sie sich in den Wagen und fährt auf der Landstraße in Richtung Comer See, wohin sie über die Jahre so viele Verwandte geführt hat, die zu Besuch kamen. Auf einmal hat sie das Bedürfnis, die schönen, verfallenden Villen zu sehen, die inmitten von Bäumen dösen, die zehn Kilometer weite Fläche des Sees, die sich bis zu den Bergen erstreckt wie eine vorhersehbare Zukunft. Doch als sie von Greggio nach San Giovanni Cavanese fährt, vorbei an gelb werdenden Getreidefeldern, Provinzfabriken, ländlichen Diskotheken und uralten Dorfkirchen, da versteht sie, warum sie dort draußen ist. An freien, mit Abfall übersäten Buchten neben der Straße nimmt sie die Straßennutten wahr, die wie immer auf Nachmittagskunden warten.

Seit Jahren ist Ariel an ihnen vorbeigefahren, wenn sie zum Haus ihrer Schwiegermutter unterwegs war oder ihre Töchter zu Reitstunden brachte. Wie alle Leute hatte sie die Nutten erst bedauert und sich dann mit der Tatsache abgefunden, dass die Straßenmädchen Teil einer kriminellen Welt sind, die so erfolgreich und akzeptiert ist, dass ihre Sklaverei ebenso geregelt ist wie die von Fabrikarbeitern: eine Flotte adretter Minivans bringt sie zu ihren Zehn-Stunden-Schichten und holt sie wieder ab. Sie gehören ebenso zur Landschaft wie die Mauthäuschen.

Zuerst sieht Ariel ein brünettes albanisches Mädchen, das nicht viel älter aussieht als Elisa und zu schwarzen Hot Pants eine weite weiße Bluse trägt, die sie wie einen unansehnlichen Flügel lüpft und träge vorbeikommenden Autofahrern entgegenwedelt. Ein Fiat Uno vor Ariel fährt langsamer, macht plötzlich kehrt und fährt zu dem Mädchen zurück. Einen Kilometer weiter haben sich zwei Nigerianerinnen postiert; die eine sitzt in einem grell pinkfarbenen Strampelanzug auf einer hochkant gestellten Kiste, während die andere auf stelzenartigen Plateausohlen in ein Handy quatscht. Beide sind groß, mit Unmengen falscher Zöpfchen aufgetakelt und bestürzend schön. Dunkle Seraphim, deren Anwesenheit am verdreckten Straßenrand eine Art Wunder darstellt.

Ariel fährt langsamer, um sich das Mädchen in Rosa genauer anzusehen, das ihr einen neutralen, starren Blick darbietet, aus Augen, die so undurchdringlich sind wie Kaffeebohnen. Die zweispurige Landstraße ist gerade unbefahren, und Ariel hält tatsächlich für einen Moment an, weil diese Augen sie anziehen und sie plötzlich von etwas hypnotisiert ist, das sie an das Geheimnis erinnert, welches sie aus Bebas Stimme herausgehört hat. Jenes Geheimnis, das Glück zu sein schien, jedoch, wie ihr nun klar wird, etwas anderes war: eine mysteriöse Sicherheit, die Ariel anzieht wie ein Magnet. Sie fühlt sich unerklärlich gerührt – genau genommen hat sie die Macht über sich verloren. Ihr pocht das Herz, und ihr wird bewusst, dass sie, wenn sie sich nur ließe, die Wagentür öffnen und auf diesen dunklen, flachen, starren Blick zukriechen würde. Das Mädchen in Rosa sagt etwas zu ihrer Gefährtin mit dem Handy, und die schwenkt sich auf ihren Zehn-Zentimeter-Sohlen herum, um Ariel anzusehen. Und Ariel tritt aufs Gaspedal. Zehn Kilometer weiter hält sie erneut an und zerrt ein Papiertaschentuch hervor, um sich den Schweißfilm vom Gesicht zu wischen. Die einzige Beobachtung, die sie sich gestattet, während sie heimfährt und allmählich die Fassung wiederfindet, ist diejenige, wie seltsam es doch ist, dass sie allesamt Fremde sind – sie selbst, Beba und die Mädchen an der Straße.

Sechs Uhr. Als sie ins Haus tritt, läutet das Telefon; Flavio ruft an und fragt, wie es mit dem Plan inzwischen steht. Ariel kann ihre Ungeduld nicht verbergen.

»Hör mal, meinst du, die Mädchen kommen auch pünktlich?«

»So weit ich weiß, sind sie immer pünktlich«, sagt er. »Aber ich muss auflegen. Ich rufe aus dem Wagen hier in der Garage an, und das wird langsam verdächtig.«

Er beendet das Gespräch, doch Ariel steht betroffen da, den Hörer in der Hand. Nun macht sie sich also nicht allein darum Sorgen, ob zum Abendessen geladene Gäste, Polsterer, Babysitter, Fachleute für die Restaurierung schmiedeeiserner Gitter und Elektriker eintreffen wie geplant, sondern beschäftigt sich auch noch mit der Frage, ob Beba ihren Mann warten lassen wird.

Sieben Uhr dreißig. Das Wichtigste ist jetzt, nicht ans Telefon zu gehen. Sollte Roberto an sie denken, was unwahrscheinlich ist, muss er annehmen, dass sie bereits im Wagen sitzt, in einem der dezent sexy kurzen schwarzen Kostüme oder Kleider, die sie zu besonderen Anlässen trägt; den Fuß im Stöckelschuh auf dem Gaspedal, flitzt sie pflichtbewusst zu ihrer Acht-Uhr-Verabredung. Roberto ist jetzt noch im Büro, feuert das letzte ungeheuer eilige Fax nach Rom ab und nimmt sich einen Moment Zeit, um seinen gepeinigten Assistenten

Amedeo mit ein paar rituellen Beschimpfungen einzudecken. Als Nächstes wird er rasch zum Pinkeln in sein düsteres braunes Marmorbad verschwinden – wie genau sie doch vor sich sieht, wie er ein letztes Mal ungeduldig den Schwanz schüttelt, dem heute Nacht ein unerwartetes Abenteuer bevorsteht. Er wird sich eine Handvoll der Pralinen nehmen, die der Arzt ihm verboten hat, und einen Pappbecher mit zuckersüßem Espresso aus der Maschine im Büro hinunterkippen. Dann in den blanken Mercedes neusten Baujahrs – ein Monument, nennt er ihn mit einem untypischen Anflug von Selbstironie, für das männliche Klimakterium. Woraufhin er, vom Mailänder Abendverkehr besänftigt, sie vielleicht anrufen wird. Nur um sich bestätigen zu lassen, dass sie pünktlich ist.

Acht Uhr fünfzehn. Sie sitzt am Küchentisch und verzehrt ein frugales Mahl: einen Teller Reis mit Käse und Olivenöl, eine aufgeschnittene Tomate, ein Glas Wasser.

Wieder läutet das Telefon. Sie zögert, nimmt dann ab.

Roberto. »Allora, sei rimasta a casa«, sagt er leise. »Du bist also zu Hause geblieben.«

»Ja, sicher«, erwidert sie, möglichst unbeschwert. »Schließlich hast du Geburtstag und nicht ich. Wie gefällt dir dein Geschenk? Sind sie umwerfend?«

Er lacht, und vor Erleichterung wird ihr ganz flau. »Beeindruckend sind sie schon, allerdings nicht so ganz richtig angezogen für ein Restaurant. Warum in aller Welt fandest du, ich müsste mit ihnen zu Abend essen? Ich hoffe schon die ganze Zeit, dass mir niemand über den Weg läuft, den ich kenne.«

Im Hintergrund hört sie das gedämpfte Tosen eines Speiselokals, die immer gleiche abendliche Melange von Stimmen, Gläsern, Besteck, Geschirr.

»Von wo rufst du denn an?«, fragt Ariel.

»Ich stehe neben dem Kassenpult. Aber jetzt muss ich, ich kann ja nicht unhöflich sein. Ich ruf dich später noch mal an.«

»Viel Glück«, sagt sie. Der Hauch von Boshaftigkeit in ihrer Stimme schockiert sie, und mehr noch das Gefühl von Macht, das sie verspürt, als sie das Telefon ablegt. Da hat sie ihn in eine Falle laufen lassen, ihn gezwungen, mit zwei Huren Konversation zu machen, während die anderen Gäste herüberstarren und die Kellner ihm verschmitzt zugrinsen. Hat sie da eben in seiner Stimme etwa Panik wahrgenommen? Und was mochten diese unartige Beba und ihre Freundin nur anhaben? Doch wohl keine billigen Hot Pants wie die Mädchen am Straßenrand, hofft sie. Bei dem Preis dürfte man mindestens Versace erwarten.

Danach hat Ariel nichts anderes zu tun, als die Schuhe wegzukicken und durch ihr Haus zu streifen. Ihre Füße fühlen sich unerwartet warm an auf den gewachsten alten Terrakottafliesen, die sie über Monate hinweg bei Trödlern und aus verfallenen Landhäusern zusammengetragen hat. Sie verriegelt die Türen und schaltet die Alarmanlage ein, macht aber nur in der Halle und im Treppenhaus Licht. Und geht dann wie ein Nachtwächter von einem dunklen Raum zum nächsten, und immer wieder empfindet sie Ergebenheitsstolz beim Anblick von Gegenständen, die sie so gut kennt wie ihren eigenen Körper. Ergebenheitsstolz – das widersinnige Wort geht ihr tatsächlich durch den Sinn, während ihr Blick im Esszimmer die Schnörkel eines piemontesischen Barockschranks streift, eine wachsame Schar von Barbiepuppen im Spielzimmer der Mädchen, eine mollige Athene auf einem mantuanischen Gemälde im Gang der oberen Etage. Wann hat sich Ariel je in solcher Freiheit durch das Haus bewegt? Sie findet es erheiternd und ein wenig erschreckend. Und sie gewinnt den sonderbaren Eindruck, dass sie den Geburtstagsstreich in Wirklichkeit aus diesem Grund inszeniert hat – um allein zu sein und bewusst die Einsamkeit in Besitz zu nehmen, die sie in Jahren angehäuft hat. Um die Dunkelheit in ihrem Hause auszukosten, so lange es ihr beliebt. Oben auf der Treppe bleibt sie für einen Augenblick stehen; dann beginnt sie langsam, sich auszuziehen, lässt die Kleidungsstücke leise vor ihre Füße fallen und setzt sich nackt auf die oberste Treppenstufe. Der kalte Stein betäubt ihr bloßes Hinterteil. Die Einsamkeit von zuvor hat sich verflüchtigt: Die Schatten, die sie mit den Blicken durchdringt, kommen ihr wie freundliche Wesen vor, die darum wetteifern, ihr Gesellschaft zu leisten. Entspannt lehnt sie sich auf die Ellbogen zurück und wackelt spielerisch mit den Knien, wie das Mädchen auf der Kiste am Straßenrand.

Zehn Uhr. Zeit, zu Bett zu gehen. Wonach sie sich seit dem Nachmittag gesehnt hat. Ein paar Pillen Melatonin, ein Glas dunkles dänisches Bier, von dessen bitterem, konzentriertem Hopfengeschmack sie schläfrig wird. Gründlich duschen, die Zähne putzen, Gesichts- und Körpercremes auftragen, in ein graues Baumwollnachthemd schlüpfen. Sie könnte, überlegt sie, einen Etiketteleitfaden verfassen, speziell für Frauen in ihrer Situation. Das Ziel ist, äußerste Sauberkeit und unartifizielle Schönheit zu verströmen. Man wäscht und trocknet sich das Haar, legt jedoch weder Parfum noch irgendein Kleidungsstück an, das als verführerisch gedeutet werden könnte. Der subtile Zauber, der von einem ausgehen soll, ist der eines häuslich schlichten Paradieses, die Attraktivität von Penelope nach Kalypso.

Gegen halb elf sitzt sie im Bett und liest in der *Herald Tribune*, wie die FBI-Liste der meistgesuchten Verbrecher entstanden ist. Alle paar Sekunden versucht sie, ganz kühl an das zu denken, was Roberto unweigerlich mittlerweile treibt, aber sie kommt zu dem Schluss, dass es ganz unmöglich ist, es sich vorzustellen. Diese beiden Seiten im Buch ihrer Phantasie sind miteinander verklebt.

An jenen Abend jedoch, den sie und Roberto mit den beiden Massagemädchen verbracht haben, kann sie sich wohl erinnern. Wie sie zu viert schweigend in einen neonbeleuchteten Raum mit einer ausladenden Plastikbadewanne gingen und wie die beiden entsetzlich höflichen, entsetzlich jungen Mädchen, glitschig von Seifenschaum, sie mit ihren prallen kleinen Brüsten und ihren rasierten Schamhügeln massierten und sie an nichts mehr erinnerten als an gewaschene, bratfertig gemachte Hühnchen. Und dass die ganze Veranstaltung zum Desaster zu werden drohte, bis Ariel einsah, dass sie lenkend würde eingreifen müssen. Wie sie den Mädchen mittels diskreter Zeichen klar bedeutete, dass sie zu dritt die Aufgabe hätten, für den Mann im Raum eine Privatvorstellung zu geben. Dass die Mädchen dies begriffen und anscheinend sogar erleichtert darüber waren, und mit welchem Vergnügen ihr Mann aufnahm, was sie ihm unter Ariels heimlicher Regie gemeinsam boten. Dass Ariel sich weniger wie eine Erotikdarstellerin als wie eine Gesellschaftsdame vorkam, die alles unternimmt, um eine steife Party zu retten. Und dass sie danach sehr still war – nicht stumm wie ein empfindsames, schockiertes Schulmädchen (was Roberto zweifellos angenommen hatte), sondern stumm aus Verblüffung über eine Welt, in der sie stets als Gastgeberin fungieren musste.

Sie schaltet das Licht aus und träumt, dass sie mit anderen Leuten in einem Flugzeug fliegt, das wacklig aus Holzkisten und alten Autoteilen zusammengestoppelt ist. Sie landen in den Anden, und Ariel stellt fest, dass die anderen Passagiere alles Frauen sind und dass sie nackt sind wie sie selbst. Die Frauen sind von ganz unterschiedlicher Größe und Hautfarbe, und Ariel ist bei weitem nicht die hübscheste, aber auch nicht die hässlichste. Sie sind dort, um einen

Dokumentarfilm für das Bildungsfernsehen zu drehen, für BBC oder PBS, und laut Script sollen sie einen Tanz improvisieren, was sie mit ungeschickter Ernsthaftigkeit auch alle tun: schottische Rundtänze, Bauchtänze; und dann schlägt Ariel vor, es mit einem Ringelreigen um den Rosenbusch zu versuchen, was sich als lustiger erweist, als sie alle erwartet hätten, denn am Schluss lassen sie sich kichernd zu Boden plumpsen. Das Sonderbare an diesem Traum ist, dass er mit purem Glück einhergeht.

Von Geräuschen im Zimmer wacht sie auf, und Roberto kommt zu ihr ins Bett und umarmt sie. »Aus Pflichtgefühl«, denkt sie, als er sie küsst und ihr an die Brüste fasst, doch dann tut sie den Gedanken ab. Roberto riecht beunruhigend sauber, jedoch nach einer Seife, die sie kennt. Während sie sich lieben, gibt er für sie ein paar komische Konversationsausschnitte des Abends zum besten, der hinter ihm liegt, ein bisschen wie ein Kind, das seine neuen Spielsachen aufzählt. Was er berichtet, ist nicht erregend, aber es ist erregend zu hören, wie er ihr zuliebe versucht, verächtlich und distanziert zu klingen. Und die vertraute Topographie seines Körpers hat vorübergehend etwas Geheimnisvolles angenommen, einfach weil sie weiß, dass andere Frauen – mit welcher entschlossenen Flüchtigkeit und Hast auch immer – ihn in Augenschein genommen haben. Zum ersten Mal, so weit sie sich zurückerinnern kann, weckt Roberto ihre Neugier.

»Waren sie wirklich so schön?«, fragt sie, als sie im Dunkeln daliegen und ein zusammenhängendes Gespräch beginnen. »Flavio hat gesagt, wenn man sie sieht, meint man, ins Paradies zu treten.«

Roberto gibt ein arrogantes, fröhliches Lachen von sich, so jung wie das eines Halbwüchsigen.

»Nur für einen alten Schwachkopf wie Flavio. Sagen wir mal, sie waren glamourös. Die dunkle, Beba, hatte einen erstaunlichen Körper, aber das Gesicht ihrer Freundin war besser. Das Schlimmste war, dass ich mit ihnen essen musste – und auch noch in diesem grässlichen Restaurant. Wessen Idee war das denn, deine oder die von Flavio?« Er nimmt nun einen komischen Ton des Leidens an. »Das war eines von diesen Touristenlokalen, wo sie nach dem Kaffee einen Wagen mit Pfefferminzbonbons und Kaugummi an den Tisch rollen. Und die Mädchen haben doch tatsächlich um Tütchen gebeten, kannst du dir das vorstellen? Die haben sie sich mit Chiclets vollgestopft!«

Sie liegen einander in den Armen und beben vor Lachen wie seit Monaten, wenn nicht gar seit Jahren nicht mehr. Und einen Moment lang erfüllt Ariel das berauschende Gefühl, eine Leistung vollbracht zu haben. »Welche der beiden hat denn das Höschen ergattert?«, fragt sie.

»Was? Ach, das hab ich nicht verschenkt. Das war doch aus Seide, Handarbeit. Ein teures Stück – zu gut für eine Nutte. Ich hab's für dich behalten.«

»Aber mir ist es zu klein«, wendet Ariel ein.

»Na, dann tauschst du's eben um. Die Quittung hast du ja wohl hoffentlich aufbewahrt.«

In Robertos Ton, der zärtlich und nachsichtig geklungen hat wie zu ihren besten Zeiten, schwingt nun seine gewohnte, herrische Ungeduld mit. Dennoch ist er offenkundig noch immer über die Maßen angetan, von sich selbst ebenso wie von Ariel. Gähnend verkündet er, er brauche ein bisschen Schlaf, für so ein Marathon sei er nicht mehr in Übung. Und dafür habe er sich nicht einmal mit seinem Geburtstags-Viagra gewappnet. Er spielt auf einen alten Scherz zwischen ihnen beiden an, indem er bemerkt, Ariels Geschenk beweise eindeutig, wie recht seine Mutter gehabt habe, als sie ihn vor den amoralischen Amerikanerinnen warnte; und dann gibt er ihr einen letzten Kuss und zwickt sie dazu noch in den Po, ganz der besitzergreifende Gatte. Danach streckt er sich aus und liegt so reglos da, dass sie glaubt, er schlafe schon. Bis er, nach langem Schweigen, plötzlich flüstert: »Danke.«

Wenige Minuten später schnarcht er. Doch Ariel liegt still und entspannt da, die Arme am Körper und die Augen weit geöffnet. Sie ist mit ihren Illusionen immer haushälterisch umgegangen, und sie ist schon zu lange verheiratet, um über die Geschwindigkeit schockiert zu sein, mit der sich ihr sorgsam geplantes, lasterhaftes Divertimento in der bodenlosen Banalität des häuslichen Lebens aufgelöst hat. Eben dies macht in gewisser Hinsicht Ariels Triumph aus – sie kann daran die Stärke der ganz normalen Leibeigenschaft ermessen, für die sie sich vor Jahren entschieden hat. Daher missfällt es ihr auch nicht, dass sie weiß, sie wird am Morgen aufwachen, ihre Töchter wieder nach Hause holen und feststellen, dass sich nichts verändert hat.

Aber nein, denkt sie, als sie sich auf die Seite dreht, etwas ist doch anders geworden. Ein Gefühl von Verlust überkommt sie, und ihr wird klar, dass sie Beba vermisst. Beba, die Ariels Existenz zwei Wochen lang einen zwielichtigen Glanz verliehen hat. Beba, die Ariel, wie in ihren besten Phantasien, durch Roberto eine kameradschaftliche Botschaft hätte übermitteln können. Aber natürlich gibt es keine solche Botschaft, und die Party ist eindeutig vorbei. Die Engel sind entflogen und haben Ariel – die gute Ehefrau und den treuen Geist – im Dunkeln wach zurückgelassen, mit beachtlichen Tröstungen: einem schlafenden Mann, einem stillen Haus und dem Wissen, dass sie, praktisch wie sie ist, Bebas Nummer notiert hat.

Vollmond über Mailand

Mit Gummibändern fing es an. Der alberne Satz kommt Merope plötzlich in den Sinn, als sie über einem Teller mit gedünstetem Tintenfisch sitzt, für den einer der reichen Männer am Tisch bezahlen wird, ebenso wie für das Abendessen aller anderen. Spitzbübische Wendungen sausen ihr durch den Kopf, seit sie in Mailand angekommen ist und begonnen hat, in einer anderen Sprache zu leben: Sie kann mit ihrem Chef und einem Kunden in einer Besprechung sein und auf Italienisch über Schlagzeile und Werbetext für einen sizilianischen Wein oder die neuste wunderbare Slipeinlage daherplappern, und plötzlich flitzen an der Peripherie ihres Bewusstseins ein paar englische Wörter vorbei wie verrückt gewordene Filmuntertitel.

Überspannt, wie sie ist, meint ihre Freundin Clay, diese verirrten Phrasen seien Notsignale der Amerikanerin in ihr, die sich weigere zu sterben. Dabei hat Merope nie beabsichtigt, keine Amerikanerin mehr zu sein. Ihre Großeltern waren von der britischen Karibikinsel Montserrat gekommen, und ihre frühesten zusammenhängenden Erinnerungen drehen sich um ihren Vater und ihre Mutter, die sich, beide Lehrer, in New Rochelle bis zur Erschöpfung bemühten, ihren zwei undankbaren Töchtern eine nahtlose Yankee-Kindheit mitzugeben. Solche Gaben von Immigranten gehen stets mit Verpflichtungen einher, die erst nach Jahrzehnten zu Tage treten und die Kontinente und Meere überspannen: Mit achtundzwanzig Jahren vermag Merope Amerika so wenig auf Dauer hinter sich zu lassen, wie sie sich von der aufreizenden Liebe abwenden könnte, die den Gesichtern ihrer Eltern eingraviert ist. Wenn sie also in Italien Werbetexte schreibt, dann in so etwas wie einem zeitlich unbegrenzten Fortbildungsurlaub; so führt sie ihre Rolle als Grashüpfer in der Familie fort, als die Tochter, die (während ihre Schwester Maia pflichtbewusst auf Wharton zuackerte) auf dem College in jedes noch so nebulöse feministisch-folkloristisch-kunsthandwerkliche Do-it-yourself-Dritte-Welt-Seminar reingeschmeckt hatte und dann, kaum hatte sie den Abschluss in der Tasche, nach Manhattan verduftete, um – gnädigerweise nur kurz – mit einem wahnsinnigen Bildhauer zu leben, von dem sie sich zu ihrem Glück nichts Schlimmeres einfing als Läuse.

Familienmitgliedern und Liebhabern gegenüber hat Merope früh gelernt, ihr eigenes Verhalten zu verteidigen, indem sie die Rolle der ironischen Zuschauerin übernahm, ein überaufmerksames kleines Mädchen, das ohne Verwunderung die Schwächen der Erwachsenen beobachtet. Die Rolle passt zu ihr; sie ist klein, hat jedoch große, verwirrende Augen und trägt zur Zeit einen modischen Eton-Schnitt, kurzes, geglättet nach hinten gekämmtes Haar. Auch Mailand passt zu ihr: Nach zwei Jahren in der Stadt reizt sie noch immer deren hartnäckiger, vulgärer Achtziger-Jahre-Stil und die angstvolle Erwartung von Verhängnis, die wie eine mittelalterliche Mauer unter dem orgiastischen Flitter der Modeindustrie lauert. Die Sonne und die gesellige Wärme des Mezzogiornio haben auf Merope nie die gleiche Anziehung ausgeübt wie auf ihre englischen Freundinnen; sie mag den norditalienischen Nebel – er kommt ihr europäisch vor. Sie respektiert auch die tiefe Gleichgültigkeit der Stadt gegenüber Besuchern aus anderen Ländern. Merope war von Anfang an klug genug, eines zu begreifen: Je energischer man sich bemüht, in einem fremden Land alle möglichen Idiome zu beherrschen, desto schneller entdeckt man die nackte, unabänderliche Tatsache, dass man ein Fremdling ist. Die Wörterketten, die anscheinend ganz zufällig in ihrem Kopf auftauchen und darin umherschwirren wie Fledermäuse in einem Sommerhäuschen, versteht Merope als einleuchtende Reaktion auf ihr Leben in einer Stadt, in der die meisten wirklich interessanten

Dinge verborgen bleiben. Die Phrasen wirken spielerisch, enthalten jedoch, wenn man sie einfängt und genauer betrachtet, wie andere kurzlebige Erscheinungen – Träume, Reklamen, Versprecher – versteckte Kommentare zu den Ereignissen, die man vor sich hat.

Dieses Essen zum Beispiel – da sitzen an einem Maiabend drei italienische Männer und drei Ausländerinnen ohne Zuneigung, jedoch bei viel lautem Gelächter auf der Terrasse eines Restaurants im Stadtteil Brera zusammen. Tatsächlich ist dieses Essen gleichsam durch Gummibänder zustande gekommen – durch jene großen, pinkfarbenen, die den Gliedmaßen von Frauen so nützlich Widerstand leisten und die von den Frauen in dem Fitnesskurs verwendet werden, in dem Merope am Mittag Clay getroffen hat. Wäre Merope nicht schweißnass und vor Schmerz demoralisiert gewesen, hätte sie nein gesagt, wie sie es sich insgeheim vorgenommen hat für die Situationen, in denen Clay dieses Glitzern im Blick hat und beginnt, von höchst interessanten, höchst erfolgreichen Männern zu reden.

Der Fitnesskurs, den sie besuchen, ist in Mailand stadtbekannt: Es geht darin ausschließlich um das Gesäß, und er wird sogar schlicht so genannt – »Glutei«, Gesäß. Reiche Mailänder Hausfrauen, ausländische Geschäftsfrauen und Models ohne Hüften, die sich als solche bezeichnen ließen, streben in Scharen zum Conture Gym und lassen sich von einer serbischen Ex-Turnerin namens Nadia durch Gesäßübungen hetzen, in einer von Ächzen und kollektiver Qual geprägten Atmosphäre, die einen an die Geburtsstation in einem Armenhospital gemahnt. Merope nimmt es sich übel, dass sie aus Unsicherheit zu diesen Stunden geht – immerhin zählt ihr kleiner, stolzer karibischer Po doch zu den Reizen, die aufzuzählen sie ihren Freunden manchmal gestattet. Und dennoch stellt sie fest, dass sie dienstags und donnerstags um die Mittagszeit verdrossen auf einer elastischen grünen Matte hockt. Manchmal blickt sie sich um und entwirft im Geist eine professionelle Skizze zu den internationalen Reihen bebender Hinterteile: Sie fängt sie mit einem Schnappschuss ein, geeignet als Werbung für die weltweite weibliche Torheit.

Ihre Freundin Clay dagegen liebt die Ass Class oder den Po-Club, wie sie die Veranstaltung abwechselnd nennt. Clay behauptet, es gefalle ihr, wenn ihre Perversionen ihr nützten. Clay ist der Star im Kurs, der Klassenclown. In einem glitzernden weißen Trikot, das einer Comic-Heldin wohl anstünde, lüpft sie mit Genuss die Beine, lässt sie kreisen, stößt urgewaltige Schmerzenslaute aus, tauscht auf Italienisch mit Nadia Witzeleien, schleudert sich in ihren Fesseln überschwänglich herum, wirft wie eine gefangene Meerjungfrau ihre schweißgetränkte rote Mähne und lässt gelegentlich ein Gummiband quer über den Parkettboden schnalzen. Merope denkt manchmal, wenn es Clay nicht gäbe, müsste man sie unbedingt erfinden – wenigstens damit sie selbst, Merope, die vielen Tage überlebt, an denen Mailand im Dunst wie eine öde Provinzstadt wirkt.

Was hierfür spricht: Am letzten Sonntag, an dem Merope, Clay und eine von deren Freundinnen, eine Blonde aus Colorado, die für Christie's arbeitet, mit dem Zug über die Schweizer Grenze nach Lugano gefahren waren, um sich die Impressionisten-Ausstellung in der Thyssen-Bornemisza-Stiftung anzusehen, war Clay aufgestanden, um auf die Toilette zu gehen, hatte die Toilette des Zugwagens, in dem sie saßen, als ihren hohen Ansprüchen nicht genügend empfunden und war in den nächsten Wagen gegangen; dort hatte sie plötzlich festgestellt, dass sie in Italien zurückgeblieben war, weil man den Zug an der Grenze geteilt hatte. Dumpf starrten Merope und die andere Frau die herrliche Straußenledertasche auf Clays Sitzplatz an, während ihr Teil des Zugs munter Richtung Schweiz zuckelte.

Nach ein paar Minuten hatte der Zug jedoch an einem kleinen Vorortbahnhof angehalten, an dem Expresszüge nicht hielten, und als die wenigen anderen Fahrgäste noch neugierig durchs Fenster spähten, kündigte ein dröhnendes Geratter die Ankunft eines weiteren Zugs hinter ihnen an. Merope und das andere Mädchen sprangen auf, liefen zum Ende des Wagens und sahen so etwas wie eine gelbe Spielzeuglok ankommen, ein Gefährt, wie es für Gleisarbeiten verwendet wird, und darauf saß, flankiert von zwei dümmlich grinsenden italienischen Schaffnern, mit fliegendem rotem Haar Clay und winkte wie die Königinmutter.

Augenblicklich ist Clay damit beschäftigt, die letzten Knitterfalten einer komplizierten Scheidung von einem reichen Mailänder Fabrikanten auszubügeln, der irgendetwas herstellt, woran man selten denkt, das aber unentbehrlich ist, wie etwa Zungenspatel. Danach wird Clay unverzüglich erneut heiraten, einen Texaner mit stechend blauen Augen, dessen Mundwerk dem jedes Iren überlegen ist und der Clay erobert hat, indem er im Baretta an der Via Sant' Andrea auf die Knie fiel und ihr vor einer höchst interessierten Menge von gutgekleideten Trinkern seinen Antrag machte. Vielleicht wird sich Texas als groß genug für Clay erweisen. Italien, findet Merope, hat ihre Freundin immer ein bisschen eingeengt, so wie die knappen Designer-Jacketts, die Clay in ihrem Büro trägt, wo sie in den letzten Jahren einen Geschenk-Service für italienische Firmen gemanagt hat, die japanische Entscheidungsträger mit Bulgari-Kinkerlitzchen überschütten wollen. Zur Zeit ist Clay dabei, die Firma zu schließen, und spricht viel von texanischen Immobilien, vom Vermarkten italienischer Zellulitis-Cremes in Amerika, von Babys.

Vorhersehbarerweise empfindet Merope Groll gegenüber dem texanischen Helden, der von Westen her herangaloppiert ist und dem lustigen Junggesellinnenleben ein Ende bereitet hat, das sie und Clay elf Monate lang in Mailand genossen hatten. Nun wird sie entweder in Mailand ein ernstes Leben beginnen – was unwahrscheinlich ist –

oder nach Hause zurückkehren müssen. Die Verlobung ihrer Freundin bedeutet, das wittert sie, dass sie sich selbst bald wieder verlieben wird: Nur noch ein paar Takte, und ein neuer Partner wird daherkommen, wird so unentbehrlich werden wie Salz und ihr Veränderungen auferlegen, vielleicht für immer. Clay sagt, sie wünsche sich, bevor sie nach Houston zieht, nichts auf der Welt so sehr, als Merope mit einem netten Mann zusammen zu wissen; jedesmal wenn sie gemeinsam ausgehen, führt Clay ihr ein internationales Sortiment von Kandidaten vor, als wäre Merope ein besonders wählerischer, hochrangiger Firmenkunde.

Merope ist noch nicht in der Stimmung, sich mit einem netten Mann häuslich niederzulassen; im vergangenen Oktober, als sie Clay kennenlernte, hatte sie vielmehr gerade einen netten Mann dazu bewegt, aus der Wohnung im Navigli-Viertel auszuziehen, die sie anderthalb Jahre lang geteilt hatten. Dies hatte sie Clay erklärt, nachdem sie sich erst ein Minuten miteinander unterhalten hatten, auf einer Party im sogenannten Chinesischen Viertel, unweit des Corso Bramante. »Er war furchtbar lieb. Ein Holländer: so reizend, wie Männer aus dem Norden manchmal sein können. Und so verrückt nach mir, wie eben ein Mann aus einem dieser Kolonialländer nach einer Frau mit brauner Haut sein kann. Ein Fotograf. In die Models hat er sich nie verliebt, und phantastisch indonesisch kochen konnte er auch noch. Aber er hat mich dazu gebracht, niederträchtig zu werden.«

Clay, eingesperrt in ein Chanel-Kostüm von überirdischem Rosa, schob das Kinn in ihr leeres Weinglas und blies die Wangen auf. Von der anderen Seite des Raums aus hatte sie wie ein Schulmädchen ausgesehen; gesenkten Blicks war sie durch die Menge gestreift und hatte über irgendeinen ungehörigen Gedanken vor sich hin gelächelt. Aus der Nähe betrachtet, schien ihr schönes Gesicht das Licht anzuziehen; sie mochte Jüdin sein oder auch nicht, um die dreißig oder auch nicht, mochte hier und da ein bisschen chirurgisch gestutzt oder gestrafft sein oder auch nicht. Auf den ersten Blick hatte Merope sie fälschlich unter »Mode« eingeordnet, als jemanden aus dem auffälligen Stamm altersloser Nomaden, die zwischen Europa und New York die Kollektionen begleiten, wie Wanderarbeiter von Ernte zu Ernte ziehen.

Clay jedoch war über Mode erhaben. »Weil er zu gut war«, sagte sie nachdenklich über Meropes holländischen Exfreund. Ihr englischer Akzent war so schwer zu bestimmen wie ihr Gesicht: Unerwartet mischten sich ein paar europäische Hauchlaute unter schamlos abgeflachte amerikanische Vokale. »Damit«, fügte sie hinzu, »sollte sich keine Frau abfinden müssen, die etwas auf sich hält.«

Die Gastgeberin war eine Freundin von Merope, ein Model, das mit einem italienischen Journalisten verheiratet war und das sich gelegentlich mit anderen schwarzen Models aus Amerika und der Karibik zusammentat, um ein Barbecue zu veranstalten. Dann wurden die Models jedesmal laut und obszön, und an diesem Abend hingen sie, miteinander verflochten, über ihrem Bier und den Rippchen, grölten vor Lachen und bildeten gleichsam einen Pavillon aus langen, herrlich braunen Gliedmaßen, den ein paar Modeleute und einige Mailänder Künstler umschwirrten. Merope war mit einem Maler gekommen, der sich nur in Rot kleidete und der in seinem Garten in der Stadt Ziegen hielt – eine Figur von jenem Typ, der nach irgendeinem Universalgesetz minderen Ranges unweigerlich im geselligen Leben einer jungen Frau auftaucht, die gerade eine feste Beziehung abgebrochen hat. Als der Maler von ihrer Seite gewichen war und vampirhaft mit allen übrigen im Raum zu flirten begann, kam Merope mit Clay ins Gespräch und begriff sofort – so klar und eindeutig, wie wenn man sich verliebt, oder in dem viel selteneren und subtileren Falle, dass man einen neuen Freund, eine neue Freundin entdeckt –, dass dies die Person war, nach der sie Ausschau gehalten hatte, um mit ihr zusammen Mailand auf den Kopf zu stellen.

Viel zu hastig lieferte Clay die Schilderung einer irgendwie feinen, irgendwie europäischen, irgendwie amerikanischen Familie (ihr Pass wie ihre kernige Syntax wiesen auf letzteres hin) und einer Kindheit, die sie, wie eine Wahlkampftour, an eine höchst sonderbare Reihe von Orten geführt hatte: Madrid. Bristol. Gainesville, Florida. Im Vergleich dazu kam Merope ihre eigene Familie so sesshaft vor wie die Pilgerväter. Sie fühlte sich gekitzelt: Nach ihren Model-Bekannten, die trotz ihres aufregenden Aussehens und lauten Benehmens im Grunde nur liebe, hart arbeitende, insgeheim strebsame Mädchen waren, gab Clay ihr das Gefühl, die Schule sei aus und die Ferien hätten begonnen.

Während des Herbstes und Winters unternahmen sie und Clay viel gemeinsam, ohne entscheidend mehr übereinander zu erfahren; sie führten eine Kette von italienischen und ausländischen Verehrern an der Nase herum und benahmen sich wie verspätete Verbindungsstudentinnen. Fast nie gingen sie mit jemandem ins Bett, nicht aus Furcht vor Aids, sondern aus purem Widerspruchsgeist, und nach Verabredungen riefen sie einander spät nachts an und kicherten. Sie ließen die Männer auflaufen. Gelegentlich fragte sich Merope, wie sich erwachsene, voll berufstätige Frauen nur so verhalten konnten: Suchte die Adoleszenz einen denn in fiebrigen Schüben immer wieder heim, wie Malaria?

Der gleiche Gedanke kommt ihr an diesem Abend im Gartenrestaurant wieder in den Sinn, denn sie spürt, dass der Frühling sie kribblig macht. Nach einem kalten, feuchten April ist endlich das warme Wetter da und bringt matte Magnolienblüten und schwüle bräunliche Abende mit sich, stickig vor Industrieabgasen. Heute ist sogar Vollmond: Als sie nach der Arbeit mit dem Taxi hergefahren ist, hat sie ihn flüchtig erblickt, dick und schockierend rot wie eine untergehende Sonne. Monde und andere himmlische Erscheinungen sind in Mailand selten; dieser Vollmond war schon im Smog verschwunden, als sie vor dem Restaurant eintraf. Nun sieht sie zwischen der Hecke aus Kübelpflanzen und den Rändern der großen weißen Sonnenschirme über den Tischen nur das Kopfsteinpflaster der Piazza del Carmine, eine Kirchenfassade im Zwielicht und ein Stück von einer großen modernen Skulptur, die aussieht wie ein zur Autopsie aufgeschlitzter griechischer Torso.

Ihr gegenüber sitzt Clay; sie sieht gut aus in Schwarz, der Mann rechts neben ihr ist sichtlich beeindruckt. Er heißt Claudio, stammt aus Rom, lebt aber die halbe Zeit des Jahres in Mailand und besitzt draußen im Dunst jenseits von Linate Schuhfabriken – ein unergründliches Geflecht von Handwerksbetrieben, deren Erzeugnisse, mit den heiligen Namen der großen Designer geadelt, die Schaufenster entlang der Via Spiga und der Via Montenapoleone schmücken. Seit sie sich alle um halb neun im Baretto getroffen haben, hat Claudio nicht sonderlich diskret versucht, Clay zu betatschen. Vorgeblich aus professionellem Interesse berührt er die großen vergoldeten Knöpfe ihrer Kostümjacke und ohne jede Ausrede ihre Hände und ihre Nasenspitze, und Clay lacht und redet von ihrem Verlobten in Texas und streift Claudio ab wie eine Mücke, oder streift ihn womöglich nicht einmal ab, sondern spielt zerstreut mit ihm, wie ein Kind mit ein paar leichten Stupsern einen Ballon dazu bringt, weiter in der Luft zu tanzen.

Die übrigen Männer am Tisch sind ähnlich orientiert wie Claudio, obwohl der eine Venezianer ist und der andere ein echter Milanese. Alle drei sind sie stadtbekannte Vierziger, die Merope in den letzten beiden Jahren gelegentlich auf Partys getroffen hat: ergrauend, gebräunt, mit der Schönheit ausgestattet, welche die verschwenderische Natur italienischen Männern des Nordens wie des Südens, jeglichen Intelligenzgrades und jeder Gesellschaftsschicht verleiht. Sie tragen Anzüge aus herrlichen Mischgeweben, Seide und Wolle, und ihre Gesichter prägt die diskrete Vorsicht reicher geschiedener Männer.

Wie sämtliche Tischgefährten, die Clay in letzter Zeit angeschleppt hat, sind sie alle drei unmöglich, aus Gründen, die Merope nicht einmal in einem Dokument von der Länge der Magna Charta aufführen könnte. Auch wenn sie bisher noch nie mit ihnen ausgegangen ist, weiß sie aus Erfahrung, dass sie bald miteinander darum wetteifern werden, wer für dieses Essen bezahlen darf; sie werden aufstehen und so tun, als gingen sie zur Toilette, in Wirklichkeit aber, um die Sache mit dem Oberkellner zu regeln oder um verärgert festzustellen, dass einer der anderen vorgeblichen Toilettenbesucher ihnen zuvorgekommen ist. Wenn es sich herausgestellt hat, dass es einem gelungen ist, die Rechnung zu begleichen, werden die anderen Männer ächzen und lachend den strahlenden Sieger zur Rede stellen, der es geschafft hat, für ihren Mageninhalt zu bezahlen.

Die dritte Frau am Tisch ist Robin aus Colorado, die Christie's-Blondine von dem Zugzwischenfall. Sie ist hübsch, aber an der Grenze zur Magersucht, und hat die irritierende Angewohnheit, den Kopf ruckhaft zur Seite zu werfen, wenn sie lacht. Clay benutzt sie schamlos zur Abrundung von Gruppen, in denen noch eine Frau fehlt, die keine Konkurrenz darstellt. Merope mag Robin, hat aber Mitleid mit ihr, weil sie nach fünf Jahren in Italien noch immer nicht begriffen hat, wie sich bei italienischen Männern Lust zu Spielerei und tief verwurzelter Konservativismus vermengen, und weil sie daher von einer katastrophalen Affäre in die nächste taumelt. Jetzt gerade blickt sie voller Hoffnung in die Runde, als wäre sie darauf erpicht, sich erneut die Finger zu verbrennen.

Rechts von Merope erzählt Francesco, der Venezianer, von einem Erlebnis, das er im letzten Monat hatte: Ein etwa sechzehnjähriges Mädchen, eine polnische Immigrantin, erst seit ein paar Monaten im Land, war durch Bluffs bis in sein Büro in der Strickwarenfirma vorgedrungen und hatte ohne irgendeine Vorankündigung die Bluse ausgezogen. »Sie habe ein bisschen als Wäsche-Model gearbeitet, erzählte sie mir – die Figur könnt ihr euch ja vorstellen –, aber damit verdiene sie nicht genug. Ich solle sie aushalten, schlug sie mir vor. So objektiv betrachtet wie nur möglich – *era una fica pazzesca*, ein hinreißendes Weib. Luxus sei ihr nicht wichtig, hat sie gesagt, ein Zimmer würde ihr genügen, egal in welcher Wohngegend, sie trage auch keine Couture, nur Gaultier Junior, und sie habe ein Motorrad, also würden ihre Fixkosten sehr niedrig bleiben. So hat sie das ausgedrückt: ›Fixkosten‹.«

»Und, wie hast du reagiert?«, fragt Clay.

Francesco lässt sich Zeit, schabt eine Muschel aus der Schale und blickt dann mit seinen listigen, hellen venezianischen Augen am Tisch umher. Sichtlich behagt ihm die Geschichte und seine Rolle darin. »Ich mag keine Komplikationen, darum hab ich mit äußerster Mühe den Kopf behalten, sie gebeten, ihre Bluse wieder anzuziehen, und sie fortgeschickt. Und zwar zu ihrem Glück, nicht in moralischer, sondern in praktischer Hinsicht, denn vor einer Woche, bei der Galaveranstaltung, zu der die Sozialisten in die Scala eingeladen haben, bin ich ihr begegnet – starrend vor Schmuck und am Arm des alten Petralzo, der im Teppichgeschäft ist und fünfundsiebzig sein muss.«

»Schön für sie«, sagt Clay. »Dann hat sie für ein maximales Entgelt ein Minimum an Arbeit.«

»Was für eine erhebende Geschichte«, sagt Merope, »sogar ideologisch. Wenn man bedenkt, dass sie unter dem polnischen Sozialismus geboren ist und zu dessen italienischer Variante aufsteigt ...«

Ein Kellner flitzt herbei und präsentiert ihnen einen riesigen gedünsteten Seebarsch, der im Kerzenlicht bleifarben erscheint, dann eilt er damit davon, um ihn zu zerteilen. Obwohl sie alle lachen, hat die Geschichte über die junge Polin die Atmosphäre in der Gruppe verändert. Für einen Moment betrachtet nun jeder von ihnen das Gartenrestaurant im Kerzenschein mit seinen schicken Gästen als eine vorläufige, instabile Oase der Sicherheit, als eine erleuchtete Blase am düsteren Rand des Chaos, das nicht viel weiter östlich herrscht: Die Mauer ist gefallen und über die Welt verteilt, heranwachsende Deutsche beschwören nonchalant das Dritte Reich herauf, internationale Mafiosi und ehemalige Apparatschiks verbünden sich im Schatten des Kreml, Kroaten hacken Montenegrinern die Köpfe ab, tschechische Nutten arbeiten auf den Flügen zwischen Wien und Prag, Auflösung – in Gestalt von Flüchtlingsscharen aus jedem verlumpten Staat der Erde – greift auf die einst sicheren, wohlhabenden Zonen Westeuropas über. Jeder der Männer am Tisch denkt an gewisse Investitionen und spricht ein stummes Gebet. Die drei Amerikanerinnen erleben alle einen flüchtigen, erregenden Moment der Einfühlung in jenes kaltblütige Mädchen, Ausländerin wie sie selbst.

In gedämpfter Stimmung leeren sie zwei Flaschen piemontesischen Rotweins und verspeisen den Fisch mit jenen schmalen, flachen Salatblättchen, die *barba di frate* heißen, Mönchsbart. Merope plaudert mit dem Mann zu ihrer linken, der mit vornehmem milanesischem Akzent spricht und die r's rollt, als räuspere er sich unentwegt. Er heißt Nicolò und überrascht sie angenehm, indem er kommentarlos die Tatsache hinnimmt, dass sie Amerikanerin afrikanisch-karibischer Abstammung ist – die meisten Italiener fühlen sich bemüßigt festzustellen, sie sehe überhaupt nicht wie eine Amerikanerin aus, als ob man das könnte – und dass sie tatsächlich in der Werbung arbeitet und nicht in einem jener Jobs, die viele sonst recht intelligente Mailänder als die einzige Möglichkeit für eine hübsche junge Frau mit zedernholzfarbener Haut betrachten: Laufsteg-Jobs oder Hinterwackeln in TV-Spots für tropische Säfte.

Merope erzählt ihm, dass sie sich bei ihrer Arbeit stillschweigend vorgenommen hat, zu versuchen, Einstellungen und Images zu verändern – ein weitgehend aussichtsloses Vorhaben in einer kleinen italienischen Agentur, die für jedes Werbebudget dankbar ist. Italiener sind keine geborenen Rassisten, nicht so wie die Amerikaner, aber sie neigen dazu, Fremden bestimmte groteske Rollen zuzuschreiben, die so starr sind wie die Charaktere der Commedia dell' arte. »Es ist schon komisch. Bei unserer letzten Kampagne, für Klimaanlagen, plädierten die jungen Kreativen doch dafür, zwei schwarze, als Kannibalen kostümierte Models zu bringen, die das Klimagerät an einer Stange schleppen. Kannibalen – können Sie sich das vorstellen? Nackte Brüste, Ketten mit Zähnen um den Hals, Baströckchen um die Hüften. Die Chefs der Agentur fanden das toll. Bloß ich habe lauthals dagegen protestiert.«

Nicolò lächelt. »Sie finden bestimmt *Sie* toll.«

»Na, ich bin für sie so eine Art Dornenkrone. Aber ich biete ihnen Komik zur Entspannung.«

Sie kennt Nicolò vom Sehen: Auf Partys tritt er jedesmal mit einer anderen überproportionierten, minderjährigen Schönheit auf, die ihm an der Hüfte klebt. Er ist sogar einmal mit einer ihrer Bekannten ausgegangen, einer hoch aufgeschossenen Neunzehnjährigen aus Santo Domingo, die in diesem Jahr viel für Armani arbeitet. Merope empfindet »Nicolò« als einen jungen Namen, ungestüm, hitzig, knabenhaft wie der mittelalterliche Revolutionär Cola di Rienzo; aber dieser Nicolò hier ist kein Junge mehr. Er hat einen dichten Schopf grau werdender Locken und müde, hervorquellende Augen, die blauen Augen eines Lombarden, und verströmt – erstaunlich für einen Lebemann – eine sanfte, sentimentale Traurigkeit.

Wie die übrigen ist er gut gekleidet, aber seine Kleidung wirkt eine Spur zu groß für ihn und lässt ihn seltsamerweise wie einen Waisenjungen erscheinen, was wohl, denkt Merope unfreundlich, das Geheimnis seines Erfolgs bei Frauen ausmacht. Das und sein Geld. Von den drei Männern ist er der einzige, dessen Vermögen nicht neueren Datums ist; in seiner Familie gibt es Professoren und eine berühmte Sammlung futuristischer Kunst, und es heißt, er halte das von seinem Urgroßvater gegründete Textilunternehmen lediglich am Laufen, um seiner Vorliebe für sehr junge Models zu fröhnen. (In der Tat schimmerte Trauer in seinen Augen, als er von der jungen Polin hörte.) Es heißt auch, er verliebe sich unentwegt, mit turbulenten Folgen.

Hier sitzt er nun und spricht von einem großen Haus im Engadin, in dem seine achtundsiebzigjährige Mutter die Winter damit verbringt, Nusskuchen zu backen, Ski zu fahren, zu wandern und per Telefon oder Fax mit dem Aufsichtsrat der Firma zu rangeln.

»Sie klingt ja großartig«, sagt Merope. Sie erzählt ihm von Jazelle, der Mutter ihres Vaters, einer Schuldirektorin mit einer Vorliebe sowohl für Plutarch wie auch für eine ganz bestimmte scharfe Sauce aus gelben Pfefferschoten – eine große, starre Frau von eisenfarbenem Teint, die Familienmitglieder und Schüler mit einer tödlichen Montserratischen Flüsterstimme zum Parieren brachte – mit einer Stimme, die ihren amerikanisierten Enkeln zugleich peinlich war und Furcht einflößte. Es ist nur so ein Impuls von Merope; ihre Familie ist ihre Privatangelegenheit, über die sie sonst mit den Leuten, die Clay anschleift, nicht redet.

»Ich begreife nicht, was Sie in Mailand treiben«, sagt er.

»Nun, schließlich muss ich mir die Welt ansehen. Das geht hier ebenso gut wie anderswo, wenn nicht gar besser.«

Nicolò schnippt mit dem Fingernagel gegen den Fuß seines Weinglases.

»In einem Garten hier hat sich die Bekehrung des heiligen Augustinus ereignet. Ich glaube, das war wohl das letzte Mal, dass diese Stadt einem Menschen gut getan hat.«

»Ich wüsste schon gern, wo der Garten lag«, sagt Merope.

Nicolò lacht und sagt, eine Kinderstimme habe in dem Garten zu Augustinus gesprochen, und im Augenblick finde er, Merope habe das Gesicht eines Kindes, das zu viel weiß. Sie erinnere ihn an die Infanta Margarita von Velázquez. Ein hübsches Kompliment, das jedoch dadurch geschmälert wird, dass er es auf selbstzufriedene, allzu gewandte Weise macht, was erkennen lässt, dass er stets mit Kunstvergleichen aufwartet, um seine sehr jungen Models zu beeindrucken. Das ärgert Merope. Sie merkt, dass er an ihr ziemlich interessiert ist, und das verdutzt sie, denn sie entspricht so gar nicht seinem Typ.

Von der anderen Seite des Tisches werden sie von Claudio, dem römischen Schuhfabrikanten, unterbrochen, der mitbekommen hat, dass sie über das Gebirge gesprochen haben. Während er immer wieder einmal unverschämt mit Clay flirtet, erinnert er sich an eine Party, die ein knickeriger Cousin von Nicolò einmal in den sechziger Jahren in Champfer gegeben hat. Dieser Cousin hatte einen Wald mit einem Zeltdach überspannen lassen wollen, damit seine Gäste darin tanzen könnten wie Gnome; da die schweizerische Gesetze dies aber nicht gestatteten, ließ er ein Zelt mit großen, in Kübel gestellten Lärchen füllen, eigens aus Österreich importiert. Beim Morgengrauen waren die Männer, eine schwarze Phalanx im Smoking, allesamt auf Skiern von Corviglia hinuntergefahren.

Die beiden anderen Männer am Tisch stimmen nostalgisch ein und tun kund, wie viel Zeit sie in den sechziger Jahren, als sie junge Spunde waren, doch im Smoking verbracht haben. Sie waren so chic gewesen, dass sie selbst an normalen Tagen nie Skikleidung trugen, sondern im Anzug mit Weste Ski fuhren, in den schmalen, taillierten Jacketts und den ausgestellten Hosen jener Zeit, in den hoch abschließenden Hemdkragen und breiten Krawatten. »Wir waren Dandys«, sagt Francesco seufzend.

Clay erklärt, das seien sie noch immer, denn mediterrane Männer verstünden es eben instinktiv, sich zu schmücken. Ob sie aber auch körperlich noch auf der Höhe seien, fragt sie so rhetorisch, dass Robin und Merope loskichern. Daran zweifle sie, sagt Clay und wirft ihre rote Mähne zurück; und dann befiehlt sie den Männern ohne Umschweife, ihre Beine vorzuzeigen. Clay wirkt auf Männer, als würde ihnen eine Pistole in den Nacken gesetzt. Prompt erheben sich alle drei am Tisch – Väter erwachsener Kinder und Leiter von Unternehmen – zur beträchlichen Verwunderung der Kellner und der übrigen Gäste von ihren Plätzen und reihen sich wie ungezogene Schuljungen vor Clay auf, die sich mit einem Circe-Lächeln auf ihrem Stuhl umgewandt hat, um sie zu begutachten. Sie lüpfen die Hosenbeine an und enthüllen unterschiedlich knubblige, in Socken steckende Fußgelenke und Waden. Clay lässt sie einen Moment länger als notwendig so dastehen, bevor sie erklärt, das sei noch annehmbar, und ihnen erlaubt, zu ihren Tellern zurückzukehren. »Aber an der Muskulatur müssen Sie noch arbeiten, meine Herren!«, sagt sie.

»Natürlich benehmen sie sich so, weil wir Ausländerinnen sind«, erklärt Clay ein wenig später, als sie mit Merope in der Damentoilette steht. Schon oft hat Clay ihre Überzeugung geäußert, italienische Männer betrachteten Ausländerinnen als Fluchtluken, als Chance, sich von dem unerhörten Stress des Lebens mit Italienerinnen zu erholen, die alle von anspruchsvollen mediterranen Erdgöttinnen abstammten.

»Italiener sind genau wie Männer überall, nur intensiver«, sagt Merope. »Das eigentliche Geheimnis, das jahrhundertealte Rätsel besteht darin, dass wir ihretwegen zum Hinterntraining gehen und uns üble Schmerzen zumuten. Schau sie dir doch bloß an – diese knochigen Beine!«

Merope schminkt sich die Lippen frisch mit Farbe aus einem kleinen irdenen Tiegel, den ihr Exfreund ihr aus Marrakesch mitgebracht hat. Clay hat die Toilettentür offen stehen gelassen, um sich weiter mit ihr zu unterhalten, und sitzt nun dort mit hochgezogenem Rock und heruntergezogenen Strumpfhosen, das Kinn auf die Hände gestützt.

Als Clay sich die Hände wäscht, beginnen sie über Claudio, den Schuhfabrikanten zu reden, der Clay, wie Merope treffend bemerkt, umschwänzelt wie ein römischer Kellner eine Austauschschülerin. Gnädig wie so oft, wenn man es am wenigsten erwartet, erklärt Clay, der arme Claudio sei eigentlich ganz harmlos, er leide nur darunter, dass er weniger Geld habe als seine Freunde und dass sein Partner in der Firma im vergangenen Monat ins Gefängnis gewandert sei, eine Folge des Bestechungsskandals in der Regierung.

»Na, wenn du so viel Mitleid mit ihm hast, dann solltest du ihm dieses Benehmen abgewöhnen«, sagt Merope und lässt den marokkanischen Schminktiegel in ihre Tasche fallen. »Tu doch einfach so, als hätte dir sein Charme den Verstand geraubt, schnapp ihn dir und küsse ihn vor allen Leuten ab. Schieb ihm deine Zunge in den Mund. Das würde ihn fürchterlich erschrecken. Vielleicht würde es sogar sein ganzes Leben verändern. Zumindest würde es ihm aber Manieren beibringen.«

Das sei gar keine üble Idee, sagt Clay, und als sie wieder am Tisch sind, packt sie Claudio den Schuhfabrikanten tatsächlich und gibt ihm einen dicken Schmatzkuss – einen richtigen Miedersprenger, wird sie später sagen. Sie tut es nicht gleich, sondern wartet bis nach dem Dessert, zu dem in kleinen Tässchen schwarzer Kaffee gereicht wird, der nach dem trägen Mahl den reinsten Adrenalinschub bewirkt.

Merope sieht Claudio zum zwanzigsten Mal die Hand ausstrecken und Clay über die Wange streichen, während er ein weiteres abenteuerliches Kompliment drechselt; und dann sieht sie, wie Clay lacht, ihn an den Schultern packt und ihm einen langen, äußerst bewegten Kuss gibt. Alle starren sie hin, und Robin, die Christie's-Frau, klascht spontan mit ihren schmalen Händen wie ein Kind im Zirkus, wenn die Elefanten hereinziehen. Clay gibt Claudio frei, und sein Gesicht ist tiefrot, fast bläulich. Er sucht nach einer passenden Miene. Alle übrigen tun es Robin nach und applaudieren, weil sie sonst nichts tun können, und an anderen Tischen drehen sich die Leute neugierig um.

»Brava, Clay! Jetzt haben Sie's ihm aber gezeigt«, ruft Francesco.

Clay ist bleich, hat jedoch keineswegs ihr Gleichgewicht eingebüßt. Sie nimmt einen Schluck Mineralwasser. »Das war nur möglich«, sagt sie gleichmütig und ohne ein Lächeln, »weil *mehr* mit Claudio niemals möglich wäre.«

Kreischendes Gelächter, Anspielungen auf den texanischen Verlobten, laute Proteste seitens der Männer, zumal von Claudio selbst, der es doch immerhin versteht, mit römischem Esprit das Gesicht zu wahren, um seine Spuren zu verwischen – sich über sich lustig zu machen, indem er Clay noch überschwänglicher hofiert. Die Atmosphäre ist jedoch unversehens mörderisch geworden, fällt Merope auf; zumindest wabert in den Stimmen, die unter dem weißen

Sonnenschirm im Kerzenschein verschwimmen, ein unheilvoller Nachklang, wie er dem ersten Einschlag einer Axt in einen Baumstamm folgt. Merope selbst nimmt es Clay einerseits übel, dass sie ihren Einfall so wörtlich genommen hat, andererseits ist sie voll widerwilliger Bewunderung.

»Und was geht dir nun durch den Kopf, frühreifes Kind?«, fragt Nicolò sie ein paar Minuten später, als Francesco offenbart, dass er die Rechnung beglichen hat, und sie alle aufbrechen.

»Dass frühreife Kinder böse enden«, erwidert Merope.

Die Gruppe von sechs Personen verteilt sich auf zwei Wagen, um zur Piazza Sant' Ambrogio zu fahren und Angela und Lucia zu besuchen, vierzigjährige Zwillingsschwestern, die für Francesco eine Sport-Kollektion entwerfen. Diese Schwestern mit den Kammerzofen-Vornamen gehören in Wirklichkeit einer altehrwürdigen Mailänder Adelsfamilie an, deren düstere, von Faustschlägen und blutrünstigen politischen Intrigen erfüllte Geschichte die Chroniken der mittelalterlichen Lombardei beherrscht. Die Zwillingsschwestern selbst, Überbleibsel einer Dynastie, sind klein, haben üppiges, meliertes Haar und so brüchige Zwitscherstimmen wie zwei Grillen; um ihre Freunde zu ärgern, treten sie bei Partys gleich gekleidet auf. An diesem Abend flitzen sie in roten und gelben Pumphosen-Overalls durch Lucias Wohnung, die neben derjenigen ihrer Schwester in einem modrigen Palazzo aus dem sechzehnten Jahrhundert mit Blick auf die Kirche Sant' Ambrogio liegt. Die beiden Schwestern prahlen damit, dass sie selbst während ihrer Ehen und Liebesaffären kaum eine Nacht getrennt verbracht haben.

In dem Raum, in dem die Gäste versammelt sind, stehen, an die Lamperien gelehnt, Fotografien von Man Ray, mit meergrünem Damast überzogene Sofas und Sitzkissen und ein malaysisches Himmelbett mit geschnitzten Pfosten; aus den Fenstern sieht man auf einen Laubdschungel hinunter, in dem sternengleich weiße Blüten aufleuchten – solch einen Innenhof hinter den narbigen, rußgeschwärzten Fassaden Mailänder Palazzi vorzufinden hat Merope anfangs überrascht.

Sie entfernt sich von Nicolò, der sich in ihrer Nähe gehalten hat, seit sie aus dem Wagen gestiegen sind, und setzt sich auf ein wabbelndes Sitzkissen neben einen gutaussehenden indischen Designer, der mit einer der Zwillingsschwestern zusammenarbeitet. Er heißt Nathaniel und spricht gerade sehr gefühlvoll über Cole Porter; sein Zuhörer ist ein dicker, runder Engländer, an den sich Merope vor allem darum erinnert, weil er im Sommer in wundervollen weißen Leinenanzügen durch die Stadt flaniert wie der Gouverneur einer Kolonie auf Urlaub.

»Meine Mutter«, sagt Nathaniel gerade, »hat sich bei Sonnenuntergang immer mit einem Krug kalten Tees ans Klavier gesetzt und erst einmal ›Night and Day‹ gespielt. Das ist schon eine sehr eigenartige Erfahrung, in Delhi bei Sonnenuntergang Cole Porter zu hören.« Er streicht sich über die Stirn, wie um eine unerträgliche Erinnerung zu verscheuchen, und legt dann einen Ellbogen auf Meropes Schulter. »Hallo Süße«, sagt er. »Appetitlich siehst du heute Abend aus.« Merope schiebt seinen Ellbogen weg und lächelt. Sie mag Nathaniel; er ist mit Maria Teresa, ihrer Chefin, befreundet. Er erkundigt sich nach ihrer Arbeit, und sie erzählt ihm von dem interessantesten Auftrag, mit dem sie zur Zeit beschäftigt ist – sie verfasst die Scripts für eine Videoserie über die Phantasien von Top-Models.

»O là là«, wirft der rundliche Engländer ein.

»Nein, so scharf wie es klingt, ist es gar nicht. Es geht um Phantasien, wie sie die meisten Frauen mit etwa elf Jahren haben. Das Sexuelle spielt nur eine unterschwellige Rolle. Eines der Mädchen, eine Russin, die wirklich hinreißend aussieht, träumt davon, Katharina die Große zu sein ...«

»Unterschwellig würde ich das nicht nennen«, wirft Nathaniel ein. »Wenn man an Katharina und das Pferd denkt ...«

Merope erklärt ihm, dass die Sache mit dem Pferd eine Legende ist und dass sich das Video jedenfalls auf Zwiebelkuppeln und pelzgesäumte Dekolletés beschränkt. Dann schildert sie ein anderes Video, in dem das Model davon phantasiert, sie sei eine Mafia-Prinzessin, und mit einer Uzi in der Hand einem schwarzen Mercedes entsteigt, während eine Stimme aus dem Off bemerkt: Schönheit kann töten.

Die beiden Männer prusten, und dann fragt der Engländer Merope nach Ivo, ihrem holländischen Exfreund. Als sie sagt, sie habe ihn vor fast einem Jahr verlassen, beugt er sich zu ihr herüber, lasziv und onkelhaft zugleich, und sagt: »Ich hoffe doch, du bist nicht zu den Eingeborenen übergelaufen, mein Kind. Ich empfinde tiefe väterliche Sorge, was deine romantische Zukunft angeht. Zu viele nette Mädchen kommen hierher und lassen sich von den Iii-talieenern den Kopf verdrehen. Eine üble Situation – sehr übel, wie Mr. Jingle sagen würde. Denn allen Mythen und volkstümlichen Überlieferungen zum Trotz, ist der Italiener ...«

»... das schwierigste männliche Wesen auf Erden«, wirft Nathaniel ein, vergnügt wie jemand, der ein altes, geliebtes Steckenpferd besteigt.

»Wohl wahr, obwohl ich konservativ sagen wollte«, sagt der Engländer. »Schwierig, denn beim asiatischen Mann, beim Afrikaner ...«

»Den Inder nicht zu vergessen«, sagt Nathaniel.

»Weiß man, woran man ist«, sagt der Engländer, »und man ist auf ein Verhalten primitiv-autoritärer Art gefasst. Der Italiener dagegen wirkt zunächst modern, und dadurch wird er ungleich gefährlicher. Unter der glanzvollen Designschicht verbirgt sich ein ganzes Wurzelgeflecht von archaischen Überzeugungen und primitiven Loyalitäten. In Mailand verbirgt man es nur besser, mehr nicht.«

Nun kommt er in Fahrt und deutet quer durch den Raum ausgerechnet auf Nicolò, vielleicht weil er ihn mit Merope hat hereinkommen sehen. »Nehmt doch nur zum Beispiel ihn. Auf den ersten Blick nimmt ein kritisches Auge da nicht nur ein etwas zu umsichtig bekleidetes Exemplar der Bronzefiguren von Riace wahr, sondern eine ganz bestimmte Wohnung! Ja, hinter jedem Mailänder Playboy lauert eine riesige, düstere, zugewucherte Patrizierwohnung im Magenta-Viertel, mit Girlanden an der Decke und dem Geruch nach Generationen von Pasta in brodo – oh, dieses brodo! –, die Generationen von schnurrbärtigen Haushälterinnen aufgetischt haben.

Und dann das Stammesleben in diesen Wohnungen – allmächtige Mütter, Wäschekammern, respektvolle Lieferanten, die einmal jährlich ihre Rechnungen vorlegen, respektvolle Priester, die diskret vom Vermögen des Haushalts absahnen, rituelle jährliche Aufenthalte in den Bergen und am Meer, junge Männer und junge Ehefrauen, die allmählich ersticken, Schatullen voller Gold, das unentwegt ›Familie, Familie, Familie‹ klingelt.«

Er fixiert Merope mit funkelnden grünen Augen. »Wenn man in einem dieser Miniatur-Purgatorien aufgewachsen ist, trägt man das Gefühl von Sündhaftigkeit in jeder Körperzelle mit sich – das Empfinden, dass unter Menschen Kompromisse und Korruption unvermeidlich sind. Das ist die Überzeugung, die aller Verderbtheit in dieser Stadt zugrunde liegt – und es ist eine sehr verderbte Stadt, auf lächerliche, nicht einmal sonderlich interessante Weise verderbt. Eine exotische Amerikanerin wie Sie kann gar nicht begreifen, welch eine Bürde das bedeutet.«

Anmaßender alter Esel, denkt Merope; sie hat sich umgesehen und nur halb zugehört. Es wäre nett, mal einen Abend zu verbringen, ohne das Wort exotisch zu vernehmen. »Ich habe auch eine Familie«, sagt sie prononciert.

»Dass Sie eine behütete, hochgebildete Blüte der Neuen Welt sind, ist überhaupt nicht zu übersehen. Aber das macht Sie nur verwundbarer.« Er deutet auf Clay. »Das ist die Sorte von Mädchen, die in Italien vorankommen: Sie schlagen zu und sind schon wieder weg.«

Clay steht am anderen Ende des Raums und unterhält sich mit einer der Zwillingsschwestern. Als einzige von allen sieht Clay besser aus, je länger der Abend währt: Ihre Augen und ihre Ohrringe schimmern, und sie wirkt sinnlicher, weißer, rosiger, eindringlicher. In ihrer Nähe lauert Claudio, der Schuhfabrikant; seit sie ihm den Kuss gegeben hat, ist er ihr nicht von der Seite gewichen. Während er sich zuvor ärgerlich dreist benommen hat, ist er nun verzweifelt.

»Ja, diese gescheite junge Frau war so vernünftig, sich mit einem Viehbaron zu liieren und das Weite zu suchen.«

»Das klingt, als wären Sie eifersüchtig«, sagt Merope.

»Oh, sehr sogar«, erwidert der Engländer. »Aber für mich ist es zu spät.«

Eine der Zwillingsschwestern wieselt zu ihnen herüber und macht Merope ein Kompliment zu den wundervollen neuen Schuhen, die sie trägt, schwarze Riemchenschuhe, und dadurch kommen alle irgendwie auf die königliche Familie von Großbritannien zu sprechen, denn Nathaniel behauptet, er habe aus verlässlicher Quelle erfahren, dass der Prinz von Wales sich in seiner schwierigen Ehe einzig und allein nach Riemen sehne, nach ganz vielen Riemen, dass die Prinzessin sich jedoch weigere, ihm den Gefallen zu tun.

Clay tänzelt heran, lässt sich auf den Schoß des Engländers plumpsen und wirft ihn dabei fast um; inzwischen wird eine neue Verschwörungstheorie erörtert, nach welcher ein Zusammenhang zwischen der Queen und den jüngsten Mafia-Exekutionen in Palermo besteht. Von da gelangt man zum Fiasko der Aids-Wohltätigkeitsgala von vergangener Woche, bei der ein überraschendes Unwetter im Schloss Sforza die Beleuchtung durchgeschmort hat und fast eine internationale Schar von Prominenten getötet hätte. Danach disputiert man darüber, was der Auftritt eines bekannten Kunstkritikers in einer nächtlichen TV-Sex-Show bedeutet, die von einem schönen Hermaphroditen moderiert wird. Als nächstes analysieren sie gründlich die neuste Wendung im sensationellen Scheidungsprozess eines großen Verlagschefs – die Behauptung seiner Frau, er habe sie mit einer Zucchini vergewaltigt und das anstößige Gemüse seinen Freunden sodann in einem Risotto aufgetischt.

Inzwischen ist Nicolò hinzugetreten und hat sich auf die Armlehne einer Couch neben Merope gesetzt, und bei all dem Gelächter spürt sie, dass er sie beobachtet. Im Schutz des allgemeinen Geplappers beugt er sich ihr zu und sagt: »Ich muss übermorgen nach New York fliegen. Mögen Sie mitkommen?«

Sie steht auf, entfernt sich von der Gruppe und tritt ans Fenster, er folgt ihr. Dann bleibt sie ganz still stehen und sieht ihn direkt an. »Ich glaube nicht, dass Sie sich wirklich für mich interessieren«, sagt sie. »Ich bin überhaupt nicht Ihr Typ – nicht extrem jung, nicht groß und nicht schön nach den professionellen Maßstäben, die Sie schätzen. Und ich habe eine Persönlichkeit. Eine Haltung, obwohl Sie wahrscheinlich nicht wissen, was das heißt. Fragt sich also, warum Sie sich so benehmen. Um im Spiel zu bleiben? Um für die Models aus der Dritten Welt zu trainieren?«

Er wird rot, wenn auch weniger, als er sollte, und entschuldigt sich. Er habe sich schrecklich unbeholfen aufgeführt, das gibt er zu, aber sie sei zu hart zu ihm. Tatsächlich sei sie anders als die Frauen, die er sonst treffe, und das habe ihn aus der Bahn geworfen. Er hätte ahnen müssen ...

»Ich habe beruflich ziemlich oft in New York zu tun«, unterbricht ihn Merope erbarmungslos. »Sie haben mir da eine Reise angeboten, wie man einem kleinen Flüchtlingsmädchen Strümpfe anbietet. Bieten sie den Trip doch dem polnischen Mädchen an, das zu Francesco ins Büro gekommen ist und die Bluse ausgezogen hat. Ich habe ja gesehen, dass Sie das erregt hat.«

Er errötet etwas mehr, reibt sich mit dem Zeigefinger nervös das rechte Auge, ist jedoch keineswegs unangenehm berührt, wie Merope sieht; im Gegenteil, die Szene gefällt ihm sehr. Was geht bloß vor, überlegt sie, warum wollen alle Männer, dass wir auf ihnen herumtrampeln? Selbst der arme alte Prinz von Wales möchte verhauen werden. Aus einiger Entfernung zwinkert ihr Clay zu, als wisse sie, was Merope gerade durch den Kopf geht, und auf einmal fühlt sie sich müde.

Francesco hat einer der Zwillingsschwestern geholfen, ein Tablett mit *sgropin* herzurichten, der Melange aus Zitronensorbet und Wodka, die Venezianer nach schweren Mahlzeiten trinken, und als Merope sich wieder setzt, nippen die übrigen davon aus Spumante-Gläsern und plappern lautstark weiter, nunmehr über Telepathie und Magie.

Clay erzählt von einem Freund in Rom, der einen anrufen und einem die Farben der Sachen nennen kann, die man in diesem Moment trägt. Eine der Zwillingsschwestern schildert den grandiosen Magier Gustavo Pol aus Turin, der einem zu seiner besten Zeit in den fünfziger Jahren auftrug, irgendein Buch aus der eigenen Bibliothek herauszugreifen, es auf einer beliebigen Seite aufzuschlagen – und da stand dann sein Name, geschrieben in einer überirdischen Handschrift. Francesco berichtet von seinem Onkel, der, als er in einer weitläufigen alten Villa an der Brenta wohnte, eines Nachts geträumt hat, eine ihm unbekannte Frau weise ihn an, einen Block Kalkstein in einer kleinen Vorratskammer einzuschließen und den Schlüssel fortzuwerfen. Der Onkel befolgte die Anweisungen des Traums, und als er und seine Familie am nächsten Tag die Tür aufbrachen, fand sie auf dem Stein die Inschrift *Siete tutti maledetti* eingraviert – ihr seid allesamt verflucht.

Diese unheilvollen Worte bringen die Party zwar nicht unmittelbar zu ihrem Ende, doch als sie einmal ausgesprochen sind, bleibt niemand mehr sehr lange. Einige ziehen davon, um bei Momus noch ein Glas zu trinken oder um das neueste Sortiment von Models im Nepantha tanzen zu sehen, das seit Urzeiten als Schaufenster für Models dient. Manche gehen nach Hause, denn das gilt nicht als beschämend in diesen genügsamen letzten Jahren des Jahrtausends. Clay, die es immer versteht, vor Erschöpfung zusammenzubrechen, wenn sie sich langweilt, leistet sich einen ihrer fliegenden Abgänge; sie werde später noch anrufen, zischt sie Merope zu und schlüpft in ein Taxi, von dem niemand wusste, dass sie es gerufen hat. Mit einem spitzen Küsschen auf die Wange lässt sie Claudio, den Schuhfabrikanten, an der Bordsteinkante stehen. Aus dem Augenwinkel sieht Merope ihn da stehen, einfach nur dastehen, während das Taxi davonbraust. Auf einmal wirkt er zweidimensional, als wäre das ganze Polstermaterial aus ihm herausgefallen. »Der gehäutete Marsyas, nicht wahr?« sagt der Engländer über Meropes Schulter hinweg. »Ich habe es Ihnen ja gesagt, sie ist sehr gut in diesen Dingen.«

Nicolò bietet an, Merope nach Hause zu fahren, und sie sagt ja. Was bedeutet, dass sie um ein Uhr nachts mit einem Mann, den sie nicht anziehend findet, den sie gar nicht verstehen möchte, durch die Altstadt von Mailand zum Wagen geht. Welch sonderbarer Leim hat nur bewirkt, dass sie noch immer aneinander kleben?

Die abgetretenen Pflastersteine unter ihren Füßen sind vor Feuchtigkeit glitschig, und aus den Gärten, die sich hinter den Smoggeschwärzten Portalen der alten Palazzi verbergen, dringt der Geruch von Erde, Laub und Katzenpisse. Gelegentlich kommen sie an einem Hauseingang vorbei, in dem Wegwerfspritzen herumliegen, aber sie sehen niemanden – keine Junkies und keine Liebespaare. Die stillste Stunde der Nacht ist nahe, die Stunde, in der unter dem Furnier von Verkehr und Geschichte der unwandelbare Charakter der Stadt zum Vorschein kommt.

Ihre Schritte hallen an den Mauern der schmalen Straßen wider, ein nächtliches Geräusch, das für Mailand eigentümlich sein muss, nimmt Merope an, denn jede Stadt der Welt reagiert auf ihre eigene Weise auf nächtliche Stimmen und Schritte. Als hätte Meropes Schelte wie durch Knopfdruck Nicolòs Hemmungen gelöst, hat er unentwegt geredet, seit sie sich von den anderen verabschiedet haben, und er redet weiter, als sie in seinen großen, mit Leder ausgekleideten Wagen gestiegen sind, dessen Türen mit einem wuchtigen, satten Ton zuschlagen, wie eine sich schließende Gruft.

Er spricht von seiner Frau, der er entfremdet ist und von der sich scheiden zu lassen ihm nie ganz gelungen ist, von deren exzellenter Herkunft aus einer Dynastie der pharmazeutischen Industrie in Como, von ihrer religiösen Bindung, ihren rassigen Pfeifenstielbeinen unter den schottischen Faltenröcken, die sie in den siebziger Jahren zu tragen pflegte, von den Anfängen ihres Alkoholproblems. Er spricht davon, dass ein Mann bis zu einem gewissen Alter immer weiter nach einer Frau sucht, die weiß Gott welche Wunde heilen könnte, bis man an irgendeinem Nachmittag vom Überfliegen eines Schriftstücks aufblickt und begreift, dass man aufgehört hat zu suchen; und dass diese Erkenntnis das größte Desaster darstellt, das man zu gewärtigen hat. Er spricht von seinem Sohn, der bei Salomon Brothers in London tätig ist, und von seiner Tochter, die kurz vor ihrem Bocconi-Abschluss steht; er fragt Merope, wie alt sie sei.

»Achtundzwanzig.« Sie sagt es mit sorglosem Nachdruck, wohl wissend, dass sie zu alt ist für seinen Geschmack, dass einen der intensivsten Genüsse, die er sich gestattet, wahrscheinlich der Augenblick darstellt, in dem er endlich erfährt, wie jung, wie gefährlich jung das Mädchen an seiner Seite ist. Nicht nach seinem Geschmack zu sein verstärkt das Machtgefühl für Merope, und zugleich liegt darin etwas von Kumpanei. Alle Müdigkeit, die sie verspürt hat, ist verflogen: Sie fühlt sich schön und souverän, von ihrem schwarzen Kleidchen mit dem Fischbeinmieder unterstützt wie von einer Zauberrüstung.

Aus einem Impuls heraus bittet sie ihn, sie nicht gleich nach Hause zu fahren, sondern stadtauswärts, zu der Landstraße längs des Kanals in Richtung Pavia, damit sie einen Blick auf die Reisfelder werfen können, die nun im Frühjahr, zur Pflanzungszeit, überflutet sind. Um zum Paveser Kanal zu gelangen, fahren sie durch das Viertel am Parco Sempione, wo die Transvestiten und Transsexuellen ihren Prostitutionsgeschäften nachgehen. Für die Prostituierten ist es bereits spät, ihre beste Zeit zur Selbstdarstellung ist um Mitternacht, aber diejenigen, die nicht bereits Kunden haben oder außer Dienst sind, werfen sich in ihre Posen, als sie die Scheinwerfer von Nicolòs Wagen sehen. Sie vollführen Tanzschritte oder strecken die Zunge heraus, greifen an ihre entblößten Silikonbrüste und beugen sich vor oder wenden der Straße das Hinterteil zu und wackeln mit dem nackten Po.

Sie gelten als die bestgekleideten Stricherinnen Italiens, und allerdings sehen sie bei flüchtiger Betrachtung alle phantastisch aus in ihren irrwitzigen String-Bikinis und Strumpfbandgürteln, Strümpfen und hochhackigen Schuhen; nur die Stärke ihres Kinns und die schmalen Hüften deuten auf ihr ursprüngliches Geschlecht hin. Alle zusammen gleichen sie einem versprengten Trupp von Fellini-Statisten. Einer von ihnen ist in ein rotes Mephisto-Cape gehüllt, das Nippel umspielt, die mit phosphoreszierendem Make-up geschminkt sind; ein anderer trägt ein enganliegendes silbernes Lycra-Trikot mit einem rückwärtigen Ausschnitt, der nackte Pobacken freigibt, was Merope unweigerlich an ihre *Ass Class* erinnert.

Nicolò fährt langsamer, damit sie beide ausgiebig hinschauen können, und witzelt halbherzig über die Schwächen des öffentlichen Verkehrssystems während der Nachtstunden. Die Transvestiten seien fast alle Albaner oder Brasilianer, erklärt er Merope, der das bereits bekannt ist. Mit Clay und anderen Freundinnen ist sie mehrmals nach dem Essen umhergefahren, um sich die Stricher anzusehen; erst jetzt aber überlegt sie, wie wohl das Leben für diese prächtigen Nachtvögel aussehen muss, die Fremde im Land und in einem anderen Geschlecht sind, erfahrene, aber wenig geachtete Arbeiter in einem Beruf, der sie den meisten übrigen Menschen auf der Welt fremd macht.

Sie sieht, dass Nicolò die Prostituierten mit jener verschleierten Miene beäugt, die Männer aufsetzen, wenn sie sich in Begleitung einer Frau Nutten anschauen, und das weckt in Merope amüsiertes Wohlwollen. Allmäglich mag sie ihn sogar ein wenig, den alten Nicolò. Seine zu langen Locken, sein Jackett aus erlesenem Stoff, seine Seelenqualen, selbst seine scheue Vorliebe für halbwüchsige Mädchen sind, wie der Engländer gesagt hat, allesamt Bestandteile einer bestimmten Gleichung, die nicht nur mit weitläufigen düsteren Wohnungen und Stuckgirlanden zusammenhängt, sondern auch mit Fluchtversuchen aus jener Welt – endlosen, vergeblichen Ausbruchsversuchen, in denen die Rückkehr immer schon vorgegeben ist. Merope weiß, dass Nicolò sie gern als Anlass zu einem seiner Fluchtversuche nähme. Für die Transvestiten ist er nicht mutig genug.

Sie gelangen zum Paveser Kanal und fahren an ihm entlang zur Peripherie der Stadt, vorbei an der verdunkelten Restaurantgegend, an den verankerten Booten mit ihren Cafétischen und den wenigen noch erleuchteten Clubs. Nicolò spricht immer weiter; von ihrem Schweigen angespornt, beginnt er zu improvisieren, gibt fast schon Erklärungen ab. Er gesteht ihr, dass er von jungen Models und ausschweifenden Abenden genug hat. Selbst dieser Abend, mit dem Kuss – er hat nichts gegen ihre Freundin Clay, sie ist eine faszinierende Frau, aber irgendetwas an ihr ... Jedenfalls sehnt man sich von einem bestimmten Moment an nach einer Frau, die man seinen Kindern, seiner Mutter vorstellen kann. Er selbst könnte sich nie ernsthaft mit einer Frau einlassen, die ... Beim ersten Blick hat er gespürt, dass zwischen Merope und ihm etwas möglich wäre, trotz der großen Unterschiede ...

Sie fahren durch die Randbezirke von Mailand: Fabriken, Sozialbausiedlungen und glücklose Überreste dörflichen Lebens, die sich die Großstadt einverleibt hat. Dann plötzlich befinden sie sich inmitten der Reisfelder außerhalb von Pavia. Neben ihnen verläuft der stille, düster schimmernde Kanal in die Ferne, und rechts und links von der leeren zweispurigen Landstraße breitet sich eine magische, von geometrischen Linien durchzogene Wasserlandschaft aus. Sie könnte überall liegen: in Süd-Carolina, in China, auf Bali. Und Licht fällt auf das Wasser, denn seit die Stadtgrenze hinter ihnen liegt, ist der Mond zu sehen. Kein theatralischer Mond – kein Vollmond, wie er manchmal gleich einem komischen Darsteller auf die Bühne platzt –, sondern einer, der an eine Frau erinnert, die sich auf einer Party unbemerkt am Rand einer Gruppe von Freunden aufgehalten hat und nun ruhig etwas zum Gespräch beiträgt.

Der Anblick des Mondes löscht die frivole Selbstsicherheit, die von Clay auf Merope übergeschwappt war und die sie während des Essens und bei der Party getragen hat. Sie blickt auf ihre nackten Knie, die wie poliertes Holz unter der schwarzen Seide auftauchen, verändert in dem weichen, beschützenden Ledersitz ihre Haltung und fühlt sich nicht klein, wie es einem solche Begegnungen mit Himmelskörpern angeblich nahelegen, sondern einfach auf dem falschen Weg. Aus dem Rhythmus gekommen.

Einmal, vor vier, fünf Jahren, haben sie und ihre Schwester sich während eines Ferienaufenthalts in Senegal aus dem Club Med geschlichen und sind zu einem Silvesterball in der Sporthalle des Dorfs gegangen, und ein Junge vom Ort führte sie auf die Tanzfläche, wo eine schwitzende, ekstatische Menge in einem sonderbar gesitteten Rhythmus von kurzen, synchronisierten Stops und Rucks wogte. Und in den schönen afrikanischen Armen jenes Jungen hatte sie einen einzigen Schritt getan und gewusst, dass er falsch war. Und nicht nur, dass der Schritt an sich falsch war, sondern dass er zu einer ganzen Kette von falschen Schritten führen würde und dass sie – die angenommen hatte, sie sei die Erbin des gesamten afrikanischen Kontinents – diesen Rhythmus hier niemals finden würde, selbst wenn ihr Leben davon abhinge. Nun, da sie in diesem Wagen sitzt, in dem sie eigentlich weder sitzen möchte noch unbedingt sitzen muss, erlebt sie einen ähnlich verzweifelten Moment. Sie hat das Gefühl, ein weitreichender Fehler sei begangen worden, nicht jetzt, sondern weit früher, als wären sie, Nicolò, Clay und die anderen Leute, die sie kennt, dazu verdammt, endlos einen uralten, unangenehmen Patzer zu wiederholen, dessen Zeuge stets der ungerührte Mond sei.

»Ich glaube, es wird Zeit, zurückzufahren«, sagt sie und unterbricht Nicolò bei dem, was er da gerade beichten mag; dann ärgert sie sich unvernünftigerweise über die Höflichkeit, mit der er unverzüglich verstummt, wendet und in Richtung Stadt zurückfährt. Für eine Sekunde wünscht sie sich inbrünstig, irgendetwas sie Überraschendes möge geschehen. Sie sieht es in einer kompletten, schnellen Bildsequenz vor sich, genau so, wie sie die Scripts erträumt, die sie in freiem Auftrag schreibt: Nicolò hält an, wendet sich zu ihr um und beißt ihr bis auf den Knochen in die nackte Schulter. Oder: Ein Engel tritt plötzlich auf die Landstraße, mit ausgebreiteten Flügeln und Armen, und erklärt jeden von ihnen beiden dem anderen auf freundliche, effiziente Weise und in zwei Sprachen, ganz wie ein erfahrener UNO-Dolmetscher. Aus dem Radio, das läuft, seit sie auf die Straße neben dem Kanal gekommen sind, dringen ein Wust von statischem Geknister und ganz schwach ein paar Takte von Sam Cookes »Cupid«. Merope sieht auf die Hände in ihrem Schoß, und als sie wieder aufblickt, fahren sie gerade an einem alten Bauernhof vorüber, der nah an der Landstraße steht: eines der weitläufigen, *cascine* genannten Ziegelgebäude, groß genug für ein halbes Dutzend Familien, die wie Festungen die Tiefebene Bassa Padana sprenkeln. Selbst bei Nacht ist eindeutig zu sehen, daß das Gebäude halb verfallen ist, doch als sie daran vorbeifahren, sieht Merope eine Gestalt davor stehen und stößt unwillkürlich einen Schrei aus.

Nicolò hat gutes Reflexe und senkt lediglich das Tempo, ohne den Wagen zum Stehen zu bringen. »Was ist?«

»Da stand jemand vor dieser *cascina* – eine Frau mit einem Kind auf dem Arm, so sah es aus.«

»Schon möglich. In manche dieser großen verlassenen Höfe in der Nähe der Stadt sind Hausbesetzer gezogen. Wieder einmal Ausländer: Albaner, Filipinos, Marokkaner, Somalier, jugoslawische Zigeuner. Tja, wir haben es eben leider mit einer neuen Invasion von Barbaren zu tun.«

Sie nimmt kaum zur Kenntnis, was er sagt, denn sie versucht noch zu verstehen, was sie da eben vor dem alten Bauernhaus gesehen hat, dessen Mauern, wie sie verspätet erfasst, über und über mit gesprayten Graffiti geschmückt waren wie eine Subway-Station in der Bronx, wie ein besetztes Haus in Ost-London. Die Gestalt, die sie im Mondlicht gesehen hat, konnte eine Frau mit wirren Haaren gewesen sein, die ein Baby in den Armen hatte, aber genausogut ein Mann mit Rastalocken, der etwas anderes an die Brust presste – ein Bündel, einen kleinen Hund. Die Kleidung der Gestalt war unbestimmbar gewesen, ihre Haut eindeutig dunkel, das Gesicht ein ovaler Schatten. Als sie darüber nachsinnt und sich an ihre Gedanken aus den Minuten davor erinnert, überkommt sie ein absurdes Entsetzen, das sie sich rasch verwehrt.

Du bist doch nicht betrunken, sagt sie sich im allervernünftigsten Ton ihrer Mutter, und du hast keine heiklen Drogen genommen, also hör sofort auf, dir Sorgen zu machen. Lass es einfach. Als Nicolò bemerkt, dass sie durcheinander ist und sie fragt, ob sie sich nicht wohlfühle, sagt Merope, sie sei übermüdet und belässt es dabei. Es tut ihr leid, dass sie aufgeschrien hat; das lässt es so aussehen, als hätten sie gemeinsam ein gefährliches, intimes Erlebnis bestanden.

Wieder in Mailand, fahren sie schnell an den verlassenen Tramgleisen entlang, und der Mond verschwindet hinter den Gebäudemassen. Merope möchte vor allem wieder in ihrer Wohnung sein, in ihrem eigenen Bett, unter der bunten Quiltdecke, die ihr Exfreund für sie genäht hat. Morgen muss sie am Nachmittag zu einer Besprechung nach Bologna fahren, und am Vormittag hat sie eine Reihe von Terminen, bei denen sie wohl so munter sein wird wie ein Frosch im Winterschlaf. Bis sie vor dem mächtigen Eichentor des Hauses in der Via Francesco Sforza stehen, in dem sie wohnt, ist ihre Nervenkrise vorbei.

Nach all den vielen Dingen, die er gesagt hat, sieht Nicolò ein bisschen verlegen aus. Er lädt sie ein, in der kommenden Woche mit ihm zu Abend zu essen.

»Ich sehe nicht, wie das einem von uns helfen könnte«, antwortet Merope, aber ohne die Boshaftigkeit, die früher am Abend in ihr pulsiert hat. Vielmehr sagt sie es wie im Scherz, denn eigentlich hat sie nichts mehr gegen Nicolò. Ihre Telefonnummer gibt sie ihm nicht, aber sie weiß, er wird sie sich von Clay oder sonst jemandem besorgen, und das lässt sie so ungerührt, dass sie für einen Moment voll Mitleid ist, mit ihm und wahrscheinlich auch mit sich selbst. Ohne ein weiteres Wort küsst sie ihn auf beide Wangen, dann schließt sie die schwere kleine Tür für Fußgänger zwischen sich und ihm.

Sie schlüpft aus den Schuhen und läuft auf Strümpfen über die kalten, glatten Pflastersteine des Innenhofs zu ihrem Gebäudeflügel; dort steigt sie in den alten Aufzug aus Holz und Glas, wobei sie darauf achtet, die Doppeltür leise zuzuziehen, damit sie Massimo, den Hausmeister, nicht weckt, der in der Nähe schläft. Während sie hinauffährt, verspürt sie die vibrierende geistige Klarheit der Erschöpfung. Im Hintergrund ihres Bewusstseins steigen wieder die Wörter aus der Gespenstergeschichte von der Party auf, der gehässige, in Stein gemeißelte Spruch: »*Siete tutti maledetti.*« Und ein paar Sekunden lang müht sie sich an diesem Spruch ab und versucht mit fieberhafter, unwillkürlicher Energie, ihn zu korrigieren – ein milderes Wort für *verflucht* zu finden – wie eine mißlungene Stelle in einem Werbetext.

Das Telefon läutet, als sie ihre Wohnungstür aufschließt, und grinsend nimmt sie ab: Clay ist schlimmer als jede Hausmutter in einem Studentenwohnheim.

»Und wenn ich nun beschlossen habe, mit jemandem ins Bett zu gehen?« sagt sie ins Telefon.

»Hast du aber nicht – jedenfalls nicht mit ihm«, sagt Clay. »Barmherzigkeit ist nicht dein Stil.« Sie gähnt laut; wahrscheinlich hat sie wach gelegen und mit dem Texaner gesprochen, der jede Nacht anruft. »Ich wollte nur sicherstellen, dass du noch vor der Sperrstunde ins Haus gekommen bist.«

»Wann ist noch mal Sperrstunde in dieser Bildungseinrichtung hier?«

»Oh, so gegen Mittag am nächsten Tag.«

»Du, Clay – schäm dich. Du hast den Kerl da geküsst.«

»Es gab da überhaupt keinen Kerl. Muss eine optische Täuschung gewesen sein.«

Sie stacheln einander an und kichern. Zum ersten Mal in dieser Nacht amüsiert sich Merope; Mut durchströmt sie und erwärmt sie, und die Erscheinung mit den wirren Haaren vor dem Bauernhaus weicht in den Wartesaal zurück, der in der Phantasie für schäbige Omen am Straßenrand reserviert ist. In ein paar Monaten wird sie entdecken, dass dies die Nacht war, in der sie beschlossen hat, nicht länger in Italien zu leben; mit einem kleinen instinktiven Ausbruch hat in dieser Nacht ihr Übergang nach anderswo begonnen. Im Moment aber, an der blanken Kippe zu einem neuen Tag in Mailand, hat sie nur ein einziges Bild vor Augen: Sie selbst und Clay, in Abendkleidern aus einem Film der dreißiger Jahre, tanzen wie zwei Ginger-

Rogers-Figuren zusammen Foxtrott, immer rings um eine leere Piazza herum. Übermütig lachen sie beim Tanzen, laut wie ungezogene amerikanische Mädchen; immer rascher wirbeln sie umher, bis sie die Schwerkraft überwinden und sich über das verwitterte graue Antlitz der Stadt erheben, bis ihre Satinröcke sich ausbreiten und eine weiße Scheibe bilden, die ein gleichgültiges Licht auf die Fabriken und Tramlinien unten wirft, auf Gärten, Palazzi und die gesträubten Türmchen des Doms.

Merope setzt sich aufs Bett und klemmt den Hörer zwischen Schulter und Ohr. »Hast du den Mond gesehen?«, fragt sie.

Brüder und Schwestern überall auf der Welt

»Ich habe sie um die Landzunge herum mitgenommen in Richtung Dzamandzar, die beiden kleinen Nutten«, erzählt mir Michel, »nur zehn Minuten lang. Sie haben mich gebeten, sie mitzunehmen, als ich unten am Strand den Zodiac ausgeschöpft habe. Das Meer war rauh, und ich bin absichtlich zu schnell gefahren. Du hättest mal sehen sollen, wie ihre Titten gehüpft sind!«

Das erzählt er mir auf Französisch, aber mit der unbekümmerten Lüsternheit eines Römers. Tatsächlich ist Michel halber Italiener, ein Produkt des Niemandslandes zwischen Ligurischen Alpen und Zentralmassiv, das offiziell französisch ist. Wie so viele seiner mediterranen Landsleute, liebt er Boote, warme blaue Meere, dunkle Frauen und den dampfenden Tropengürtel der Erde. Wir wohnen oberhalb von Cannes, in Mougins, wo die Sonne immer scheint, aber in den Ferien reisen wir durch die Welt, um es heißer und wilder zu haben. Michel bevorzugt Inseln – ganz gleich ob in Asien, Ozeanien, Afrika oder in der Karibik. Jeder Ort ist ihm recht, wo die Haut der Menschen irgendeiner Farbnuance aus dem Kaffeespektrum entspricht, wo Mangos in breiigen Haufen zu Boden klatschen und die Fische des Riffs so grell gefärbt sind wie eine Schachtel neuer Buntstifte. In den Ferien streift Michel sein Image des manikürten Werbemanns ab und strebt mit arglosem Spaß danach, sich in einen europroletarischen Tarzan zu verwandeln: Deutlich hervortretende, gebräunte Muskeln, Haifischzahn am Lederriemen, Fischermesser im Bund eines abgewetzten Pareos und ein schütterer, von der Sonne strähnig gebleichter Pferdeschwanz, den er so umsichtig pflegt wie seinen Hollywood-Dreitagebart.

Er liebt mich aus einer Reihe von falschen Gründen, die alle mit seinen Träumen von heißen Inseln zusammenhängen. Dass ich in

Massachusetts aufgewachsen bin und Stiefel von L. L. Bean öfter getragen habe als Sandalen, ändert für ihn nichts daran; nach acht Jahren Ehe hat er offenbar noch immer nicht begriffen, dass einer schwarzen Amerikanerin, wie exotisch sie auch erscheinen mag, ein protestantischer Stahlkern den Rücken stärkt. Ein Kern, der in seiner Unabänderlichkeit eigentümlich kalt und nordisch ist. Tatsache ist, daß ich auf die Tropen nicht versessen bin, aber Michel will das nicht wahrhaben. Rätselhafterweise kommen wir dennoch miteinander aus. Unsere Ehe ist sogar erstaunlich robust, obwohl ihr bei unserer Hochzeit meine Mutter, meine Schwestern und Freundinnen alle höchstens ein Jahr gegeben haben. Manchmal vermute ich, unser Geheimnis besteht darin, dass wir einander nicht kennen und nie kennenlernen werden. Beide sind wir von Natur aus faul, und deswegen ist es praktisch, an den Phantasien festzuhalten, die wir heraufbeschworen haben, als wir uns damals in Mailand begegnet sind: meine Phantasie von dem französischen Gentleman-Abenteurer, und seine von einer biegsamen schwarzen Göttin, deren Gefühle mit den seinen harmonieren. Mich überrascht es nicht, dass Michel versucht, mir die schmutzigen Gedanken mitzuteilen, die durch das Labyrinth seiner römisch-katholischen Seele blubbern. Sicher hat er angenommen, ich fände es erregend, von seiner Bootsfahrt mit zwei afrikanischen Schlampen zu hören.

Diese Mädchen haben unter dem Mangobaum gehockt und uns beobachtet, seit wir vom Flughafen angefahren kamen, um den August in dem Haus zu verbringen, das unser Freund Jean-Claude uns geliehen hat. Michel fuhr Jean-Claudes Wagen, einen Citroën, dessen Federung die ungepflasterten Straßen so zugesetzt haben, dass er wie ein Traktor fährt. Durch die Löcher im Boden kann unser vierjähriger Sohn Lele seine Turnschuhe stecken und damit im roten Staub Schleifspuren hinterlassen. Der Wagen riecht nach Niederlage, gerade so wie das Haus, das auf einer Insel vor der Nordküste von Madagaskar steht, an einem Strand, an dem eine weite, aus zwei Bögen bestehende Bucht nach beiden Seiten ihre blauen Flügel auszubreiten scheint und in der Ferne mit dem Himmel und dem wilden Archipel von Lemureninseln verschmilzt. An den Garten schließen sich Zuckerrohrfelder und Wäldchen von silbrigen, arthritisch aussehenden Ylang-Ylang-Bäumen an, deren Blüten französischen Parfums einen Hauch von Afrika verleihen.

Das Haus erhebt sich lang und flach um eine großartige Veranda und war einst mit seiner weißen Tünche als Sinnbild kolonialen Hochmuts gedacht; jetzt haben die Mauern den unbestimmbaren Farbton von Feuchtigkeit, und in dem schütter werdenden Dach aus Palmwedeln wimmelt es von Mäusen und Geckos. Über das Ganze waltet eine majestätische Haushälterin namens Hadijah, deren unübertreffliche Pommes frites und Platten von Crudités – ebenso wie das unbrauchbare Bidet und die eingetrockneten Tuben von Bain de Soleil im Bad – Hinterlassenschaften von Jean-Claudes Exfrau sind, die nach Toulon zurückgekehrt ist, nachdem eine Reihe von Projekten – eine Tiefkühlfisch-Fabrik, ein Parfum-Unternehmen, ein kleines Luxushotel – im lautlosen Feuerwerk der Sonnenuntergänge versunken waren. Madagaskar ist der ideale Ort für einen weißen Schwachkopf, der sein Geld verlieren will, sagt Michel. Beide genießen wir den Duft von Niedergang in unserem geliehenen Haus, vögeln einfallsreich in dem großen, modrigen Eisenholzbett, sitzen nach einem Tag des Speerfischens glücklich in den tristen, löchrigen Segeltuchsesseln auf der Veranda und sehen unserem Sohn zu, der auf dem Strand durch Herden buckliger Zeburinder flitzt.

Das einzige Problem für mich stellen diese Mädchen dar. Sie sind keine richtigen Nutten, nur einheimische Mädchen, die donnerstagsabends in der Bar Kariboo tanzen und bei den wenigen französischen und italienischen Touristen herumhängen, in der Hoffnung, Sex gegen ein T-Shirt, eine Haarspange tauschen zu können. Sie haben es noch nicht gelernt, Ray-Ban-Sonnenbrillen zu begehren; dies ist noch keine Karibik.

Ich habe mich an die Frauen von den Komoren-Inseln gewöhnt, die sich nicht weit vom Haus auf dem Strand versammeln, mit goldenen Armreifen und Ohrringen geschmückt und in ihren besten, spitzenbesetzten Blusen. Sie klatschen und singen stundenlang, springen auf und tanzen in Paaren, bringen mit winzigen, präzisen Rucks ihre Hintern zum Wackeln, lachen und lassen Goldzähne aufblitzen. Sie hüllen sich in ihr festliches Vergnügen auf eine Weise, die mich einschüchtert. Auch mit den älteren Frauen aus dem Dorf habe ich mich verständigt, die uns unsere morgendliche Ration Zebumilch bringen (wir trinken sie abgekocht in unserem Kaffee) oder Tauschhandel mit *rideaux Richelieu* treiben wollen, den schönen durchbrochenen Vorhängen aus Musselin, die sie anfertigen. Sie platzen vor Neugier, was es mit mir, *L'Américaine*, auf sich haben mag, die gar nicht so sehr anders aussieht als sie selbst, aber spricht und sich verhält und sich kleidet wie eine ausländische Madame und die mit dem Weißen offensichtlich verheiratet ist, nicht nur eine unwichtige Konkubine. Sie bitten mich um Arznei, und wenn ich nicht Acht gäbe, hätten sie mir meinen Vorrat an Aspirin und Bimaxin schnell abgeknöpft. Sie sind verrückt nach Lele, den sie *bébé métis* nennen, den kleinen Mischling. Ich möchte alles an ihnen kennenlernen, ihre stillen Augen, ihre Gesichter mit den unterschiedlichen Teints, die auf afrikanische wie auf indonesische Vorfahren hinweisen; geradeso, wie ich alles über dieses archaische Stück Afrika wissen möchte, das da im indischen Ozean treibt, mit seinen flaschenförmigen Baobab-Bäumen und der sonderbaren klimpernden Musik, *sega* genannt, die Spuren der Melodien irischer Seeleute enthalten soll.

Doch die unter dem Mangobaum hockenden Mädchen glotzen mich immer stur an, wenn ich mich an den Strand setze oder zum Schwimmen hinuntergehe. Dann geben sie laute Kommentare auf Malagassi von sich und brechen in Gelächter aus. Sie führen sich wie Halbwüchsige auf, und ich kann nicht anders, als mich auf ihr Niveau hinunterzerren zu lassen und mich provoziert zu fühlen. Wahrscheinlich sind sie etwa achtzehn, und beide sehen sie gut aus, die eine mit einem flachen, braunen Gesicht und mit dem langen, glatten, glänzenden Haar, das manche madagassische Frauen ein wenig aussehen lässt wie Polynesierinnen; die andere dunkler, mit den zierlichen Gesichtszügen, die für die ethnische Gruppe der Marina, der Küstenbewohner, typisch sind, und mit einem aufgetürmten Schopf krausen, rötlich gefärbten Haars. Beide haben, wie Michel hervorgehoben hat, große Titten, und ihre Handelsware quillt aus T-Shirts von Nouvelles Frontières hervor, die sie einem Reisegruppenleiter abgeluchst haben müssen. An manchen Tagen sind ihren Gesichtern mit gelbem Schwefellehm Muster aufgemalt. Sie starren mich an, gaffen, rekeln sich und lassen angriffslustig ihre Brüste wabbeln. Manchmal johlen oder pfeifen sie, wenn ich erscheine.

Meine Taktik war bisher, sie zu ignorieren, doch heute haben sie sich einen Schritt vorwärts gewagt und bei meinem Mann gepunktet; wie ironisch er es auch betrachten mag, es ist ein kleiner Triumph für sie. Den Ausflug mit dem Zodiac habe ich nicht beobachtet, aber durch das Badezimmerfenster habe ich sie zurückkommen sehen; ich rasierte mir gerade die Beine – eine Wachsbehandlung hält in den Tropen nie lang genug. Quietschend und lachend plumpsten sie aus dem Schlauchboot, betätschelten sich die Haare, zupften an ihren T-Shirts, wickelten sich die Tücher neu um die Taille. Eine von ihnen schneuzte sich in die Finger und schleuderte den Rotz ins flache Wasser. Die andere sagte irgendwas zu Michel, und er lachte und klatschte ihr auf den Hintern. Dann stolzierten sie, hochnäsig wie zwei Kleopatras, über den heißen Sand, kauerten sich unter den Mangobaum und nahmen ihre Wache wieder auf. Ein Paar brauner Plagegeister, gespannt auf meinen nächsten Zug.

Also handle ich schließlich. Michel kommt zu mir ins Haus geschlendert, um mir die Geschichte zu erzählen, und als er sie erzählt hat, mache ich eine Szene. Er ist vollkommen perplex; seit wir verheiratet sind, ist er verwöhnt und hat gelernt, zu erwarten, dass ich mich amerikanisch cool verhalte, was noch cooler wirken kann als französische Nonchalance. Er hat angenommen, ich würde so reagieren wie früher, als ich noch als Model gearbeitet habe und er oft mit einigen der Mädchen flirtete, mich denen ich zusammenarbeitete – mit einigen der Gören, denen ihre Karriere nicht so wichtig war; das heißt, dass ich glucksen und zwinkernd Einverständnis vorspiegeln würde, vielleicht sogar so tun, als fände ich das Ganze erregend. Stattdessen brülle ich los, sage ihm, dass er meinem Ansehen bei den Einheimischen geschadet hat, dass die Dinge hier anders laufen. Es ist, als stiegen mir die Worte aus dem Boden unter meinen Füßen geradewegs in den Mund. Michel ist so verdutzt, dass er bloß mit runden blauen Augen dasteht und sein Mund inmitten der Indiana-Jones-Stoppeln zu einem kleinen o erstarrt.

Dann zurre ich meinen Souleiado-Bikini hoch und marschiere hinaus zu dem Mangobaum. »Va-t'en!« zische ich die Rothaarige an, die anscheinend die Chefin des Duos ist. *»Verschwinde! Ne parle plus avec mon homme!«*

Die beiden rappeln sich auf, haben aber offenbar nicht die Absicht, sich irgendwohin zu verziehen, und daher verpasse ich der Glatthaarigen eine Ohrfeige. Ich glaube nicht, dass ich jemals im Ernst irgendjemanden geschlagen habe nach dem einen Mal, als ich ungefähr zehn war und mit meiner Cousine Brenda Streit hatte.

Dieser Schlag hier ist, an der Skala für Schläge gemessen, als mittelernst einzustufen, nicht als hart. In der Sekunde der Berührung spüre ich die seltsame Glätte der Mädchenwange und werde im gleichen Augenblick gewahr, dass meine Handfläche genau so glatt ist; ein elektrischer Kontakt scheint zu entstehen. Ein rotes Licht flackert tief in den dunklen Augen des Mädchens, als spränge blinkend ein Computer an, und dann rennen sie schon beide, ohne ein Wort zu mir, aber laut miteinander parlierend, den Strand entlang davon, wobei sie sich gelegentlich nach mir umsehen. Ich mache scheuchende Gesten, als würde ich Hühner vertreiben. »Allez-vous-en!« kreische ich. Weit unten am Strand verschwinden sie zwischen den Palmen.

Dann gehe ich ins Wasser und strecke mich darin aus; es fühlt sich an, als würde man sich in blauer Luft ausstrecken. Ich nehme das Bikini-Oberteil ab und lasse die Äquatorsonne meinen Schatten auf den weißen Sand unter mir malen, wo kleine weiße Fische äsen. Auf einmal fühle ich mich ganz ruhig, doch gleichzeitig arbeitet mein Verstand auf Hochtouren. »Aber meine Liebe, wer hat dich denn gebeten, um die halbe Welt zu reisen und jemanden zu ohrfeigen?«, frage ich mich im übervernünftigen Ton meiner Mutter, der Schulpsychologin. Plötzlich fällt mir ein anderer Sommer ein, auf einer anderen Insel – vor ein paar Jahren in Indonesien. Auf einer der Molukken erkundeten wir das Hinterland. Der Fahrer, ein junger Einheimischer, sprach keine der Sprachen, in denen wir uns verständigen konnten; sichtlich war er schwul, ein toll aussehender Junge mit hellbrauner Haut, ein paar tiefen Aknenarben und adretten Dreadlocks, die in Manhattan chic gewirkt hätten; einem Prinzessin-Diana-T-Shirt und abblätterndem rotem Nagellack. Als wir an einem Wasserfall anhielten und Michel, der Abenteurer, loszog, um die Lavafelsen zu erklimmen, holte ich mein Kosmetikköfferchen, setzte mich mit dem Fahrer auf einen flachen Felsen und lackierte ihm die Nägel leuchtend pink. Erst schrak er zusammen, als ich nach seiner Hand fasste, aber als er begriff, was ich vorhatte, schenkte er mir ein breites, hingerissenes Grinsen, dann schloss er die Augen. Und da war es auf einmal: das Paradies. Der Wasserfall, der Dschungel, der schöne Junge, seine langen Finger auf meiner Hand. Damals war Michel derjenige gewesen, der Ärger machte, aus Eifersucht auf irgendetwas, das er nicht einmal benennen konnte. Ich dagegen hatte das gleiche empfunden wie jetzt: dass ich instinktiv und gezielt gehandelt hatte. Dass ich das Richtige im richtigen Moment getan hatte.

»Mama, was hast du denn gemacht?« Lele kommt vom Strand zu mir hinaufgerannt; nackt hat er dort gekauert und mit zwei kleinen Jungen aus dem Dorf gespielt; seine Beine, sein Hinterteil und sein kleiner Penis sind voller Sand. Ich sehe, dass die Jungen ihm nachstarren; der eine hat ein Spielzeug in der Hand, um das sie sich gebalgt haben, einen grob geschnitzten Lastwagen aus Holz, ohne Räder, der mit einem Stück Bindfaden an einen Stock gebunden ist. »Ismail sagt, du hast eine Dame gehauen.«

Die Nachricht hat sich also bereits den Strand entlang verbreitet, der einer Bühne gleicht, auf der zu jeder Tagesstunde eine andere Varietévorstellung stattfindet. Den Wechsel der Vorstellungen geben die Gezeiten vor, die über die Bewegungen von Fischerbooten, Pirogen, Zodiacs und Yachten bestimmen. Immer geschieht etwas auf dem Sand: Frauen mit Bündeln auf den Köpfen wandern auf und ab, Scharen zerlumpter Kinder graben bei Ebbe nach Muscheln oder werfen sich bei Flut in die Wellen, um mit einem alten Stück Holz zu surfen, gelbe Hunde jagen Hühner und kämpfen um Shrimpschalen; Palmwedel krachen auf Wellblechdächer herab, Mädchen in Spitzenkleidern und mit bloßen sandigen Beinen spazieren zur Messe, die Tür der kleinen Moschee geht knarrend auf und zu, Jungen spielen Fußball mit einer Plastikwasserflasche, Babys schreien, Touristenpaare mit Sonnenbrand streiten und versöhnen sich. Klatsch flackert auf und erlischt mit elektronischer Geschwindigkeit.

Ich setze mich im Wasser auf, ziehe Lele zu mir heran und küsse ihn ab; er spritzt mit Wasser und versucht, sich frei zu strampeln. »Ja, das stimmt«, erkläre ich ihm in dem bestimmten, didaktischen Ton, den ich anschlage, wenn ich die Teletubbies-Videos abgeschaltet habe und die ideale Mutter spiele. »Ich habe wirklich eine Dame gehauen«, sage ich, »sie hatte es nötig.« Ich, die Mutter, die ihr bikulturelles Kind in Toleranz und Gewaltlosigkeit unterweist! Lele besitzt ein Bilderbuch, das *Brüder und Schwestern überall auf der Welt* heißt und auf dessen Illustrationen aus verschiedenfarbigem Teig ausgestochene Figuren einander an den Händen halten, über Kontinente hinweg. Alle Menschen bilden eine einzige Familie, lehrt das Buch. Alle Meere sind dasselbe Meer.

Michel, der die ganze Szene beobachtet hat, kommt nun herüber und sagt, so etwas habe er bei keinem seiner früheren Aufenthalte auf der Insel je erlebt. Er ist besorgt. Die Frauen streiten untereinander oder sie streiten mit ihren Männern, weil die mit den Touristinnen schlafen, sagt Michel. Aber noch nie hat sich eine Ausländerin je mit ihnen eingelassen. Wie ein Ethnologe spricht er von Gesichtsverlust und Blutrache. »Wir könnten von hier verjagt werden«, sagt er nervös.

Er solle sich beruhigen, sage ich, nicht das geringste werde geschehen. Woher habe ich dieses sichere Wissen? Aus dem Wasser, aus der Luft ist es in mich eingesickert. Also brechen wir, wie geplant, zum Speerfischen drüben bei Nosy Komba auf, wo die Korallen in großen pastellfarbenen Polstern wachsen, wie Möbel aus einem Hollywood-Schlafzimmer der fünfziger Jahre. Wir finden eine Höhle mit Felsenhummern, erlegen zwei davon und nehmen sie mit zu Jean-Claudes Haus, damit Hadijah sie uns zubereitet. Während wir auf die Hummer warten, verzehren wir ungefähr fünfzig kleine Austern, so groß wie Miesmuscheln, und leuchten von der Veranda aus mit Taschenlampen über den Strand, auf dem es vor Krebsen wimmelt.

Hadijah kommt mit den Hummern heraus, die sie gegrillt und mit einer großartigen Vanillesauce angerichtet hat. Zu sagen, Hadijah besitze Präsenz, wäre eine Untertreibung. Sie hat geheiratet, als sie dreizehn war, und ist nun, nach acht Kindern, eine bedeutende Person, die Matriarchin eines weitverzweigten, wohlhabenden Inselclans. Sie und ich sind gut miteinander ausgekommen, seit sie gemerkt hat, dass ich nicht gegen ihre despotische Herrschaft über Jean-Claudes Haus aufmucken oder irgendetwas gegen die Prozente einwenden würde, die sie vom Einkaufsgeld für sich abzweigt. So gedrungen und stabil wie ein Findlingsstein, trägt sie das Haar in vielen enganliegenden Zöpfen, und ihr Teint liegt im dunkelsten Bereich des Spektrums madegassischer Hautfarben. An diesem Abend stellt sie ihren Wohlstand zur Schau, indem sie über ihrem Pareo ein ehrfurchtgebietendes T-Shirt von Guns N' Roses trägt. Sie stellt die Lobster-Platte ab, stemmt die Hände in die Hüften und sieht mich an, und plötzlich stockt mir das Herz. Ihre Meinung, wird mir klar, ist die einzige, die für mich zählt. »Oh, Madame«, sagt sie, strahlt mich mit einem breiten Lächeln an und wackelt nachsichtig mit dem Finger, als wäre ich ein Kind, das etwas angestellt hat. Ich fange wieder an zu atmen. »Oh, Madame!«

»Madame braust leicht auf«, sagt Michel besänftigend, und Hadijah wirft den Kopf zurück und lacht so, dass das Guns-N'-Roses-Emblem Wellen schlägt.

»Recht hat sie!«, ruft sie aus. »*Madame a raison!* Sie ist eine gute Ehefrau!«

Am nächsten Morgen fährt unser Nachbar PierLuigi in seinem eingestaubten Renault-Pritschenwagen vor dem Haus vor. PierLuigi ist Italiener, und daheim in Italien besitzt er ein Schloss und einen

Titel. Hier lebt er in einer Bambushütte, wenn er nicht gerade eine Hai-Safari zu einer der wilden Inseln führt, die eine eintägige Segelreise weiter nördlich liegen. Er ist ein echtes Exemplar von dem, was Michel zu sein vorgibt: eine leibhaftige, sprechende Gestalt aus einer Abenteuergeschichte für Jungen, mit einer gewellten Narbe tief an der einen Flanke, aus der ihm einmal ein Hammerhai einen Happen herausgerissen hat. Die Inselbewohner haben Respekt vor ihm und bringen ihre Kinder zu ihm, damit er ihnen die Wurmkur verpasst, die er auf der Grundlage zerdrückter Papayakerne entwickelt hat. Auf dem Markt kann er die zähen indischen Händler herunterhandeln, und unparteiisch schläft er mit hübschen Touristinnen und Inselmädchen gleichermaßen. Niemand weiß, wie viele Kinder er auf der Insel gezeugt hat.

»Ich höre, deine Frau mischt sich in die Lokalpolitik ein«, ruft er Michel von seinem Pritschenwagen aus zu und mustert mich mit den schamlosen Blicken, die so viele Frauen in Schwierigkeiten gebracht haben. PierLuigi ist sechzig und hat weiße Strähnen im Haar, aber er ist noch immer einen Meter neunzig groß und der bestaussehende Mann, den ich je gesehen habe. »Brava«, sagt er zu mir. »Gut für dich, Süße. Die jungen einheimischen Damen hätten es oft nötig, dass jemand ihnen klarmacht, was Sache ist, aber sehr wenige unserer reizenden Besucherinnen verstehen das auf ihre Art zu tun.«

Als er abgefahren ist, sieht Michel mich mit ganz neuer Hochachtung an. »Dass du keine Courage hättest, kann ich wirklich nicht behaupten«, sagt er später. Und dann: »Du musst mich wohl wirklich lieben.«

Als ich am Nachmittag nach unserer Siesta durch die Jalousien von Jean-Claudes Schlafzimmer auf die Veranda trete, mir Phyto Plage ins Haar massiere und wahrnehme, wie angenehm meine Haut nach Sex riecht, da sehe ich – wie ich es irgendwie erwartet habe –, dass die beiden Mädchen wieder unter dem Mangobaum sitzen. Ich blinzle gegen das gleißende Licht an, das jeden ferneren Gegenstand zur schwarzen Silhouette verflacht, gehe auf den brennend heißen Sand hinaus und nähere mich den beiden zum zweiten Mal. Ich nehme nicht an, dass uns eine weitere Runde bevorsteht, aber ich merke gleichwohl, dass ich in den Knien federe, wachsam wie ein Faustkämpfer. Als ich jedoch ganz nah bin, sagt das glatthaarige Mädchen: *»Bonjour, Madame.«*

Der formelle Gruß hat zugleich etwas seltsam Intimes. Eindeutig atmen wir nun, da wir unsere Kräfte gemessen haben, dieselbe Luft. Beide Mädchen blicken mich offen an, sie bocken nicht mehr. Alle drei wissen wir genau, dass der Mann – mein europäischer Mann – nur als Vorwand gedient hat, als Spielfeld unserer Neugierde, der Neugierde von Schwestern, die vor der Geburt getrennt und durch die Launen der Geschichte an Orte geworfen wurden, zwischen denen eine halbe Welt liegt. Nun ist die Verbindung zwischen uns auf mühsame Weise geklärt; und zwischen meinem schlechten Gewissen und meiner erwachenden Zuneigung hin- und hergerissen, ahne ich, dass ich diese beiden nie werde abschütteln können. Schon habe ich das aufreizende Bild der Geschenke vor Augen, die ich ihnen, das weiß ich, werde machen müssen: Spitzenhöschen, Tampax, Musikkassetten, Body Lotion – mir abgerungen mit der zärtlichen Skrupellosigkeit von Familienmitgliedern in aller Welt. Und was dann? Was wird man sich zu sagen haben, nach so vielen Jahren? Nun, erst einmal gilt es zu antworten. *»Bonjour, Mesdemoiselles«*, erwidere ich aufs höflichste.

Und weil mir sonst nichts einfallen will, lächle ich, nicke ihnen zu und gehe ins Wasser, das, wie immer in den Tropen, so warm ist wie Blut. Solange ich schwimme, bleiben die Mädchen stumm und lassen mich nicht aus den Augen.

Ethnologie

(Mein Cousin sagt: Hast du dir denn nicht überlegt, was sie denken würden, dass sie es auch lesen würden? Natürlich mussten Tante Noah und ihre Freundinnen es lesen, wenn es darin um sie ging, und erst recht, weil es in einer noblen Zeitschrift aus dem Norden stand. Sie können schließlich lesen. Du hattest es nicht mit einem Stamm von Mbuti-Pygmäen zu tun.)

Es ist schlimm genug – und etwas ganz Neues –, von meinem Cousin gescholten zu werden, der in einem staubigen Bücherlabyrinth in einem Haus voller Künstler im West Village wohnt und seiner olympisch abgehobenen Büchergruft selten entsteigt, um irgendwen von Angesicht zu Angesicht zu tadeln. Indem er aber zufällig von Pygmäen redet, bestraft er mich auch noch auf ganz persönliche Weise. Seine Bemerkung erinnert mich wieder an ein Mädchen mit dem kaum glaubhaften Namen Undine Loving, das ich in Harvard kannte und von dem alle annahmen, sie sei meine Schwester, wie nun einmal immer alle annehmen, dass junge schwarze Frauen mit hellem Teint und Mittelschichtakzent nah miteinander verwandt sind, als ob es nur eine einzige Familie geben könnte, der wir alle entstammen. Diese Undine jedenfalls – die, glaube ich, aus Chicago kam und hübscher war als ich, mit hellen, nussbraunen Augen in einem heiteren, runden Gesicht, das einen, auch der kurz geschorenen Haare wegen, an einen Chorknaben denken ließ, und mit einem gleichermaßen runden, hochgemuten Hinterteil in den engen Levi's, die sie immer trug – diese Undine war bereits Doktorandin, die brillante Schülerin eines berühmten Ethnologen, und sie ging für ein Jahr nach Zaire, um unter Pygmäen zu leben. Die werden sie für eine Göttin halten – mit dieser Bemerkung ärgerte mich mein damaliger Freund. Danach bekam ich eine ärgerliche

Vorstellung nicht mehr los: Undine, groß, hell und kallipygisch inmitten ehrfürchtiger, kleiner, brauner Männer mit Pfefferkornhaar – ein afroamerikanisches Schneewittchen. Ich habe sie aus den Augen verloren, aber ich bin mir sicher, dass Undine sich im Ituri-Wald mit größtem professionellem Eifer ihrer Feldforschung widmete, auf Zahnpasta und Toilettenpapier verzichtete, sich der Menstruationshütte unterwarf und, in ihren Motiven klar und wissenschaftlich, niemals auch nur im geringsten das Gleichgewicht der Lilliput-Gesellschaft störte, die zu beobachten sie beschlossen hatte. Im Gegensatz zu mir.

Nun ja, natürlich habe ich auch nie eine wissenschaftliche Methode gehabt, nie einen Plan. (Das ist offensichtlich, sagt mein Cousin.) Vor zwei Jahren, in dem Sommer, bevor ich nach Rom gezogen bin, fuhr ich für drei Wochen zu meiner Großtante Noah nach Ball County, North Carolina. Das tat ich aus einem verrückten Impuls heraus: In letzter Minute wandte ich meine Aufmerksamkeit dem Land zu, das hinter mir zu lassen ich im Begriff war. Seit meiner Kindheit war ich dort nicht mehr gewesen; nun drängte mich ein undeutlicher Schriftstellerinstinkt, es gebe dort einen Faden, der aufgegriffen sein wollte, einen Strang, anfangs feiner als ein Spinnenfaden, der in meinen Händen fester und stärker werden und zu etwas führen könnte, das ich in Ermanglung eines besseren Begriffs *von Interesse* nenne. Nie habe ich behauptet ...

(Du wolltest deine *Wurzeln* erforschen, sagt mein Cousin platt.) Er zieht eine Zigarette aus einem Päckchen, auf dem eine Nelke abgebildet ist und die Wörter *Kretek Jakarta* stehen, und zündet sie sich mit einer jener ironisch ausladenden Gesten an, mit denen er, stelle ich mir vor, seine Studenten an der NYU einzuschüchtern pflegt. Schon wie er *Wurzeln* sagt – dieses falsche Schlagwort aus den siebziger Jahren –, ist so beschämend. Es ruft mir all die Witze wieder in Erinnerung, die wir im College über fette schwarze amerikanische Touristen machten, die, in Polyester-Dashikis gewandet, auf Alex-Haley-Tour im Bus durch Senegal kutschieren. Schwarze Intellektuelle sind bekannt für ihre snobistische Ehrerbietung gegenüber Afrika – als ob die groben menschlichen Eigenarten nicht auch dort existierten. Und mit der gleichen aggressiven Pietät betrachtet mein Cousin von seinem Luftschloss im West Village aus den Flecken an der Küste von North Carolina, der, bevor der Aufbruch nach Norden und Westen einsetzte, für fünf Generationen unserer Familie die Heimat war.

Wir sitzen an seinem Esstisch, der etwa die Länge und Breite der Gutenberg-Bibel besitzt und bedeckt ist mit Nelkenasche, Melitta-Filtern und den Korrekturfahnen des letzten Artikels, den mein Cousin verfasst hat. Es geht darin um die weiß getünchten »magischen Häuser« des Niger-Stamms und um die Frage, inwiefern die dichten, wie Zuckerguss glänzenden Gipsarabesken, die ihre Fassaden schmücken, in den Mustern des glorreichen, rauhen Bahia jenseits des Ozeans aufgegriffen wurden. Mein Cousin ist sehr gut in dem, was er tut. Und für einen Gelehrten mit viel Glück gesegnet; auf seinem Gebiet beinahe berühmt, wird er von obskuren Stiftungen fürstlich dafür bezahlt, dass er von Hemisphäre zu Hemisphäre streift und künstlerische Indizien aufspürt, die auf eine ursprünglich einheitliche tropische Kultur hinweisen. Dies tut er in Kerala, in Kamerun, Honduras, auf den Philippinen, wobei er eine Exfrau, Kinder und eine Kette von überqualifizierten Freundinnen schmachtend in dem Staub zurücklässt, der sich hinter ihm erhebt. Immer ist er auf Reisen, immer allein, immer gehört er nur ungefähr dazu, immer kommt er von anderswo her. Einmal hat er mir eine Postkarte aus Kotschin geschickt, unterschrieben mit »Herzlich grüßt Dich der Wandernde Neger.«

Draußen auf der Twelfth Street platzen in einer Hitzewelle im März klebrige, giftgrüne Knospen auf. Kein Wetter aber dringt in dieses Apartment ein, das so klein ist wie ein Beichtstuhl und in dem im

Hintergrund zwei Computerbildschirme unheilvoll glimmen. Während mein Cousin mich rügt, stelle ich fasziniert fest, dass er zu rauchen versteht wie ein Europäer. Ich bin doch diejenige, die in Rom lebt, verdammt noch mal, und dennoch ist er der Raucher, dessen eine Hand wie zufällig zu seinem Mund aufsteigt und dann fließend wieder auf die Tischplatte sinkt. Und der halb süßliche Geruch dieser lächerlichen Nelkenzigaretten, der sich in jeder Ritze festgesetzt hat, verleiht dem Apartment eine Atmosphäre von schaler Festlichkeit, als ob auf den überfüllten Bücherregalen irgendwo ein Gelagekelch verborgen wäre.

Ich wäre von dieser ganzen exotischen Intellektualität mehr beeindruckt, wenn ich meinen Cousin nicht noch als Jungen während des einzigen Sommers in Erinnerung hätte, den wir beide bei Tante Noah dort unten im Ball County verbracht haben. Ein teigiger Bücherwurm mit steiler, hoher Stirn, die ihm nun in seinen mittleren Jahren das distinguierte Aussehen eines Mandarins verleiht, die aber damals nur grotesk war. Ein gieriger Einzelgänger von einem Jungen, der die krümlig-klebrige Zuckerkruste vom Fruchtpudding stibitzte und die Sommernachmittage in Tante Noahs unbenutztem Salon verbrachte, wo er pedantisch Panzerschiffe des Bürgerkriegs zeichnete. Wir hassten einander, er und ich, und den ganzen Sommer über tauschten wir freiwillig kein einziges Wort, von den Beleidigungen abgesehen, die fielen, wen ich mit ewig aufgeschürften Knien an ihm vorbeiflitzte, umgeben von meiner Bande von Freundinnen aus der Nachbarschaft.

Diese Erinnerung schenkt mir den Mut, mich zu verteidigen. Schließlich habe ich nicht mehr getan, als einen Artikel für eine Zeitschrift zu schreiben.

(Einen Artikel über Quiltdecken und Aberglauben! Einen verschwommenen, folkloristischen Exkurs. Du hast Tante Noah und die anderen so drollig-rustikal und rückständig dargestellt wie in einer

Kreuzung aus *Amos 'n Andy* und *The Beverly Hillbillies*. Und da wir gerade von Quilts sprechen – du hast deine Informationen ausgeschmückt wie mit der Sticknadel. Und du hast sie tödlich beleidigt – du hast sie als schwarz bezeichnet.)

Aber sie *sind* doch schwarz.

(Sie haben sich entschieden, sich nicht so zu definieren, und wenn das irgendjemand weiß, dann du. Wir sprechen hier von einer Gruppe alter Menchen, die nicht schwarz aussehen und die sich stets, wenn überhaupt, als farbig bezeichnet haben. Menschen, deren Blut sich über so viele Generationen hinweg gemischt hat, dass sie ihrem Leben die Idee zugrunde gelegt haben, sie bildeten eine Kaste für sich. Wie in Brasilien oder in anderen vernünftigen Ländern, wo Nuancen akzeptiert werden. Jedenfalls werden Tante Noah und all die Leute, die du besucht hast, in zehn Jahren tot sein. Wozu musstest du sie da verstören, indem du ihnen deine Definitionen aufzwingst? Es steht dir nicht zu, ihnen zu erklären, wer sie sind.)

Bei diesem letzten Satz wäre ich fast in Gelächter ausgebrochen, denn ich habe ihn lange nicht mehr gehört. Es steht dir nicht zu, dies zu tun, jenes zu sagen. Mein Cousin gebraucht die Phrase formell und als bewusste Anspielung auf das gesamte Gefüge von Familie und Traditionen, das ich seiner Meinung nach verhöhnt habe. Die Wendung ist ein ländliches Erbstück, weitergereicht von Frauen wie unserer Großmutter und ihrer Schwester Eleanora, und sie klang bereits archaisch, wenn unsere Mütter in den Vororten des Nordens sie in den Mund nahmen. Sie beschwört jene Ortschaften an der Grenze von North Carolina und Virginia herauf, wo unsere Familien noch immer Land besitzen: von Tabakfeldern eingeschlossene Dörfer, wo – wie in jeder ländlichen Gemeinschaft auf der Welt – der »Stand«, die Identität, mag sie nun durch Pigmentierung, Beruf, ökonomischen Rang oder durch den Familiennamen bestimmt sein, ein unsichtbares Netz bildet, das dem alltäglichen Leben eine Struktur verleiht. Im Ball County kennt jeder den Stand eines jeden. Dort halten sich die weißen Weißen, die weißen Schwarzen wie Tante Noah und die schwarzen Schwarzen alle an ihre jeweiligen Nischen, auch wenn sie täglich miteinander in Berührung kommen mögen und selbst dann, wenn sie den gleichen Nachnamen und gemeinsame Vorfahren haben. Aus Tante Eleonora wurde Tante Noah, weil sie eine phänomenale Chronistin des Standes ist und wild verschlungene Genealogien aus dem Stegreif so flüssig vortragen kann wie ein Barde. Als kleines Mädchen war ich überzeugt, dass sie Noah gerufen wurde, weil sie tatsächlich an Bord der Arche gewesen war. Und dass sie in ihrem Kopf – vielleicht auf winzigen Pergamentstücken, wie die Weissagungszettel in chinesischen Plätzchen – den Namen eines jeden Kindes aufbewahrte, das geboren wurde, seit das Wasser vom Berg Ararat zurückwich.

Ich fürchtete mich zu Tode, als ich nach so vielen Jahren wieder nach Ball County hinunterfuhr. Denke ich das gerade oder sage ich es laut? Von beidem etwas. Das Gesicht meines Cousins wird weniger streitsüchtig, während er mir zuhört. In Wirklichkeit mögen wir einander, mein Cousin und ich. Unsere Kinderfeindschaft hat sich in eine Bindung verwandelt, die nichts von dem intuitiven Verstehen zwischen Geschwistern an sich hat: Sie stellt eher eine tief vergrabene eherne Kette des förmlichen Respekt dar. Als ich noch in Manhattan wohnte, sahen wir einander selten, aber wir wussten, dass wir beide Snobs in Hinblick auf die gleichen verborgenen Dinge waren. Deswegen gestatte ich ihm, mich auszuschelten. Deswegen muss ich auch versuchen, ihm die Sache zu erklären.

Ich habe mich gefürchtet, fahre ich fort. Die übliche Panik, die einen in letzter Minute befällt, wenn man dabei ist, an einen Ort zurückzukehren, an dem man rundum glücklich war. Ich war mir sicher, dass es furchtbar werden würde: Verfall und Desillusionierung, kein Grashalm mehr so, wie ich ihn in Erinnerung hatte. Vor allem fürchtete ich, dass ich nicht würde schlafen können. Dass ich in einer erstickenden Nacht im Süden wach liegen, über das Kreisen der Motten um die Glühbirne nachgrübeln und auf das Herumtattern einer alten Frau im Nebenzimmer horchen würde, das klingt, als steige ein Geist aus seinem Sarg. Ich habe Medikamente mitgenommen, richtig starke.

(Sehr praktisch, sagt mein Cousin.)

Aber kaum war ich dort, da wusste ich, dass ich sie nicht brauchen würde. Du weißt, wie ungern ich Auto fahre, deswegen habe ich von Port Authority aus einen Nachtbus genommen. Man kommt ja mit keinem Flugzeug und keinem Zug auch nur in die Nähe. Und als als ich im Morgengrauen vor dem Gericht von Ball County aus dem Bus stieg, war die Luft wie Milch. Fünf Uhr morgens, Ende Juni und neunzig Prozent Luftfeuchtigkeit. Weiße Veranden und grüne Blätter schwebten im Dunst. Tante Noah holte mich ab und fuhr mich in dem Oldsmobile, das Onkel Pershing ihr hinterlassen hat, die Landstraße entlang, in einem Wagen, so lang und träge wie Kleopatras Boot. Und ich lehnte mich einfach nur zurück, wurde allmählich wach und versank in der luxuriösen Erkenntnis, dass es möglich ist, wieder nach Hause zu kommen. Nach dem vertikalen New York war das Leben auf einmal so horizontal wie eine Matratze – Tabak, Mais und Sojabohnen breiteten sich zu beiden Seiten aus. Und weißt du, was mir als Erstes wieder einfiel?

(Was denn?)

Wie es sich anfühlte, in den Maisfeldern zu pinkeln. Die Mädchen aus der Nachbarschaft und ich, wir haben uns in den Furchen doch immer Wettrennen geliefert, und oft sind wir stehengeblieben und haben gepinkelt, nicht weil wir mussten, sondern weil es so lustig war. Ich wusste noch genau, wie es sich anfühlte, sich in so einem langen Blätterkorridor hinzuhocken – wie unsere Füße seitlich in der Furche einsanken, wenn wir unsere Baumwollunterhosen von Carter hinunterzogen, und wie die Hitze des Bodens uns den Po erwärmte, während wir Pfützen in die schwarze Erde pinkelten.

Ich hatte Tante Noah zum letzten Mal zwei Jahre vor meinem Besuch gesehen, bei meiner Hochzeit in Massachusetts. Dort hat sie große Neugier bei der Familie meines Mannes geweckt, einem gelehrten Clan von Neuengland-Brahmanen, die nicht darüber hinwegkamen, dass die ethnische Mischehe, der sie mit so eifriger Toleranz zugestimmt hatten, sie mit einer Frau verbandelt hatte, die aussah wie eine ältere weiße Hausfrau aus den Südstaaten. Tante Noah sah noch genau so aus wie bei der Hochzeit, und nicht viel anders als in unserer Kindheit. Dreiundachtzig, glattes graues Haar, in gewissen Abständen mit Loving Care gefärbt und zu einem adretten Fünfziger-Jahre-Helm frisiert, der zu ihren perfekt gebügelten pastellfarbenen Hemdblusenkleidern und flachen Schuhen passte. Sie hatte immer noch das helle, zerknitterte Gesicht einer gealterten Schönheit, rund und mädchenhaft von vorn, im Profil aber markant durch eine stumpfe Löwennase und gelassene Raubtierfalten um den Mund – schließlich war sie im herrischen Sonnenmonat Juli geboren. Immer noch diese schlauen, humorvollen blaugrauen Augen, in denen manchmal die starke Liebe einer kinderlosen Frau für ihre Nichten und Neffen aufleuchtete, aber nie sentimental, nie Torheiten duldend. Und manchmal sonderbar distanziert.

Also, schön siehst du aus, sagte sie, als sie mich aus dem Bus steigen sah.

Und da war mir, als würde sich der Schwerpunkt meines Lebens verschieben. Ich war Ende zwanzig und fühlte mich nun unerträglich erwachsen, niedergedrückt von der Verantwortung, die eine noch junge Ehe, eine Wohnung und ein Job mit sich brachten. Hier nun wurde mir die Chance geboten, für kurze Zeit wieder ein junges Mädchen zu sein – etwas Besseres als eine verhätschelte Tochter zu Besuch im Hause meiner Mutter: eine verhätschelte Nichte auf Besuch.

Als wir durch den Sonnenaufgang zu Tante Noahs Haus fuhren, sagte sie: Ich höre, du hast mit den Leuten, die du dir da angeheiratet hast, Frieden geschlossen.

Es geht jetzt einigermaßen, sagte ich und spürte, dass ich errötete. Sie bezog sich auf einen Krach unter jung Verheirateten, der auf die beiden Familien übergeschwappt war und sämtliche Animositäten zum Vorschein gebracht hatte, die bei der Hochzeit so pflichtschuldig verborgen worden waren.

Sie haben nach Vorwänden gesucht, zwischen dir und deinem Mann Unfrieden zu stiften. Er ist ein netter Junge, deswegen mache ich es dir auch nicht zum Vorwurf, dass du einen Weißen geheiratet hast. Aber vor weißen Leuten musst du auf der Hut sein. Egal wie freundlich sie sich anfangs verhalten, du kannst ihnen nicht trauen.

Wie immer fand ich es kurios, so etwas aus dem Mund einer Frau zu hören, die aussah wie Tante Noah; die im Norden von Halbwüchsigen auf der Straße gehänselt wurde, wenn sie durch schwarze Wohngegenden ging. Bis sie stehenblieb, was sie stets tat, und ihnen klarmachte, was Sache war.

Der Himmel verblasste, tropische Hitze breitete sich aus, das harsche Gezirpe von unzähligen Zikaden verjagte den Dunst. Der Geruch nach Düngemitteln und trocknender Erde strömte durch die Wagenfenster, und ich spürte, dass meine Poren Schweiß hervorzupumpen begannen, als wäre ich soeben mit dem Fallschirm in Äquatorialafrika gelandet.

Tante Noah, sagte ich, nur um sie ein bisschen zu zwicken, es hätte dir doch auch nicht gefallen, wenn ich einen schwarz-schwarzen Mann geheiratet hätte.

Du meine Güte, nein, sagte sie. Sie setzte den Winker und bog von der Landstraße auf die Kiesauffahrt ab. Wir fuhren unter den Fransen der mächtigen Trauerweide hindurch, die das aus Klinkern erbaute Ranchhaus beschattete, das Onkel Pershing fünfzig Jahre zuvor als Palast für seine schöne kinderlose Frau hatte errichten lassen. Ein Haus, das mit den Häusern reicher Weißer in Ball County wetteifern sollte, errichtet und klimatisiert mit der Pacht dunkelhäutiger Pächter, denen die Bestellung der großen Tabakfelder oblag, die sich seit zweihundert Jahren im Besitz von Noahs und Pershings Familien befinden. Sie waren Geschwisterkinder, Noah und Pershing, und sie hatten sowohl aus Liebe geheiratet, wie auch aus dem Grunde, dass sich Ehen unter Cousins in ihren Kreisen zur damaligen Zeit ziemten. Ein Nigger ist genau so übel wie weißer Abschaum, sagte Tante Noah und stellte den Motor ab. Aber das hätte dir immer noch jede Menge Jungen von deiner Art zur Wahl gelassen, meine Süße.

(Du bist zwei Wochen dort geblieben, sagt mein Cousin eifersüchtig.)

Ich habe das Brauchtum recherchiert, erkläre ich ihm mit Pokermiene. Ich hoffte, ich würde auf eine Ader von westafrikanischem Animismus stoßen, auf kernige Hinterwäldlerausdrücke, auf englischen Ganovenslang des siebzehnten Jahrhunderts, auf poetische Randerscheinungen des zyklischen Dramas der Landwirtschaft, wie es sich im Tidebecken der Ebenen des Südostens abspielt. Ich wollte mich von der sterbenden Tradition des bäuerlichen Südens hinreißen lassen wie Jean Toomer.

(Diesem Stichwort kann mein Cousin nicht widerstehen. *Fruchtbare südliche Nacht, schwangere Negerin* deklamiert er bombastisch wie ein Baptistenprediger.)

In Wirklichkeit habe ich bei meinem Besuch gefaulenzt und mich von Tante Noah verwöhnen lassen. Jeden Morgen Rühreier, Speck,

Landschinken, heiße Biskuits mit hausgemachter Pfirsichmarmelade. Sie war schon Stunden vor mir auf und arbeitete in ihrem Garten, einem üppigen Paradies mit mächtigen Erbsenranken, fruchtstrotzenden Tomatenpflanzen und Kürbisblüten von der Größe alter Lautsprechertrompeten. Sie trug einen grünen Sonnenhut, mit dem sie aussah wie ein seliges altes Kind. Wenn das Frühstück vorüber und das Haus aufgeräumt war, brachen wir zu unseren Besuchen auf, bei denen sie mich auf die einzige Weise präsentierte, die sie kannte – als schmückenden jungen Zweig am Baum der Familie. Ich machte mir die dankbare Rolle der geschätzten, jungverheirateten Nichte zu Eigen, die bewundernd herumgereicht wird wie eine Sammelpuppe aus dem Versandhauskatalog. In Tante Noahs rüschenreichem rosa Gästezimmer zog ich anmutige Sachen an: lange Röcke, geblümte Blusen – ich sah aus wie ein Covergirl für *Southern Living*. Alle, die wir besuchten, waren entzückt. Mein Mann, der mich jeden Abend anrief, kam mir allmählich sehr fern vor; die kleinlaute, verloren klingende Stimme eines weißen Jungen in Manhattan.

Die Leute, denen wir unsere Aufwartung machten, waren anscheinend alle entfernte Verwandte von Tante Noah und mir, und mehr als einmal wäre ich fast eingenickt in einem muffigen Salon, wo ich mir anhörte, wie zwei alte Stimmen das Spinnennetz von Verbindungen nachzeichneten. Ich hatte beschlossen, über Quilts zu schreiben, und das lieferte uns einen Vorwand, in Ball County herumzuschnüffeln und alte Meisterwerke zu besichtigen, die unter Mottenkugeln hervorgezerrt wurden, und neue, die aus fürchterlichen Polyesterstoffen zusammengesetzt waren. Alle besaßen Quilts, und alle führten in irgendeiner Variante einen von vier Familiennamen: Hopper, Osborne, Amiel, Mills. Da gab es Gertie Osborne, eine kleine sommersprossige Person, die wie eine viktorianische Lehrerin sprach und für das Blatt *Ball County Chronicle* die Kolumne

»Bücherspaziergänge« verfasste, den Tabakmagnat und Hauptdiakon P. H. Mills, groß, reich und schweigsam in seinen weißen Leinenanzügen, und Mary Amiel, die nicht weit von Tante Noah entfernt wohnte und Gedichte schrieb, die als Privatdruck unter dem Titel *Flammende Tiefen* erschienen waren, oder Tante Noahs Schwager Hopper Mills, der täglich bei Sonnenaufgang auf einem klapprigen Motorrad angefahren kam, um nach ihr zu sehen.

Ich übte mich im Wald im Pistolenschießen, ging zur Tabakauktion und fuhr mit der getreidelten Fähre nach Crenshaw Crossing hinunter. Und ich besuchte die Baptistenkirche Mount Moriah, in der ich Jahre zuvor jeden Sonntagmorgen im gestärkten Kleidchen und mit Baumwollhandschuhen verbracht hatte. Unverändert stand die große Kirche unter den Pinien, eine klimatisierte Kopie von Williamsburg, in Klinkersteinen errichtet und ebenso von Wohlstand kündend wie Tante Noahs Ranch.

Nach dem Gottesdienst plauderten sie alle vor der Kirche im Pinienschatten miteinander, die legendären Weißen Neger von Ball County – so hatte sie im Jahre 1955 einmal ein kühner Journalist der Zeitschrift *Ebony* beschrieben. Sie waren eine Gruppe, die jeder konventionellen Logik trotzte – Landbesitzer afrikanischer Abstammung in den Südstaaten, die hellhäutig waren und auf Generationen freier Vorfahren zurückblickten. Politisch allesamt Republikaner, Leute, die für die Aufhebung der Rassentrennung in Greensboro gekämpft und in Washington demonstriert hatten und dennoch von ihren ärmeren, schwärzeren Pächtern erwarteten, als Miss Nora oder Mister Fred angesprochen zu werden. Die meisten von ihnen waren über siebzig; ihre Söhne und Töchter war längst nach Washington, Atlanta, Los Angeles oder New York entflohen. Für sie symbolisierte ich all diese abtrünningen Kinder, und sie erdrückten mich schier mit ihrer Liebe.

(Und dann hast du sie trotzdem als schwarz bezeichnet – in einem gedruckten Text, was für Leute, die mit der Bibel und den McGuffey-Lesebüchern groß geworden sind, so endgültig ist wie Steintafeln. Und das hast du nicht etwa in einer wissenschaftlichen Zeitschrift getan, sondern in einer, die überall im Land am Zeitungsstand zu kaufen ist. Für sie war es das Schlimmste, was sie über sich hätten lesen können ...)

Ich hatte doch nicht vor ...

(Außer vielleicht, wenn jemand sie als weiß bezeichnet hätte.)

Ich wollte doch nicht ...

(Vermessener hättest du dich gar nicht verhalten können. Sie sind alt. Sie haben sich auf eine bestimmte Weise definiert. Wir Kinder und Enkel können uns Afroamerikaner nennen, oder Afrikaner-Amerikaner oder schwarz oder was in dieser Woche eben gerade in Mode ist.)

Du ...

(Und natürlich hast du das gewusst. Wir alle sind mit dem Wissen davon aufgewachsen. Du bist eine sehr gescheite Frau, und die Frage ist, warum du dir gestattet hast, so sorglos zu sein – so forsch und destruktiv. Vielleicht, um sicherzustellen, dass du nie wieder dorthin zurückkehren kannst.)

Ich sage: Jetzt hör aber auf. Es reicht.

Und für einen Moment hört mein Cousin wirklich auf. Vorher ist mir noch nie aufgefallen, wie sehr er Onkel Pershing ähnelt – die gleiche steile, hohe Stirn und der verurteilende Blick eines biblischen Patriarchen, wie sie einem aus den gerahmten Photographien ins Tante Noahs Wohnzimmer entgegenstarren. Da erwacht in mir wieder eine Erinnerung – so ähnlich bin ich in jenem Sommer meiner Kindheit angedonnert worden, weil ich geflunkert hatte, ich hätte mir Onkel Pershings Taschenmesser geborgt.

Hier sitzen wir in Greenwich Village und starren einander über den Wirrwarr auf diesem kleinen Tisch hinweg an. Ich lasse mich von ihm herunterputzen, wie ich es meinem Bruder oder meinem Mann niemals erlauben würde – besonders nicht meinem Mann. Aber die vergrabene Kette zwischen meinem Cousin und mir bewirkt, das ich tatsächlich sitzen bleibe und es als unvermeidlich hinnehme. Und da geht mir auf, dass vor fünfzig Jahren, in der untergehenden Welt, über die wir streiten, der Entschluss nahegelegen hätte, einander zu heiraten. Wie es Cousins im Ball County stets getan haben. Und mir geht auch durch den Sinn, wie weit wir dem allen doch entflohen sind, als ob wir echte Emigranten wären, die energisch fortan irgend so ein kleines, unheilvolles Land der alten Welt, geplagt von Diktatoren, Dürre, Heuschrecken und Pogromen, außer Acht lassen. Vor Jahren war ein weiterer Cousin von uns, Zahnarzt in Atlanta, von Tante Noah darauf angesprochen worden, ob er nicht mit seiner Familie nach Ball County zurückziehen und das Haus und das Land übernehmen wolle. Ich weiß noch, wie er ungläubig das Gesicht verzog, als wir in der Bar eines Flughafens ein Glas zusammen tranken. Warum die Familie ausgerechnet ihn für diese Ehre auserkoren habe?, fragte er mit einem angestrengten Lachen. Das sei doch der letzte Ort, wo man jemals leben wolle, sagte er.

Was könnte ich auch anderes tun, als stolpernd in meiner Geschichte fortzufahren.

Tante Noah genoss es sehr, mich überall vorzuführen. An einem der letzten Tage meines Besuchs fuhr sie mich quer durch das County zu dem Haus, in dem sie aufgewachsen war. Ich war dort noch nie gewesen, aber ich wusste, dass dort alles begonnen hatte. Auf diesem Land hatte um 1740, bevor die Statuten von North Carolina zur Sklaverei und zu der Vermischung der Rassen starr und eindeutig geworden waren, ein schottisch-irischer Siedler – ein Schuldner oder kleiner Dieb, der in die Pechkiefereinöde der Strafkolonie deportiert worden war – seinem gutaussehenden, halb afrikanischen, halb indianischen Leibeigenen gestattet, seine einzige Tochter zu ehelichen. Das gute Aussehen des Leibeigenen ist Teil der Überlieferung, ebenso wie der Umstand, dass die Tochter schwanger war. Deren Nachkommen übernahmen das Land und schlossen sich der Gruppe von Farmern und Handwerkern an, denen es gelang, ihren unabhängigen Status zwischen den weißen Plantagenbesitzern und den schwarzen Sklaven bis nach dem Bürgerkrieg aufrechtzuerhalten. Bücher und Dissertationen sind über sie geschrieben worden. Die Bezeichnung für sie, zu der sich einige Gelehrte entschieden, ist nicht ohne Poesie: Tidewater Free Negroes.

Mein Vater war Tabakpflanzer und der beste Schmied im County, erklärte mir Tante Noah. Es gab niemanden, ob schwarz oder weiß, der ihn nicht geachtet hätte.

Wir waren auf eine ungeteerte Piste abgebogen, die durch Tabak- und Maisfelder zu dem alten Haus führte, das sich die beiden Pächterfamilien teilten. Es war ein Farmhaus des neunzehnten Jahrhunderts, weiß und grün, mit einer umlaufenden Veranda und Gitterverzierungen an den Dachkanten. Es tat mir weh zu sehen, dass die Farbe abblätterte und das ganze Gebäude jene welligen, organischen Konturen angenommen hatte, die auf einen drohenden Einsturz hindeuten.

Ich kann's nicht unterhalten, Süße, sagte Tante Noah, und die Pächter sorgen gerade mal dafür, dass nicht das Dach einbricht. Sie hielt an. Guten Morgen, Hattie, rief sie und winkte einer Frau mit einer Zöpfchenfrisur und dunkel pflaumenfarbener Haut zu, die aus der Haustür trat.

Guten Morgen, Miss Nora, sagte Hattie.

Dort drüben hatte Mama ihren Blumengarten, erklärte mir Tante Nora, mit Pfingstrosen, wie du sie noch nie gesehen hast. Wir hatten einen Fischteich, ein Gewächshaus und ein Eishaus. Außer Zucker, Kaffee und Mehl brauchten wir nichts zu kaufen. Und da drüben war eine Koppel für Traberpferde. Jedes Jahr gab es eine Messe, musst du wissen, bei der sich Papa und andere Leute wie wir Trabrennen lieferten. Unser eigene Landwirtschaftsmesse.

Tante Noah kassierte die Pacht, und wir fuhren davon. Auf der Landstraße hielt sie an und zeigte mir den Friedhof der Familie ihrer Mutter, einen Hügel voller Grabsteine für Leute namens Amiel und Hopper, der mitten in einem Tabakfeld lag. Sie bezahle einen Jungen dafür, dass er das Unkraut beseitige, sagte Tante Noah.

Weißt du, es ist schon hart, das alte Haus in diesem Zustand zu sehen, sagte sie. Aber ich sehe keinen Sinn darin, an etwas festzuhalten, bloß um des Festhaltens willen. Ihr Kinder seid alle im Norden und heiratet eure Nigger oder euren weißen Abschaum – ich mache nur Scherze, Süße, du weißt ja, wie ich so rede –, und ziemlich bald werden wir hässlichen alten Leute abtreten. Und dann werden bloß ein paar Knochen draußen in den Feldern übrig bleiben und etwas Geld auf der Bank.

Am Abend dieses Tages rief mein Mann aus New York mit der Nachricht an, auf die wir gehofft hatten: Er war nach Rom versetzt.

(Du hast sie richtig vergrätzt, weißt du, sagt mein Cousin und nimmt seinen Faden wieder auf. Als der Artikel erschien, warst du schon in Italien, und deine Mutter hat es dir nie erzählt, aber für die übrige Familie bedeutete das richtig Ärger. Ein Nachbar von Tante Noah, Dan Mills, drohte mit einem Prozess. Es hieß, er hätte immer nur gebrüllt: *Ich bin kein afrikanischer Amerikaner, wie da gedruckt steht! Ich bin nicht schwarz!*

Na ja, es tut mir jetzt wirklich leid. Aber mal im Ernst – wie hätte ich sie denn nennen sollen? Die altmodischen Farbigen des Flachlands von Carolina? Mulatten und Octoroons, Mischlinge mit einem Achtel Negerblut, wie Gestalten aus *Mandingo*?

(Du hättest mehr darüber nachdenken können, sagt er in einem sanfteren Ton. Du hättest die Empfindlichkeiten berücksichtigen können, bevor du dich auf die Quilts und den Aberglauben stürzt.)

Ich sage: Weißt du, gleich nachdem der Artikel erschienen war, habe ich sehr wohl mit Tante Noah gesprochen. Sie hat gesagt: Ach, Süße, ein paar Leute hier in der Gegend haben sich sehr aufgeregt über das, was du geschrieben hast, aber sie haben sich auch gleich wieder beruhigt, als der TV-Übertragungswagen zu ihnen kam und sie in den Abendnachrichten zu sehen waren.

Mein Cousin trommelt nachdenklich mit den Fingern auf den Tisch, und ich sehe ihm mit gedämpfter Schadenfreude zu. Dass die Geschichte diese Wendung genommen hatte, war ihm sichtlich noch nicht bekannt gewesen.

(Nun ja ..., sagt er.) Er steht auf und macht uns eine frische Kanne Kaffee. Die öffentliche Züchtigung ist beendet, die Akte geschlossen. Schrittweise lenkt er das Gespräch auf ein vieldiskutiertes neues Buch über W. E. B. Du Bois in Deutschland. Ob ich gelesen hätte, dass er sich Anfang der dreißiger Jahre dort aufgehalten habe? Seine hellseherischen Überlegungen zur amerikanischen Rassentrennung und zu den nationalsozialistischen Rassengesetzen?

Wir sprechen darüber und über seine Exfrau, über seine bevorstehende Reise nach Celebes und über die nigerianischen Kok-Statuen, die neuerdings in großer Zahl auf den Londoner Kunstmarkt gelangen. Dann kommen wir unweigerlich wieder auf das Ball County zurück. Mein Cousin ist überrascht, als ich ihm erzähle, dass ich dort, falls ich im Herbst wieder in die Staaten kommen kann, vielleicht Thanksgiving verbringen werde. Mit meinem Mann. Tante Noah hat uns eingeladen. Um die Zeit schlachtet man dort die Schweine, und ich möchte das Herbst-Barbecue probieren. Komm du doch auch, sage ich.

(Ich? Für Barbecues habe ich nicht viel übrig, sagt er und bekommt reizenderweise leicht rote Ohren. Hast du denn keine Angst, dass sie vor deinem Fenster ein Kreuz verbrennen, fügt er lächelnd hinzu.)

Nie wieder schreibe ich über diese Gegend, sage ich. Aber nur noch eins ...

(Was denn?)

Wie hättest du sie genannt?

Er zündet sich erst noch eine Kretek Jakarta an. Hinter dem exotischen Rauch wird sein Blick so distanziert wie der von Tante Noah, schweift in die Ferne wie eine Landstraße im Rückspiegel. Und für einen Augenblick sehne ich mich nach einer falschen Vergangenheit zurück, denn flüchtig habe ich ein Bild vor Augen, das es so nie gegeben hat: Da läuft ein Junge mit mir durch einen langen Gang im Julimais um die Wette und wühlt mit seinen großen, flachen Füßen die Erde auf, auf die wir gepinkelt haben, um wie zwei junge Hunde unser Territorium zu markieren. Seine magere Gestalt saust an mir vorbei, und beide verrenken wir uns schier die Hälse, um zu dem Fluchtpunkt zu gelangen, an dem sich die grünen Reihen berühren und die Geometrie beginnt. Vorbei.

Als seine Zigarette brennt, schüttelt mein Cousin den Kopf und lacht gereizt auf. (Letzten Endes macht es doch überhaupt keinen Unterschied, oder? sagt er.)

Un Petit d'un Petit

Ich zerdrücke gerade mit dem Hockeyschläger abgefallene Blätter vor dem viktorianischen Schloss, in dem ich mit anderen gefangenen Heldinnen die Schulstunden verträume, da fährt ein Auto vor. Es ist ein großes, langes, so grün wie die Vororte von Philadelphia ringsum. Und auch das Mädchen hinter dem Steuer trägt grün, eine plissierte Schuluniform, was bedeutet, dass sie auf die Chew Academy geht, hier in der Gegend die Konkurrenz für unsere Schule. Das Mädchen kurbelt das Fenster runter und beugt sich mit der Würde einer Baronin heraus, die sich an eine Bäuerin am Straßenrand wendet. »Hast du Hundegesicht gesehen?«, fragt sie.

Ich kenne sie nicht, aber aus dem Wagen und dem Spitznamen – auf diese elegante Bezeichnung für meine beste Freundin Edie können nur Geschwister kommen – schließe ich, dass sie Edies ältere Schwester Gus sein muss, deren Schönheit für die übrige Familie ein Qual darstellt. »Große Augen, große Titten«, so lautet die knappe Beschreibung für Gus, die ich aufgeschnappt habe, aber was mir auffällt, als ich sie da inmitten von so viel Grün sitzen sehe, ist die phänomenale Blässe ihrer Haut – die Blässe einer Wachskerze, die in einem glühenden Docht gipfelt, einem rotblonden Haarschopf. Sie hat dieses Haar mit einem Seidenschal zu einem Dutt hochgebunden, was ihr das Aussehen eines Filmstars der fünfziger Jahre verleiht, und die ungeduldige Souveränität, mit der sie hinter dem Steuer sitzt, verbietet es mir, überhaupt daran zu denken, dass sie nur ein Schulmädchen ist wie ich auch. Alles in allem eine verwirrende Erscheinung, wenn man ihr an einem trüben Herbstnachmittag am Rand eines Hockeyfelds begegnet. Gebannt stehe ich in meinen verschwitzten Sportklamotten und linkischen vierzehn Jahren da, und sie mustert mich mit amüsierter Herablassung. Ich erkläre ihr, wie sie zur alten Sporthalle kommt, wo Edie sein muss, nur habe ich jetzt das Gefühl, ich laufe auf unsichtbaren Stelzen neben dem Wagen her und rage mit dem Kopf weit über die schütter werdenden Baumkronen hinaus. Es ist das gleiche Gefühl, das ich in jedem September habe, wenn ich mich in den neuen Englischlehrer verliebe.

Gus zu verehren wird danach für eine Weile zu einem Luxus, den ich mir heimlich gönne, so wie die ganz bestimmte Süßigkeit, die ich in meinem Schrankfach in der Schule horte: muschelförmige Stückchen von bitterer Schokolade mit einem italienischen Namen. Dies spielt sich unabhängig von meiner Freundschaft mit Edie ab, denn die ist eine völlig andere Geschichte: eine für Teenager normale Abfolge von tränenreichen Geständnissen, magenumdrehenden Lachkrämpfen und gemeinsamen Träumen von einem künftigen, der Kunst und Verworfenheit geweihten Leben. Und meine Verehrung hat auch nichts mit der Suppe von Intimität und Rivalität zu tun, die um Edie und Gus brodelt. Ich hänge ohne Ansprüche einer Schwärmerei nach und erlaube mir ganz entspannt, geblendet zu sein, wann immer Gus vorüberblitzt. Meine Begegnungen mit ihr bei Edie zu Hause und anderswo nehmen eine Intensität an, die jedes Detail vergrößert und mit Empfindungen umhüllt, so dass ich sie in meiner Erinnerung aufbewahre wie eine Reihe funkelnder Kristallkugeln.

Bei einer Sylvesterparty sehe ich zu, wie Gus mit ihrer Gitarre den Clown spielt, umgeben von Grüppchen hingerissener Jungen. Mit jaulender, rührseliger Stimme singt sie »Dona Dona«:

Auf dem Wagen liegt ein Kälbchen
liegt gebunden mit einem Strick ...

Die Gastgeberin ist Gus, und Edie und ich sind bei der Party geduldet, weil sich wegen eines wilden Schneesturms die Reihen von Gus' Freunden gelichtet haben, alles Schüler und Studenten von feinen Internaten und Colleges an der Ostküste. Derwische aus Schnee wirbeln gegen die Fenster des unauffälligen Vororthauses und bringen im Wohnzimmer, das voll antiker Stücke aus Boston und Philadelphia ist, das Kaminfeuer zum Sprühen. Die hübschesten Mädchen tragen indische Kleider in Edelsteinfarben, und die begehrenswertesten Jungen sind wie Ranch- oder Fabrikarbeiter angezogen. Wir befinden uns nicht auf einem Kostümfest, nur in den siebziger Jahren. Alle schleichen sich immer wieder in den Sturm hinaus, um sich verschiedene Chemikalien reinzuziehen; an diesem Abend kriege ich allerdings nur mit, dass da irgendetwas herrlich Verbotenes läuft. Als biederes graues Mäuschen sitze ich in einem ausgestellten Wollrock und passendem Pullover da und nippe an einem von Mönchen hergestellten Likör – ein Getränk, für das ich mich entschieden habe, weil die Flasche am wenigsten einschüchternd aussah. Niemand redet mit mir, und ich habe den größten Teil des Abends damit verbracht, so zu tun, als wäre ich ganz vertieft in einen Prachtband, der Kinderreime in witzig-unsinniger französischer Fassung enthält. *Un petit d'un petit s'étonne aux Halles* – Humpty-Dumpty saß auf einer Mauer. Edie, die hübscher und kühner ist als ich, hat mich gerade allein gelassen, um mit einem Drittsemester von Haverford zu plaudern, als Gus quer durch den Raum kommt und vor mir stehen bleibt.

»Du! Was hast du denn da an den Beinen?«, fragt sie laut und schnippisch, ganz die gesellschaftliche Siegerin, die weiß, dass alles was sie sagt oder tut, enorm zur allgemeinen Erheiterung beitragen wird. Ich nehme wahr, wie der Widerschein des Feuers ihr helles Haar und ihre leicht vorstehenden weißen Zähne zum Schimmern bringt, und mich überkommt ein taubes Gefühl – die plötzliche Betäubung, welche die gnädige Natur für das geflügelte oder vierbeinige Geschöpf bereit hält, das in die Krallen des Raubtiers gerät. Versunken wie ich bin, nehme ich doch wahr, dass Gus' Freunde ihre Gespräche unterbrochen haben und zu uns herübersehen. Sie schaut auf meine Strumpfhose, eine silbrig gleißende, für die ich mein ganzes Taschengeld ausgegeben habe, in der Hoffnung, dass sie mir jenen Hauch von festlichem Raffinement verleiht, der so überaus wichtig ist, wie ich in einer Teenager-Zeitschrift gelesen habe.

»Das sind welche in einem Stil, der Wet Look heißt«, sage ich und versuche zugleich, meine armen, lächerlichen Beine einzuziehen und außer Sicht zu bringen.

Gus lacht fuchtbar hell auf, lässt ihren Fleischfresserüberbiss aufblitzen und löst rings um uns herum Wellen von Gelächter aus. »Nass?!«, ruft sie zur Freude ihres Publikums. »Sieht für mich eher schleimig aus!« Es ist ein katastrophaler Augenblick, und meinem vergötternden Herzen beschert er eine komplizierte Mischung aus Lust und Pein. Und hinterlässt in mir sonderbarerweise keinerlei Bitterkeit – in der Erinnerung erstarrt er nur zu einer undeutlich allegorischen Szene, so ähnlich wie ein Stich in einem alten pornographischen Buch.

Ein paar Monate später sehe ich Gus in einem Film, der noch in irgendeinem Schularchiv vorhanden sein muss – ein Acht-Millimeter-Film von fünf Minuten Länge, den Edie als Projektarbeit für den Kunstunterricht gedreht hat und in dem Gus mit einem Freund, einem Verwandten, zu sehen ist. Der Drehort ist ein Strand mit taubeneigroßen Granitkieseln, dahinter breitet sich das Meer der Küste von Maine aus wie knitternder grauer Taft, zwei unglaublich schöne Teenager (die mir reif und überlegen vorkommen) in Windjacken tollen mit der Energie gesunder junger Setter für die Kamera herum. Das Weiße ihrer Augen ist so klar wie fettarme Milch. Er füttert sie mit einem Stein, sie häuft ihm Tang auf den Kopf; und obwohl die Kameraführung so amateurhaft ist, ahnt man etwas von der absichtslosen Gegenseitigkeit vollkommenen Glücks. Wie jeder Zuschauer nehme ich genüsslich vorweg, dass diesem Glück ein Verhängnis droht, und wie Edie mir berichtet, schwelte das Verhängnis von Anfang an in den großen, schindelverkleideten Sommerhäusern, die man im Hintergrund des Films kaum sieht, in Häusern voller Tanten und Onkel, die sich aufführen wie neuenglische Montagues und Capulets. Was Edies Film nicht zeigt, aber irgendwie doch voraussetzt, sind die endlosen Sitzungen des Familienrats über die Inzuchtfrage und das reale, mittelalterlich anmutende Ende, in dem Gus zum Studium nach Frankreich verbannt wird. Der Film trägt Edie im Fach Kunst die beste Note ein. Ich lasse ihn mir dreimal von ihr vorführen.

Ungefähr in dieser Zeit gehe ich in einem abgelegten Kleid von Gus zum Maiball der Schule. Wie zufällig, ohne auch nur mir selbst irgendetwas dabei einzugestehen, habe ich mich gegen meine sämtlichen eigenen Kleider entschieden und aus einem Berg von Sachen, die bei Edie zu Hause in einem Kämmerchen hängen, dieses ausgewählt. Es ist ein apfelgrünes Satinkleid mit Silberknöpfen, um die Büste herum zu groß für mich und in jeder Hinsicht so extrem unvorteilhaft, dass es wie eine verschlüsselte Botschaft wirkt. Es gibt einen Schnappschuss von mir in diesem Kleid, vor dem Ball in meinem Garten aufgenommen, und mein Gesicht ist verträumt und störrisch zugleich.

Vier Jahre vergehen, und ich nehme auf Rhode Island an einer Hochzeit teil, in einer kleinen, braunen Episkopalkirche mit Blick auf die Bucht von Narragansett. Es ist ein kühler, klarer Julitag, Sonnenstrahlen streifen die Perlen der Tanten aus Philadelphia und Providence, die sich in der Kirche drängen, und Gus steht in alter Spitze und mit Wildblumen vor dem Altar. Sie hat sich die Haare zwei Zentimenter kurz schneiden lassen und wirkt beunruhigend entrückt, wie ein girlandengeschmückter Peter Pan. Ihre dunkel getuschten Wimpern stechen von ihren erbleichten Wangen ab. Die Freude in ihrem Gesicht kommt mir ein bisschen geistesgestört vor. Neben ihr steht ein Franzose, der exakt dem Bild entspricht, das ich unter »Franzose« im Kopf gespeichert habe: dunkel, gutaussehend, kleiner Schädel; vom Selbstbewusstsein eines nicht sehr großen Mannes und mit einem strahlenden Lächeln, so dass in einem walnussfarben gebräunten Gesicht plötzlich ein weißer Riss klafft. Laut der Erkenntnis, die sich im Hain der Tanten in Windeseile verbreitet, ist dies die weitaus unvernünftigere Wahl, als einen Cousin zu ehelichen. Dabei hätte diese hinreißende Nichte aus dem ärmeren Zweig der Familie durch eine wohlüberlegte Heirat so vieles wieder ausgleichen können! Doch statt ein Franzose zu sein, wie er ihr wohl angestanden hätte – ein Baron mit weitläufigen Weinbergen, ein zwar vulgärer, aber überzeugend solventer Immobilienmakler, der die halbe Côte d'Azur in der Tasche hat –, ist dieser Mann Angestellter in einem Reisebüro und Reisegruppenleiter, und den Hof hat er Gus zum ersten Mal über dem Atlantik gemacht, mit geklautem Champagner aus der Ersten Klasse. Als routinierter Charmeur, der einen unordentlichen Schweif von Exfrauen und Freundinnen hinter sich her zieht, versteht er es, die Tanten zu entwaffnen, indem er mit seinen bäuerlichen Wurzeln prahlt. Er stammt aus dem Vercors, der Hochebene, auf der sich einst die Kämpfer der französischen Résistance in Kalksteinhöhlen verborgen haben.

Edie und ich fotografieren die Hochzeit, und wir haben uns wie Männer angezogen: weiße Leinenanzüge und Fliegen. Wir wollen originell und dekadent aussehen und hoffen, die Braut auszustechen. Ich bin jetzt auf dem College, längst keine Jungfrau mehr, mir meines Aussehens sicher und maßlos von der Wichtigkeit meiner eigenen Liebesdramen überzeugt. Mein Schulmädchenschwarm ist mir so ferngerückt wie die Windpocken. Dies bestätigt sich nach der Torte und den Toasts, als auf einer Rasenfläche, die zu einem privaten Anlegesteg hinunterführt, die Gäste beginnen, sich ernsthaft zu betrinken, und der Bräutigam zu mir herangeschlendert kommt. »Wie Sie angezogen sind, das funktioniert nicht«, sagt er auf Französisch. »Sie sollten Ihren Körper betonen.«

Er mustert mich mit der sachlichen Unverschämtheit eines Mannes, der findet, er habe jederzeit Anspruch auf jede Frau. Und auf einmal – das Gefühl ist so neuartig, dass es mir den Atem raubt – habe ich um Gus Angst. Die jung Vermählten werden in einer Herreshoff-Schaluppe davonsegeln, die, wie die weite Rasenfläche und das langgestreckte Giebelhaus darüber, scheinbar zu Gus' Mitgift gehört, in Wirklichkeit aber im Besitz eines weiteren entfernten Verwandten ist. Bevor sie an Bord gehen, stehen sie auf dem Anlegesteg, der Bräutigam hat eng den Arm um Gus gelegt, und scherzen auf Französisch mit der Menge. Beschwipste Onkel grölen anzügliche Redensarten. »Er sagt nie Liebling zu mir«, beklagt sich Gus kichernd bei ihrem Publikum, »*il m'appelle sa boudin* – er nennt mich seine Blutwurst.«

Nun überspringt diese Geschichte Jahre und Kontinente und landet mitten in einem nassen Herbst in einem Arbeitervorort von Paris, nicht weit vom Flughafen Orly. Startende Jets fliegen über die Dächer hinweg, so tief, dass man ihr Fahrwerk im Rumpf verschwinden sieht, und ersticken alle Lebensgeräusche in den engen Straßen mit den Platanen, die so gestutzt sind, dass sie mit ihren Knubbeln arthritischen Händen gleichen; und hinter dürftigen Zäunen und läuferschmalen Vorgärtchen stehen kleine Häuser mit spitzen Ziegeldächern. Die gelbbraune Farbe auf Gus' schmiedeeisernem Gartentor platzt ab, und den störend langen französischen Schlüssel dazu muss man viermal im Schloss drehen, bevor sich das Tor mit metallischem Ächzen öffnet. Gus hat mir den Schlüssel gegeben, weil ich bei ihr wohne, seit ich meinen Pariser Freund nach einem Sommer der Liebe und der Literatur an der Sorbonne verlassen habe.

Wir stehen in der Küche, wo Gus das Mittagessen zubereitet. Über Brotstücke vom Vortag häuft sie geriebenen Schweizerkäse und Scheiben eines Kohlkopfs, den wir am Morgen auf dem Markt gekauft haben. Bevor sie alles in den Ofen schiebt, übergießt sie es mit hausgemachter Zwiebelsuppe. Ihre Hände sind von einer Gewandtheit, die mir ein bisschen demonstrativ vorkommt. Das hier ist ein Bauerngericht, erklärt sie mir. Ihr Mann hat es als Junge oft gegessen, als er in einem von deutschen Bomben halb zerstörten Bergdorf lebte. Sie hat zwei sengend heiße Sommer dort verbracht, zum größten Teil in einer Küche, wo sie Geflügel gerupft und Gurken eingelegt hat, umgegeben von Frauen der Verwandtschaft, die schwarz angezogen waren wie Laienschwestern.

Ihre Küche ist klein und dunkel wie alle Räume im Haus. Im Wohnzimmer hängen ein paar Aquarelle von Inseln vor der Küste von Maine. Von der Küche aus blickt man auf Regen und auf eine mit Wein überwachsene Mauer, dessen Blätter das blanke Gelb von Kinderrutschen annehmen. In der winzigen Einfahrt steht ein verbeulter, aber spritzig roter MG. Er gehört Gus' Mann, und sie darf ihn nicht fahren, wenn er als Reiseleiter unterwegs ist. Er ist oft zu langen Touren unterwegs, nach Brasilien, in den Jemen, nach Australien. Manchmal fliegt er mit seiner Geliebten, einer Stewardess, die er schon vor Gus kannte. Diese Frau, die sich durch schwarzes Haar und wenig Großmut auszeichnet, parkt manchmal mitten in der Nacht vor dem Haus und kreischt Beleidigungen.

Wenn Gus von ihren Kümmernissen spricht, dann in einem so harten und doch flotten Ton, dass ich mir fast so jung und unbedeutend vorkomme wie zu der Zeit, als sie debütierte. Wir sind nicht eigentlich Freundinnen, nicht so wie Edie und ich; und doch ist zwischen uns ein Band entstanden, das ich nicht zu benennen weiß. Sie ist im sechsten Monat schwanger und, von ihrem geschwollenen Bauch abgesehen, unglaublich dünn. Im trübseligen Pariser Herbstlicht wirken ihre Haut und ihr Haar fast wie fluoreszierend. Eines Nachmittags, als wir in einem nahen Wald Pilze sammeln gehen, schaue ich zu ihrem scharfen Profil und ihren pfeifenstieldünnen Handgelenken auf, und aus irgendeinem Grund fällt mir der französische Abzählvers wieder ein, den ich damals auf der Party gelesen hatte, bei der sie sich über meine Strumpfhosen lustig machte: *Un petit d'un petit s'étonne aux Halles.* Auf einem mit Kuhfladen übersäten Hang hält Gus den Korb mit Pilzen – *cèpes* und *pieds de moutons* – hoch, und wir beugen uns darüber und schnuppern daran. Eigentlich geht kein Duft von ihnen aus, nur ein Hauch von Moder und Verfall.

Drei Jahre später, als ich in Rom lebe, kommt sie mich für ein Wochenende besuchen. Mittlerweile habe ich eine angenehme Stelle beim United States Information Service. Ich wohne an der Via Giulia, habe eine Terrasse aus bröckelndem ockerfarbenem Stein und bin ein recht quirliges Mädchen, mit einem italienischen Freund und einer Siamkatze. Ich habe gelernt, mich anzuziehen und weiß, wo elegante Römerinnen ihre Unterwäsche und ihre Schuhe kaufen. Gus kommt mit ihrer zweiten Tochter auf dem Rücken; das erste kleine Mädchen ist bei den ländlichen Großeltern im Vercors. Das jüngste Baby ist eine rundköpfige, blonde Putte von elf Monaten, die mit Rabelais'scher Inbrunst an der mächtigen perlweißen Brust ihrer Mutter saugt. Gus hat nun rosige Wangen, redet von Nesseltee und Kräutersalben gegen Ekzeme und von afrikanischen Müttern, die ihre Kinder stillen, bis sie fünf oder sechs sind. Sie hat ihr Haar wachsen lassen, und nun klebt es ihr unschön in schlaffen, hellen Strähnen am Kopf, die mich an an den Flaum junger Enten denken lassen, und sie hat eine bestickte afghanische Bluse an, die in Rom zur Zeit überhaupt nicht in Mode ist. Mein Freund zieht mich mit der »Hippie-Mama« auf, und ohne dass ich es erklären könnte, bin ich ein bisschen beleidigt, weil er sich nicht in sie verliebt.

Als wir am Abend jedoch in meinem kleinen Kabrio die Via Veneto entlangfahren, merke ich, dass sich Italiener in anderen Autos umdrehen und uns anstarren. Warum schauen sie bloß her, warum winken manche, warum hupt sogar jemand? Ich wende mich um und sehe, dass Gus, wie eine Frau, die sich lässig ein Cape umwirft, ihren alten Glanz wieder angenommen hat. Beide, sie und das wundervolle Baby, sitzen sie stolz da, lächeln strahlend und gleiten durch die römische Nacht wie eine Hollywood-Madonna und ihr Kind.

Mehrere Jahre darauf treffen wir in Maine zusammen, auf einer Insel im Penobscot, einem von Granitfelsen umringten Stück Land, wo die Einheimischen mit einem Akzent wie aus den Büchern von Sarah Orne Jewett reden und der Geruch von Holzkohlenfeuern meilenweit durch die Kieferwälder wabert. Es gibt dort eine kleine Bucht mit drei Farmhäusern, die der Familie von Edie und Gus gehören – eben jene Bucht der Vorfahren, in der Gus und ihr Cousin einander in einem längst vergessenen Film vollkommen selig mit

Steinen gefüttert haben. À propos Seligkeit: Wir befinden uns in dem fortgeschrittenen Liebesstadium, in dem man Wunder als tägliche Triumphe erlebt. Da sind die gewohnten Seeigel und Blaubeeren und die grauen Morgen, aus denen weißglühende Mittage werden, und Horden sommersprossiger Kinder in Schlauchbooten; und jenseits des Weges sitzt Edie mit einem Langweiler von Mann, und irgendwo in den Kulissen steckt Gus, allein, in einer Wolke von Gerüchten um den Franzosen. Mein Mann gewinnt am Unabhängigkeitstag ein Wettschwimmen quer über die Bucht, und als er gerade, in die Bravorufe und meinen rasenden Stolz hinein, dem eisigen Wasser entsteigt wie ein blaulippiger Gott, da fällt mein Blick flüchtig auf Gus, und überrascht registriere ich, dass sie, wie alle anderen, eine kleine, unbedeutende Gestalt im Vordergrund meiner Idylle ist. Einen Monat später überrascht sie mich erneut – mit einem Brief, der sofort zur Sache kommt. »Euch beide zu beobachten, hat mich erschüttert, geprägt, mich aus meiner Nische der Feigheit gestoßen. Nun weiß ich, was möglich ist, wenn ich nur den Mut finde, ihm nachzugehen.« Der Brief ist in der edlen, spinnwebartigen Handschrift sämtlicher Frauen ihrer Familie geschrieben, und ziemlich gewandt ist eine Kiefer an den oberen Rand gezeichnet. Aber ich vergesse, darauf zu antworten, zu sehr beschäftigt mich meine Ehe, das Bewohnen einer anderen Person.

Das Leben mengt sich ein. Der Tod der Mutter von Edie und Gus, die Wiederheirat ihres Vaters, Edies aufwühlende Scheidung. Die Geburt meiner Kinder, meine Scheidung, meine Arbeit, mein Leben in Europa. Alles berichtenswerte Geschichten. Auf dem besonderen Pfad jedoch, dem ich hier folge, kommt der nächste Meilenstein in Gestalt eines Briefes, dem ein ausgeschnittener Artikel aus der Tageszeitung eines Küstenorts in Massachusetts beiliegt. In dem

Artikel wird die Eröffnung eines französischen Restaurants namens Le Maquisard beschrieben, in einem weißen Elefanten von Fachwerkhaus im Ort, und ein Foto zeigt die Besitzer: Gus und den Franzosen. Aus Edies Begleitbrief erfahre ich, dass Gus sich eines Morgens ihre Töchter geschnappt und Frankreich verlassen hat, und dass der Franzose eine Reihe von Frauen enttäuschte, indem er seiner Frau folgte. Im Moment haben sie sich versöhnt, auf Grundlage der *beurre noire* und der getrockneten *cèpes* in seinem neuen, irrwitzigen Unternehmen, das läuft wie geschmiert, jedenfalls solange die Sommerbesucher da sind. Ich sehe mir das Gesicht von Gus auf dem Foto an: ein Oval aus grauen Pünktchen, das mir nichts sagt, außer dass sie noch immer schön ist. Auf mich wirkt die Haltung, in der sie da neben dem Franzosen steht, vorläufig. Ich lese den Brief noch einmal durch und sinne darüber nach, wie wundervoll verführerisch doch Taten sind, klare, kühne Akte, und wie fad die Konsequenzen.

Einige Jahre huschen vorüber, mit der würdelosen Hast aufgescheuchter Gänse. Auf einmal höre ich den Kies unter Reifen knirschen, und Gus kommt in einem hohen blauen Jeep ans Haus gefahren und lugt mit so fragend zur Seite gelegtem Kopf zu mir her, dass ich mich an unsere erste Begegnung am Hockeyfeld erinnert fühle. Nun befinden wir uns in Newport, wo ich ein Haus gemietet habe und mit der melancholischen Wonne der Expatriierten den amerikanischen Sommer in mich aufsauge. Gus sieht noch genauso aus – nur die Konturen sind schärfer geworden, wie bei uns allen. Und etwas völlig Unerwartetes hat sich aus seinem Versteck gewagt: ein guter, wehmütiger Humor, der auf eine Begabung zum Leben hindeutet. Sie ist nicht mehr das Glamour-Girl, aber auch nicht die Märtyrerin, und die nach Knoblauch riechende, dramatische Romantik des Restaurantgeschäfts hat sie hinter sich gelassen. Sie ist – die einzige Rolle, in der ich sie mir nie vorgestellt habe – Lehrerin an der Highschool ihres Küstenorts und trichtert den manchmal empfänglichen Köpfen der Schüler unregelmäßige französische Verben und kleine Pascal-Passagen ein. In ihren Augen unter den noch immer langen Wimpern funkelt die angemessene pädagogische Ironie. Sie knallt die Wagentür zu, kommt herüber und gibt meinem sechs Monate alten Sohn, der sich an meine Schulter schmiegt, einen Kuss auf das Füßchen. »Wir werden zwölf Stunden lang nur reden!«, kündigt sie an.

Der Vorbote dieses Besuchs war eine Hochzeitsanzeige, die Monate zuvor in meinem Haus in Norditalien eingetroffen war. Ein Schnappschuss zeigte Gus in cremefarbenem Satin neben einem Mann, dessen unkompliziert hingebungsvolles Gesicht so amerikanisch war wie der gedruckte Name auf der Karte. Ein Lehrerkollege, der Gus einen langen, bitterkalten Neuenglandwinter hindurch den Hof gemacht hatte. Nun, da sie in einem Korbsessel auf meiner gemieteten Veranda sitzt, spricht sie unentwegt von ihm und wird dabei rot und aufgeregt, wie es ihr als Teenager nie passiert ist. Natürlich ist ihr endlich die Liebe begegnet, unvermittelt und himmlisch, im letzten Moment und nach ihrem eigenen mysteriösen Zeitplan. Wir essen Mais vom Kolben und Blaubeerkuchen, und heben allmählich in die Heliumatmosphäre von Gekicher und spätabendlichen Vertraulichkeiten ab, in der pure Nachrichten die Farbigkeit von Trugbildern und Übertreibungen annehmen. Kann es denn möglich sein, dass der Franzose zum wiedergeborenen Mormonen geworden ist und sich zufrieden an einem See in Vermont niedergelassen hat? Bis nach Mitternacht reden wir über unsere Männer. Meiner ist Italiener und eine Spur wie der Franzose, während ihrer eine Spur meinem amerikanischen Exmann gleicht; hierüber lächeln wir unbehaglich.

Am nächsten Tag sind wir um die Mittagszeit am Gooseberry Beach, umgeben von reichen Leuten in vernünftigen Badeanzügen und Segeltuchhüten. Im kalten Atlantik gebärden wir uns übertrieben mädchenhaft, tollen und planschen umher. Gus hat einen schwarzen Badeanzug an, so glänzend wie Miesmuschelschalen, und wir treiben das durchtriebene Spiel von Frauen über vierzig, den Körper der anderen insgeheim auf Zeichen von Verschleiß zu prüfen. Gus hat noch die gleiche verblüffend weiße Haut wie eh und je, nur windet sich über ihren Brustkorb und ihr Schlüsselbein ein pralle Vene, an die ich mich nicht erinnere.

Sie erzählt mir von ihren Töchtern, schönen zweisprachigen Teenagern, die je die Hälfte des Jahres in Neuengland und in Frankreich leben. Wie kreativ sie sind, und wie geduldig mit den Macken des Vaters und des Stiefvaters; dass die eine fliegen lernt und die andere auf Madagaskar die Techniken der Bodenkonservierung studieren will. Sie zeigt mir das Foto von einem kleinen Haus auf Cape Cod an einer idyllischen Landstraße; Gemüsegarten und Hühnerhof hinter dem Haus, und ein dauerhaft aufgestelltes Zelt für Besuch aus Boston und Frankreich. Wir schöpfen mit den Händen Sand, und unser Gespräch nimmt ein verzweifeltes Tempo an, als sich die Uhrzeit nähert, zu der Gus nach Massachusetts zurückfahren muss. Als würden wir ein vertracktes Brettspiel beenden, versuchen wir, zu jeder Person etwas zu sagen, die wir beide kennen – die quecksilbrige Edie, Pariser Freunde, meine Brüder, all ihre gutaussehenden, tragischen Cousins, der Junge, dem die Gitarre gehörte, auf der Gus bei jener Sylvesterparty gespielt hat. Und ich natürlich. »Ich fand dich immer unglaublich interessant«, sagt sie und lässt eine Handvoll Sand durch die Finger rinnen.

Das ist nicht wahr, aber sie scheint es zu glauben. Und für einem Moment wechselt drastisch die Perspektive, und die Sammlung vergangener Szenen, die uns gemeinsam sind, nimmt sich ganz anders aus. Als ob die strahlende junge Göttin, die an einem Sylvesterabend bei Schneesturm inmitten eines Kranzes von Bewunderern schlecht Gitarre gespielt hatte, im Grunde versucht hätte, mit ihren Clownerien mich zu beeindrucken. Das Kuriose ist, wie wenig es auf die Wahrheit jetzt ankommt, so wenig wie es darauf ankommt, ob wir wirklich Freundinnen sind. Nun sind wir einfach zwei Frauen, noch nicht alt, von denen jede vergeblich versucht, aus ihren Erinnerungen etwas Nützliches zu schaffen – etwas Beschützendes vielleicht, wie eine Windjacke.

Da ich gerade an Kleidungsstücke denke, erzähle ich ihr, dass ich damals in ihrem grünen Kleid zum Ball gegangen bin. »Im Ernst?«, fragt sie, »in diesem Jackie-Kennedy-Fummel? Das war eines der hässlichsten Kleider, die ich je hatte.«

»Ich weiß«, sage ich. »Es hat an mir entsetzlich ausgesehen.«

Um vier steigt Gus in ihren Jeep, und als sie zur Straße zurücksetzt, flucht sie halblaut auf Französisch, weil ihr die Kupplung Schwierigkeiten macht. Sie ruft mir zu, ich soll die Ohren steif halten, und ich brülle etwas Unanständiges zurück. Dann sehe ich zu, wie die Nachmittagssonne auf ihren hellen Kopf hinter der Windschutzscheibe fällt, wie er aufleuchtet und dann verblasst, als sie an hohen Ulmen und viktorianischen Häusern vorüber davonfährt. Ich bleibe noch ein wenig in der Einfahrt stehen und frage mich, wo und wann wir uns wohl das nächste Mal sehen werden, und da geht mir zum allerersten Mal die Frage durch den Kopf, ob diese spärliche Reihe von Begegnungen, zwischen denen Jahre und Ozeane liegen, wohl eine verborgene Logik enthält; wie eine Science-fiction-Geschichte, in der sich vereinzelte Blitze aus dem Raum als Teile einer kodierten Botschaft herausstellen. Und selbst wenn es keine interstellare Verlautbarung gibt, denke ich, existiert doch gewiß irgendeine langweilige himmlische Protokollbehörde, welche die Zahl meiner Zusammentreffen mit Gus längst festgelegt hat. So stehe ich im tiefen Sommerschatten, und ein paar Herzschläge lang versuche ich zu erraten, wie viele uns noch bleiben.

Tanz mit Josefina

»Danke, mit Vergnügen.« So beginnt, wenn ich mich richtig erinnere, ein Monolog von Dorothy Parker, der unter ähnlichen Umständen einsetzt. In Wirklichkeit aber sage ich »Sí, gracias.« Und dann senke ich noch scheu die Wimpern, was jeder Filmregisseur als überzogen kippen würde, mich für mein Gefühl jedoch als authentisches Exemplar der heiratsfähigen einheimischen Señoritas ausweist. Es ist nicht notwendig, zur Mitte der Tanzfläche vorzudringen, denn da sind wir bereits, schmelzen vor Hitze bereits dahin und werden schier erdrückt von der immer noch zunehmenden Freitagabendsmenge bei Bobby's, einem Hafen-Club, wo die Tanzenden so dicht gedrängt und so ungestüm Sprünge vollführen, dass die Pfähle wanken wie bei einem Erdbeben, und wo Aale und Schildfische herbeischwärmen, um das erbrochene Bier in der von Spotlights erleuchteten See unter dem Club zu verschlingen. Wir befinden uns auf einer der Bay Islands von Honduras, einem ethnischen Schmelztiegel wie überall in der Karibik. In der tanzenden Horde wirbeln teakholzfarbene und bernsteinfarbene Gesichter umher, Erbstücke hispanischer Matrosen, englischer Piraten, entronnener Sklaven und Mosquito-Indianer. Über den abwechselnd pulsierenden Salsa- und Reggae-Rhythmen vernimmt man surrendes Spanisch und federndes Insel-Englisch. Verloren treiben in dem irren Gebräu einige wenige Amerikaner. Ich zum Beispiel, die sich nicht schämt, Touristin zu sein. Und mein Mann Rory und unser im Ausland lebender Freund Mitch, die mir soeben aus dem dampfenden Gedränge um die Bar mit Dos-Equis-Flaschen zuprosten. Und auch dieser Herr hier, ein schon recht älterer Herr, der sein Grüppchen von Freunden – grauhaarige Typen mit einer Menge Rum hinter dem Gürtel, ziegelroten Seglergesichtern und dem schüchternen, aber unbarmherzig gierigen Blick, der den Sextouristen kennzeichnet – verlassen hat, um sich neben mich zu quetschen. Er legt mir eine breite, rosige Tatze auf den Ellbogen – respektvoll, muss man sagen – und bittet mich in stockendem Spanisch aus dem Phrasenwörterbuch zum Tanz.

Selten bietet sich die Gelegenheit, so einfach Unfug zu treiben, den Blickkontakt mit Mann und Freund am anderen Ende des Raumes abzubrechen, diesen kleinen, falsch sittsamen Wimpernschlag anzubringen, in den paar spanischen Wörtern, die ich kenne, einfältig zu antworten und Thorax und Becken so in Bewegung zu setzen, als hätte ich mein knappes Baumwollkleidchen in einer der Hütten angezogen, die auf Stelzen draußen im Wasser stehen, in dem Ort mit dem Namen eines Freibeuters, der dort einst untertauchte, um der Schwelgerei und Unzucht zu frönen. Es ist leicht, so zu tun, als wäre ich nicht eine verhätschelte schwarze Nordamerikanerin von einunddreißig, eine junge Frau, wie sie dieser Mann auch in einer Investmentbank antreffen oder bei einem akademischen Kongress auf dem Podium erleben könnte. Es ist leicht, so zu tun, als wäre ich viel jünger und ärmer, als wären die für meine dunkle Haut verantwortlichen Gene aus Afrika über die von Konquistadoren erschlossenen Wasserrouten herüber gelangt, und nicht über die nördlicheren, protestantischen Kanäle der Sklavenhalter von Georgia. Es ist leicht, so zu tun, als wären die Grenzen meiner Bildung nicht von einem höheren akademischen Grad bestimmt, sondern von den staubigen Wänden der Grundschule auf der Insel, wo Geckos umhersausen und Bretter die Fenster verrammeln, die der Hurrikan zerschmettert hat. So zu tun, als wäre ich nicht mit Rory verheiratet, einem weißen Anwalt aus Delaware, der durchaus der Neffe oder Sohn dieses Mannes hier sein könnte. Leicht auch, so zu tun, als steckte ich möglicherweise weit genug in der Patsche, um ein paar Blowjobs gegen einen Armreifen mit Anhängern oder gegen ein Paar Turnschuhe einzutauschen, oder gar gegen die Fata Morgana eines US-amerikanischen Passes.

»Sí, gracias. Bailamos.«

Ihn gleich zu verabscheuen, wäre zu einfach, also lasse ich mir Zeit. Nüchtern beobachte ich, wie er in biederen Khakishorts mit dem Hintern zu wackeln beginnt, zu der wirklich wundervollen Musik, die der DJ auf magische Weise seltsam doppelbödig macht: Über einem lateinamerikanischen Beat intoniert eine männliche karibische Stimme wollüstige Anweisungen – eine heiße, muskulöse Musik, der man einfach gehorchen muss, und dicht gedrängt gehen rings um uns großartig aussehende junge Honduraner mit schweißglänzenden Gesichtern ab, als ginge es um ihr Leben. Mein Partner macht mir deutlich, dass auch er mich gern betatschen würde – schließlich schauen seine Freunde zu. Sie haben schwächlich applaudiert und die Gläser gehoben, als wir zu tanzen anfingen. Aber ich halte eine hygienische Handbreit Abstand von seinem durchschwitzten Polohemd und lasse es neckisch und verführerisch aussehen. Ich improvisiere einen Mischmasch aus wogenden, mahlenden und stoßenden Bewegungen, die irgendetwas von Samba-Limbo-Macarena haben sollen. Ich war noch nie eine gute Tänzerin, aber ich hatte einmal einen puerto-ricanischen Freund, der mir beigebracht hat, einen Sinn für Rhythmus vorzutäuschen. Der Typ vor mir gehört natürlich einer völlig anderer Kategorie von schlechten Tänzern an: der Monster-Schule. Ich habe ihn mir noch nicht genauer angesehen, nur festgestellt, dass er dick und rot und alt ist.

»Cómo te llamas?« Über die Musik hinweg gebrüllt.

Wie? Ach so – ein Name, ein Name. Maria wäre zu absurd, und aus irgendeinem Grund sind alle anderen Namen, die mir durch den Kopf schießen, eindeutig nordisch. Helga – nein. Zu Frieda assoziiert man allerdings die großartige Frieda Kahlo, die mexikanische Ikone mit ihren barocken Kostümen und den byzantinisch ungeteilten Augenbrauen. Gabriela – nein. Erendira? Lassen wir den magischen Realismus lieber aus dem Spiel.

»Josefina«, anworte ich und beglückwünsche mich zu meiner guten, nützlichen Wahl mit einem gewissen imperialen Anflug – schließlich war Napoleons Gemahlin ein Mädchen aus der Karibik. Und als ich mein Pseudonym verkündet habe, beginne ich, unter noch immer sittsam gesenkten Lidern hervor, mit meiner Bestandsaufnahme. Alter: Mitte sechzig. Ethnische Gruppe: amerikanischer Angelsachse oder Kelte. Akzent: Nach dem, was ich aufgeschnappt habe: mittlere Atlantikküste. Füße: groß, mindestens Schuhgröße sechsundvierzig, in abgewetzten blauweißen Schuhen – ein Merkmal der oberen Mittelschicht, wie auch die Khaki-Shorts, das Hemd mit dem Zwergalligator und die Taucheruhr. Sonnenverbrannte sommersprossige Arme und Beine mit der Muskelmasse eines ehemaligen Mannschaftssportlers – Football oder Hockey. Und ein Bauch, der bei einer Frau eine Schwangerschaft von etwa sieben Monaten bedeuten würde.

Als ich zusehe, wie unbekümmert er diesen Bauch rhythmisch schwabbeln lässt, werde ich sauer. Was für eine enorme Arroganz muss der Besitzer eines solchen Ballons haben, wenn er auch nur im Traum daran zu denken wagt, mit einem hübschen, dreißig Jahre jüngeren Mädchen zu tanzen. Und dennoch habe ich überall, wo ich unterwegs war, in Afrika, in Asien und Lateinamerika, ähnlich jammervolle Bilder gesehen. Hängebäuche, spirrige Waden, fleckige Glatzen, triste Versuche, graugesprenkelte Hemingway-Bärte zu züchten, Frank-Zappa-Pferdeschwänze aus wenigen weißen Haaren. Alles zur Schau gestellt von männlichen Besuchern – von Touristen, die sich für Antiquitäten nicht interessieren, weil sie selbst Ruinen sind. Diese grausamen Anzeichen für die Allmacht der Zeit wären rührend, würden sie nicht an der Seite taufrischer einheimischer Schönheiten ausgestellt – junger Göttinnen sogar, mit schwarzer, brauner oder gelber Haut. Bei meiner Hochzeitsreise von Frankfurt nach Bangkok war das Flugzeug voller Franzosen, Amerikaner, Deutscher, Italiener, alle weit über fünfzig, alle mit den gleichen selbstgefälligen, vorgreifend genüsslichen Mienen – mit selbstsicheren Konsumentenmienen, wie Hausfrauen, die einem zuverlässigen Supermarkt zustreben. Ich war versucht, aufzustehen und eine Rede zu halten. Was für ein Anblick das gewesen wäre: Susanna, die den Tempelältesten predigt. Aber was hätte man schon sagen können außer »Schande über euch«? Und Schande entsteht bekanntermaßen im Blick des Betrachters.

Irgendein Flegel ist mir gerade auf den Fuß getreten und hätte fast mein Incognito zum Platzen gebracht. Nicht der Kerl, mit dem ich tanze, denn der ist verblüffend gelenkig, ein bisschen wie ein Boogie-Woogie tanzender Weihnachtsmann. Nein, ein einheimischer Junge gleich neben uns ist in mich hineingeknallt – eigentlich gar kein Flegel, sondern ein Teenager mit rasiertem Kopf, einem Kindergesicht und stählernen Muskeln unter einem schweißnassen Ziggy-Marley-T-Shirt. Mit so einem Partner sollte ich tanzen – wäre ich gern im Bett, wenn ich aufrichtig bin, obwohl ich den Gedanken aus Respekt für meinen lieben Mann Rory, der höchstens fünf Meter weiter im Gewühl steht, gleich unterdrücke. Rory wird vor Lachen brüllen, wenn er die Geschichte von Josefina und dem Amerikaner hört. Und gleichzeitig – wie gut ich doch die Windungen kenne, die seinem Denken eines Sohns aus gutem weißem Stall insgeheim eigen sind – wird er die Geschichte erregend finden, darin eine Bestätigung seiner Phantasien um das braune Mädchen erblicken, das er geheiratet hat. Doch das ist eine andere Geschichte. Ein anderer Tanz.

Der springende Punkt ist: Was geschieht mit Josefina, wenn sie sich von Touristen fernhält? Ich habe eine Hochzeit hier auf der Insel miterlebt: Eine Kaskade von Nylonspitze umrahmte das verängstigte Gesicht einer fünfzehnjährigen Braut, die mit ihrem jungen Bräutigam auf zwei hochlehnigen Stühlen im Schatten eines Pfahlhauses saß. Der fundamentalistische Prediger sprach donnernd vom Gehorsam, den Ehefrauen schuldig sind, und vom Höllenfeuer, das Ehebrechern droht, während die weisen Frauen des Dorfs im Hintergrund die Fliegen von den Makkaroni und dem Iguana-Ragout wedelten. Nach der Zeremonie kommen die Babys und die Arbeit, und die Jugend und Schönheit schrumpeln rasch dahin, wie Meertrauben in der Sonne.

»Y abajo ... Y abajo ...«

Dieser Song dauert endlos. Mein Partner sieht aus, als stünde er kurz vor einem Herzinfarkt. Bestimmt braucht man spezielle Kenntnisse, um mit einem Typ wie diesem umgehen zu können – in Krankenpflege vielleicht. Ich habe noch nie einen alten Kerl gehabt, obwohl mir doch nicht wenige Männer über den Weg gelaufen sind. *»Ils sont tellement gentils«*, sagte die senegalesische Masseuse im Hotel in Dakar, als sie mir von ihrem sechzigjährigen französischen Geliebten und den anderen älteren Touristen erzählte, die ihr halfen, ein Moped und eine Eigentumswohnung zu kaufen. »Quand ils font l'amour, il n'y a pas de problème. C'est vite, vite! Et après il y a toujours le cadeau.« Praktische Worte aus dem Mund einer enorm pragmatischen jungen Dame. Mitch, unser Freund, der die Staaten verlassen hat, um Ferienmakler und Strandläufer zu werden, sagt, ein paar Mädchen seien der Insel entkommen und auf Antigua Hostessen in einem gehobenen Nachtclub und Bordell geworden. Wo sie ein Vermögen verdienen. Und wenn sie zu Besuch nach Hause kommen und zum Tanzen ausgehen, berichtet Mitch betrübt, sind sie angezogen wie Prinzessinnen. Und wenn der falsche Mann versucht, bei ihnen anzudocken, dann blicken sie ihn fest an und sagen: Meine Partner suche ich mir aus.

Die Musik klingt nun aus, und dieser sinnlose Scherz hier auch. Ich bin so nass geschwitzt wie noch nie und fühle mich gar nicht wie nach einem gelungenen Streich, sondern sonderbar melancholisch – belastet, als hätte ich ein Stück Roheisen geschluckt. Gleich wird mein Partner Josefina fragen, ob sie gern eine Coke oder ein Bier hätte. Und ich muss hier weg, mir wieder in Erinnerung rufen, dass ich in Ferien bin, mit Rory Rum trinken und ihn eifersüchtig machen, indem ich schamlos mit irgendeinem schönen Inseljungen tanze. Oder, noch besser, mich allein davonstehlen. Ich werde mich durch die lärmende Menge auf der Treppe bis zu der Terrasse oben durchdrängeln, wo die Sterne und Planeten milde durch die Tropennacht herabblicken.

»Quieres una Coca-Cola? Una Cerveza?«

Tapfere Josefina. Bevor sie antwortet, hebt sie den Blick – einen Blick, der so subtil fesselnd vom Dschungel, von Riffen und von unverbesserlicher Armut kündet – und sieht ihren Partner zum ersten Mal direkt an. Und das Allerverblüffendste ist: Dieser Amerikaner hat ein ganz normales Gesicht. Das Gesicht eines Professors, eines Steuerberaters – oder eines Schwiegervaters, wie ich ihn habe. Von jemandem, der seine Steuern zahlt und sich Sorgen wegen Trockenfäule macht. Ein bisschen betrunken, ein bisschen dumm, ein bisschen geil und verwirrt wie wir übrigen auch. Graue Haare, Sonnenbrand und ein paar geplatzte Äderchen auf der Nase und ein blauer, starrer Blick, durchsichtig wie der eines Kindes. Unmöglich zu hassen.

»No, gracias.« Liebenswürdig gesagt. Der nächste Song beginnt, und für den Bruchteil einer Sekunde sehe ich ihm in die Augen. Du kennst mich, sage ich lautlos. Ich bin kein exotischer Traum, kein Opfer; bei mir kannst du dich nicht hinter der Maske des Ausländers verstecken. Ich heiße nicht Josefina, sondern Rachel Moore, und vielleicht bin ich mit deiner Tochter aufs College gegangen. Ich habe jemanden geheiratet, der dein Sohn sein könnte. Ich weiß, wer du bist. Jetzt erkenne du mich: Das ist die einzige Hoffnung, die es für dich gibt.

»Nein, danke«, wiederhole ich in gelassenem, klar artikuliertem Englisch. Die Musik wird lauter. »Es hat Spaß gemacht, aber jetzt muss ich gehen.«

Und da es mich auf einmal nicht interessiert, seine Verwirrung zu beobachten, wende ich mich um und dränge mich tief in die wogende Menge. Da, zwischen überhitzten Körpern eingequetscht, finden meine Füße endlich den Rhythmus, und ein paar wahnsinnige Minuten lang tanzen wir ganz für uns, Josefina und ich.

Der goldene Wagen

Eine musikalische Komödie oder reisende Minstrel Show. Als Stars treten auf: eine amerikanische Negerfamilie der Mittelschicht und ihr nagelneuer Rambler Classic, Baujahr 1962, Metallic-Lack. Gemeinsam begeben sie sich auf eine epische Sommerferienreise quer durch Amerika, von Philadelphia zur Weltausstellung in Seattle.

Zeit:
3.–24. August 1962

Handelnde Personen:
EARL B. HARMON, Dr. päd., ein Highschool-Direktor
GRACE HARMON, seine Frau, Grundschullehrerin
WALKER HARMON, ihr Sohn, College-Student im ersten Jahr
RICHARD HARMON, ihr zweiter Sohn, vierzehn Jahre alt
MAUD HARMON, ihre Tochter, zehn Jahre alt
Der goldene Rambler Classic

Musik:
Weder Gospel noch Dixieland, Bepop, Doo-Wop, Ragtime, Delta Blues, Rhythm and Blues, Memphis, Philly Soul oder Motown. Nur geläufigstes Mittelwelle-Radio von 1963. Besonders drei Songs: »Portrait of Love« von Steve Lawrence, »Things (We Used to Do)« von Bobby Darin und »Sealed with a Kiss« von Brian Hyland. Diese Songs laufen immer und immer wieder, verblassen und treten wieder aus dem Kieselgeknirsche hervor, das Städte und Ortschaften, Weideland und Gebirge verbindet. Das Geknirsche ist die eigentliche Musik.

ERSTE SZENE

(Sonnenaufgang. Irgendwo hinter Philadelphia auf dem Pennsylvania Turnpike. Dr. Earl Harmon steuert den Rambler, während die übrige Familie um ihn herum schläft. Im keimenden Licht erweisen sich die Straßenränder als dicht mit wildem Wein bewachsen, und der zügig fahrende Wagen schimmert wie geschmolzenes Gold. Schwarzweiße Mennoniten-Kühe tüpfeln die friedlichen Berghänge.)

DR. HARMON: Aah, die AAA gibt uns die Sicherheit, den Mut, diesen Sprung zu wagen – die American Automobile Association. Der Name weckt Vertrauen, die vielen A's, wie in NAACP, National Association for the Advancement of Colored People, das Gegenteil des KKK, Ku Klux Klan. Der AAA-Führer erklärt uns, dass er nur Hotels, Motels, Gasthäuser, TraveLodges, Campingplätze und Pensionen anführt, in denen – ich zitiere – nicht nach Rasse, Farbe oder Glauben diskriminiert wird. Und siehe da, das ganze Land steht uns offen wie ein einziger großer Gasthof. Sie können einem nicht die Tür vor dem Gesicht zuknallen, wenn sie im AAA-Führer stehen.

Demütigungen zu vermeiden, darauf kam's an. Ich habe ungefähr die Hautfarbe von Gandhi, aber ich würde niemals in Sandalen und in einer Windel herumspazieren, oder mich auf den Boden werfen und mich von irgendeinem weißen Mississippi-Proleten bespucken lassen. Oh, sicher, ich bin nach Birmingham hinuntergefahren, weil es das Richtige war, aber ich ich habe mich schön in der Mitte der Reihe gehalten, als wir durch Straßen marschiert sind, an deren Rand Leute standen, die mir wie Zootiere vorkamen. Eigentlich waren es nur Weiße aus dem Süden, die ihre berühmte Gastfreundschaft bewiesen. Sie brüllten nach Niggerblut, aber meines sollten sie nicht kriegen. Ich sorgte dafür, dass mich eine solide Mauer von Kleinfarmern umgab, und später leitete ich dann eine Erste-Hilfe-

Station, wo wir die kleineren Blessuren aus der Begegnung versorgten und ich meine glatten braunen Hände auf die rauhen Arbeitshände meiner schlichteren Brüder legte. In *Ebony* erschien dann ein Foto von mir, auf dem ich eine Rot-Kreuz-Armbinde trage. Mein Brillantine-glänzendes Haar wellt sich nach hinten wie das von Desi Arnaz, und ein alter schwarzer Kirchenältester aus Alabama starrt mich an, als wäre ich der Welterlöser.

Nicht jeder muss auf Konfrontationskurs gehen. Ich habe in Philadelphia genug an Demütigungen für ein ganzes Leben hinuntergeschluckt, als Mordecai Jackson und ich die ersten farbigen Schüler an der Central High School waren und die andern gern frische Scheiße – ihre eigene, nehme ich an – in unsere Schrankfächer taten, in unsere Pulte, in unsere Lunchtüten, in unsere Sportsachen. Monatelang immer nur Scheiße. Es muss an der Schule ein paar weiße Jungen mit sehr produktiven Eingeweiden gegeben haben, oder vielleicht haben sie die Scheiße auch pfundweise gekauft.

Jetzt lebe ich in einem Vorort, wo ich keine Scheiße mehr riechen muss, es sei denn, jemand düngt damit den Rasen. Ich wohne in einem Haus aus Naturstein, im Kolonialstil und mit fünf Schlafzimmern, das mir der schmierige irische Makler, der seine Geschäfte damit machte, dass sich der Charakter der Wohngegend veränderte, für achtzehntausend praktisch geschenkt hat – so wie er auch Hobell Butler und Melvin Durant ihre Häuser praktisch geschenkt hat und all den anderen farbigen Zahnärzten, Richtern, Pfarrern und Ärzten, die ihre alten Reihenhäuser in Philadelphia den armen Niggern aus dem Süden überließen. Mein ältester Sohn besucht ein gutes Quaker-College, und die beiden andern gehen mit einem Stipendium auf eine Privatschule, und meine Frau braucht nicht zu arbeiten, wenn sie nicht will. Wie ich es den ältesten Schülern meiner Schule immer sage: Bildung und Integration sind die Schlüssel zur Zukunft, und meinen Kindern steht die Zukunft weit offen, es warten sogar Platzanweiser auf sie.

Nun ist es an der Zeit, ihnen das größte Geschenk zu machen: ihr Land. Nicht den Süden, wo der Gestank von geröstetem schwarzem Fleisch in der Luft hängt, sondern den Westen, die Richtung, in die einst die Planwagen gerollt sind. Und zwar in einem goldenen Auto, das nicht so ein niggerhafter Cadillac oder Lincoln ist, sondern ein Rambler, von American Motors erzeugt. Dezenter Luxus, in einer dieser neuen Metallicfarben lackiert, mit einem gepolsterten Armaturenbrett. Gottlob, wie meine Mutter sagen würde, rollen wir dem Pazifik gleichsam in einem Tempel entgegen, auserwählt und im Schutz der Markenzeichen von American Motors und AAA. In Sicherheit, wie gewohnt. In Sicherheit.

ZWEITE SZENE

(Am Südufer des Lake Superior, zwischen Sault Sainte Marie und Ironwood, Michigan. Gegen drei am Nachmittag des dritten Tags. Zwischen Feldern und Wäldern erhascht man gelegentlich einen Blick auf den See in trockenem, strahlendem Sommenschein. Auf dem Hintersitz öffnet Maud Harmon den Mund für den von vorne kommenden Luftstrom und lässt ihre Zunge im Wind trocknen.)

MAUD: Etwas Gutes an dieser Fahrt sind die Kronkorken. Coca-Cola veranstaltet zu Ehren der Weltaustellung ein Preisausschreiben, und dazu drucken sie in jedem Kronkorken ein Bild von jeweils einer anderen Stadt der Welt ab, man pult bloß die Korkschicht ab, und da ist es: Bangkok, Paris, Amsterdam. Jedesmal, wenn wir an einer Tankstelle halten, sause ich zum Cola-Automat und fahre mit der Hand in das Loch, in das die Kronkorken fallen, nachdem die Leute ihre Flasche aufgemacht haben. Zum Glück habe ich schmale Hände. Jetzt habe ich schon Dutzende von Kronkorken – sie klappern in meinen Taschen. Ich habe alle Länder, außer Brasilien und Dänemark; von Russland haben sie nichts abgedruckt, weil da die Kommunisten sind. Bei dem Ganzen geht's um ein Preisausschreiben, aber daran denke ich gar nicht, ich möchte einfach sämtliche Städte haben. Ich mag alles, was einen an weit entfernte Dinge denken lässt, an andere Länder oder an die Zeiten vor Millionen Jahren. Unter den Büchern, die ich mir mitgenommen habe, ist eines über Marco Polo und ein anderes über Ausgrabungen in Afrika, wo sie uralte Menschenknochen finden. Außerdem habe ich *Ivanhoe* dabei. Manchmal träume ich, dass ich über die Köpfe meiner Eltern und Brüder hinwegfliege und anderswohin verschwinde. Sie sind traurig, ich nicht.

Gestern Nacht, unsere zweite Nacht seit daheim, gab es einen großen Sturm. Wir waren in einer Stadt, die Mackinaw heißt, was mich an alte Fische und abgetragene Regenmäntel erinnert, in einem kleinen weißen Haus, das zu so einem Motel am Lake Huron gehörte. Wenn wir drei Kinder an der gleichen Stelle standen, bog sich der Fußboden ungefähr zehn Zentimeter durch, und in der Küche mussten wir die Teller abwaschen, *bevor* wir zu Abend aßen. Mama hat uns Steaks, Mais am Kolben und aufgeschnittene Tomaten gerichtet. Der Wind heulte wie in einer Gespenstergeschichte, das Haus bebte, als würde ein Riese daran ruckeln, und ich war ganz enttäuscht, weil das Dach nicht wegflog.

Am Morgen bin ich vor allen anderen hinausgegangen und habe am Seeufer, wo die Wellen sich brachen wie Meereswellen, einen weißen Jungen getroffen. Er kam aus den Büschen und hatte eine lange grüne Männerjacke an, die ihm bis über die Zahnstocher-dünnen Beine reichte, und sein Haar war so kurz, dass es aussah, als hätte er einen Schmutzfleck auf dem Kopf. Er heiße Spencer, hat er gesagt, und seinem Vater würde am See Land gehören, und dann fragte er wie jemand Zurückgebliebenes, ob ich Negerin sei. Ich sagte nein, ich sei ein polnisches Schlitzauge aus Bessarabien – den Witz habe ich von meinem ältesten Bruder Michael –, und dann habe ich ihm erzählt, wir führen zur Weltausstellung, und das da, habe ich gesagt, ist unser Auto, das neue goldene da. Im Sommer mit einem weißen Jungen zu reden, war komisch, in der Schule bin ich an sie gewöhnt, aber nach der Schule oder in den Ferien begegnen wir uns nicht. Dieser Spencer sagte ein Weilchen nichts, und dann sagte er, er würde mir was zeigen, und dann zeigte er mir, dass fast in allen Steinen am Ufer Fossilien waren, Muscheln und Schwämme und Trilobiten. Ich habe etwa fünfzehn Fossilien gesammt, bis meine Mutter mich ins Haus gerufen hat, damit sie mir die Haare flechten konnte, und danach war es Zeit zu frühstücken und in unserem goldenen Wagen davonzufahren, und der olle Spencer blieb zurück und winkte uns nach. Wie eine kleine weiße Puppe sah er aus inmitten seiner ganzen Millionen Jahre alten Muscheln. Seh dich später, Alligator, sagte ich. Er tat mir leid, weil er dort festsaß, während wir aufbrachen, uns die Welt ansehen.

DRITTE SZENE

(Bemidji, Minnesota. Richard Harmon steht am Fuß der riesigen Statue von Paul Bunyan und seinem blauen Ochsen Babe. Sechster Tag, gegen elf Uhr am Vormittag. In der Ferne sieht man Paddelboote auf dem Lake Bemidji.)

RICHIE: Also war der Geschichtsunterricht in der achten Klasse doch zu etwas gut. Hier beginnt der Mississippi. Glaub ich wenigstens. Das wäre was für einen richtig guten Heimfilm, aber diese knauserige Familie besitzt ja noch nicht mal eine Filmkamera. Unsere Freunde wohl, wir aber nicht. Unsere Mutter sagt, sich Sachen selbst anzuschauen, bildet mehr, als Bilder davon aufzunehmen, und daher sind wir mit der ältesten Kodak in den gesamten USA unterwegs und machen gerade mal ein paar lausige Dias. In der Serie *Wunderwelt der Farbe* filmen die Leute in den Werbespots einander immer vor Pikes Peak oder vor der Golden-Gate-Brücke. Und was machen wir? Wir sind doch gar nicht modern. In genau acht Jahren, wenn ich die High School und das College hinter mir habe, werde ich ein berühmter Fotograf und sorge dafür, dass ich die beste Ausrüstung habe, die es gibt.

Ich kaufe mir Fotozeitschriften, um mich über die neuen Kameras zu informieren und weil sie für Aktaufnahmen gut sind. In jeder Nummer sind zwei, drei gute drin. Die Mädchen in den Shots sind alle weiß, genau wie die in *Playboy* und wie überhaupt jeder überall in Filmen, im Fernsehen, in allem, was wir sehen und lesen. Ich kenne fünf, sechs wirklich hübsche farbige Mädchen aus der Schule und von diesen elenden Jack-und-Jill-Partys, Mädchen, die so toll sind, dass ich fast Angst habe, sie zum Tanzen aufzufordern oder irgendwas zu ihnen zu sagen, aber irgendwie kommen sie einem nicht so real vor wie die weißen Mädchen auf den Fotos, die einen dazu bringen, dass man sich anfasst. Es ist, als würden sie weniger wirklich existieren. So wie unsere Familie weniger existiert ist als die in *Father Knows Best* oder *Leave it to Beaver*. Da fahren wir in diesem sagenhaften Wagen quer durch die Vereinigten Staaten von Amerika, aber es ist, als ob uns keiner sehen kann. Wirklich schade, dass wir keine Filmkamera dabei haben. Wir könnten doch eine Fernsehshow über uns drehen.

VIERTE SZENE

(Achter Tag. Devils Lake, North Dakota. Sonnenuntergang auf einem Motel-Parkplatz, dahinter kahle Berge. GRACE HARMON *steht vor aufgestapelten Holzkästen mit leeren Limonadeflaschen.)*

GRACE: Diese weiten freien Räume machen mir Angst. Das Licht ist zu stark. Ich weiß nichts damit anzufangen. Ich komme mir nicht willkommen vor, vielmehr ausgesetzt – wie eine Kakerlake auf offener Fläche. Ich mag kleine, geborgene Plätzchen, wie meine blitzblanke Küche, wenn ich auf jeder Kochplatte einen Topf stehen und alles unter Kontrolle habe – den Duft von Gemüsen, die mit Schinkenknochen köcheln, vom Huhn in der Bratröhre, von Hefebrötchen und Tapiokapudding. Oder wenn der Gottesdienst in der Kirche gerade zu Ende gegangen ist und wir Damen alle in unseren Handschuhen und Hüten à la Jackie Kennedy draußen stehen, einander begrüßen und in solcher Nähe zueinander schwatzen, dass man bei jeder das Arpège-Parfum und die Haarcreme Alberto VO5 erschnuppern kann. Dann hat man so ein Gefühl von Erlösung und Erleichterung, weil das Heilige Wort noch in der Luft liegt und wir dennoch bald alle zum Essen nach Hause gehen werden.

Als ich noch Studentin an der Lehrerbildungsanstalt von Philadelphia war, saß ich einmal bei einem Wohltätigkeitstee zu Gunsten der Arbeitslager neben Eleanor Roosevelt, und sie sagte zu mir, ich müsse versuchen, so viel von diesem unserem großartigen Land zu sehen, wie ich nur könne. Sie war freundlich, aber wie ein perlenbehangener Elefant, und sie machte mich ärgerlich, weil sie nicht eine Sekunde daran dachte, dass die meisten Teile unseres großartigen Landes *mich* nicht sehen wollten.

Und ich war bereits gereist. Im Jahr davor war ich mit meiner Cousine Minerva nach Palm Beach hinuntergefahren, um während der Wintersaison als Hilfskellnerin im Fontainebleau Hotel zu arbeiten. Das war vielleicht eine Erfahrung: der spielfeldgroße Speisesaal mit all diesen ausgetrockneten, über ihr Essen gebeugten weißen Gesichtern, und Minerva, ich und all die anderen hübschen farbigen Mädchen in Rüschenhäubchen, die um die runden Tischen glitten, an denen wir nie im Leben hätten selbst Platz nehmen können. Der Sohn des Geschäftsführers, der in unserem Alter war, spazierte immer in Jodhpurs und Reitstiefeln umher und sagte kein Wort, sondern musterte uns nur mit harten blauen Augen. Wir sind uns nackt vorgekommen. So fühle ich mich jetzt, wo ich hier unter diesem riesigen Himmel stehe.

FÜNFTE SZENE

(Glacier National Park, man blickt über die kanadische Grenze in Richtung Waterton Lakes National Park und Calgary. Eine kurvenreiche Landstraße führt zwischen schneebedeckten Gipfeln hindurch, nur die Höhen und die fernen Wälder liegen im Licht des frühen Nachmittags. Walker Harmon sitzt am Steuer und raucht eine Zigarette.)

WALKER: Nur eine Winston, und schon gehen sie auf mich los. Sie haben zwar noch nichts gesagt, dafür sind sie zu cool, aber Mama murmelt bereits etwas vor sich hin und starrt auf die Rockies hinaus, als würde sie ihnen am liebsten die Spitzen abbeißen, und Papa macht ein Gesicht, als hätte ich ihm gerade einen Schlag in die Magengrube versetzt. Na, das musste sein, es ist doch lächerlich, dass ich verdammt noch mal nicht tun kann, was ich will, wo ich achtzehn bin und auf dem College und die halbe Strecke fahre. Die Reise hier ist ein Fehler. Jetzt zeigt sich, was mit dieser erbärmlichen Familie nicht stimmt. Der Kampf um die Bürgerrechte findet im Süden statt, also fahren wir in den Westen, Sehenswürdigkeiten besichtigen. Meine Zimmergenossen am Oberlin College, Joel Kagan und Marty Hubbard, sind beide dort unten in Greenville, Mississippi, und sorgen dafür, dass sich die Leute in die Wählerlisten eintragen. Joels Schwester, die am Bryn Mawr College ist, ist auch dabei. Sie trägt Trikots wie eine Tänzerin und mexikanische Röcke und steckt sich die Haare hoch – Marienbad nennt sich die Frisur. Weiße Studenten stehen Schlange, um ihr Leben zu riskieren, und was mache ich? Wie ein braver Sohn bin ich im Juni vom College nach Hause gekommen, habe den Sommer über in der Poststelle des Philadelphia Bulletin gejobbt und mich mit Ramona Jenkins, meiner High-School-Flamme, getroffen, die Titten wie Raketen hat und einem alle möglichen heißen Sachen erlaubt, so lange BH und Höschen nur an Ort und Stelle bleiben. Jetzt redet sie schon davon, dass sie einen Arzt heiraten will. Statt mich zu verhalten wie ein Mann und mich als Freiwilliger beim SNCC zu melden, bin ich auf diese Reise hier mitgekommen, bei der Papa über seinem AAA-Führer schwitzt und sich jeden Abend praktisch in die Hose macht, wenn er in irgendeinem dieser Kuhdorf-Motels nach einem Zimmer fragen muss. Er vergeht vor Angst, dass er das Wort zu hören kriegt – *Nigger* –, das uns glatt von der Landkarte der USA fegen würde. Wie ein schwarzer Tornado würde es seine kostbare Familie geradewegs ins Land Oz pusten.

SECHSTE SZENE

(Weltausstellung von Seattle. Zwölf Uhr mittags. Die Harmon-Familie steht geschlossen in der Menge.)

DIE FAMILIE: Wir stehen am Fuß der Space Needle, die unser Ziel war. Sie ist so hoch wie der Eiffelturm, und ganz oben dreht sich ein Restaurant. Wir werden nicht hinauffahren, weil die Schlange so lang ist, weil es pro Person vier Dollar kostet und weil wir keine Familie von der Sorte sind, die alles bis zum Ende durchzieht. Das hier genügt uns. Die Space Needle verweist auf die Sputniks, auf die Sterne. Sie kommt uns wie ein Teil einer Karikatur über die Zukunft vor, von der wir meinen, wir hätten sie uns seit langem gewünscht. Wie ein Preis, den uns der Präsident als unveräußerliches Recht versprochen hat. Wie eine riesige, ultramoderne Küchenmaschine aus einem Vororttraum.

SIEBTE SZENE

(Auf der Heimfahrt. Die Familienmitglieder sprechen abwechselnd.)

MAUD: In Oregon waren die Pazifikwellen hoch und grau, und als ich hineingewatet bin, wurden meine Füße ganz taub. Es gab abgestorbene Bäume, die wie Kobolde verstreut auf Sand standen, der aus Vulkanen stammt. Mein Vater und meine Brüder pinkelten gegen so einen Baum, und meine Mutter sagte: »Nicht hinschauen.« Dort war das Land zu Ende, und ich wollte für immer dortbleiben. In einer Flasche habe ich mir ein bisschen Sand mitgenommen. Ich hatte noch nie schwarzen Sand gesehen.

DR. HARMON: Der weiße Bursche, der den Gasthof in den Bighorn Mountains leitete, wo wir übernachtet haben, ein Veteran der Kampfhandlungen im Pazifik, redete unentwegt von den Indianern, als ich zum Bezahlen hineinging – dass sie faul seien und söffen und so weiter. Ich glaube, der Scheißkerl dachte, ich würde lachen und mit einstimmen. Hier draußen sind die Indianer die Nigger. Einmal war mein Bruder Ray, der Geistliche, der das glatteste Haar in der Familie hat, mit irgendeiner blöden Baptistengruppe quer durch Oklahoma unterwegs, und in einem kleinen, billigen Lokal wollten sie ihn nicht bedienen. Aber dann pirschte sich der Besitzer sozusagen an Ray heran und fragte ihn, ob er wirklich Indianer sei. »Nein«, erwidert Ray, der inzwischen beschlossen hat, dass er ohnehin nichts essen will, »ich bin amerikanischer Neger.« Und ob man's nun glaubt oder nicht, daraufhin hält der Kerl die Klappe, grinst und bringt Ray seinen Apfelkuchen.

RICHIE: Im Yellowstone-Park war das Beste nicht Old Faithful, den man kaum sehen konnte, weil so viele Leute herumstanden, oder der blubbernde rosa Schwefelbrei, der einem wahrscheinlich den Fuß verbrühen würde, wenn man den Versuch machen wollte, sondern die beiden Mädchen, die Walker und ich im Campingplatzladen kennengelernt haben. Es waren zwei nicht sehr hübsche weiße Mädchen mit Haaren von der Farbe, die ausgedorrtes Gras am Ende des Sommers hat, die eine picklig und die andere mit einer Schleifenspange über ihrem Pony. Sie kamen mit Walker ins Gespräch, der ganz cool war und sagte, er sei auf dem College, und das beeindruckte sie so, dass sie wild loskicherten, und zu mir sagten sie: »Oh, du siehst aber älter aus als vierzehn, mindestens wie zwanzig.« Über den Goldenen Wagen gerieten sie ganz aus dem Häuschen, und ich zeigte ihnen, dass man die Vordersitze ganz nach hinten klappen kann. Wir hätten sie mal mitfahren lassen, wenn Mama nicht auf die Würstchen gewartet hätte. »Die waren zu allem bereit, kleiner Bruder«, sagte Walker, der die ganze Zeit dieses Verstopfungsgesicht hatte, das er kriegt, wenn er versucht, zuvorkommend zu sein. »Wir sind in einem neuen Zeitalter, im großartigen, herrlichen Westen, am Tor zur Zukunft. Du brauchst bloß cool zu sein, und schon kommen die weißen Mädchen in Scharen an wie die Tauben. Die glauben, wir hätten die Space Needle zwischen den Beinen.«

GRACE: Als wir nach Cody, Wyoming, kamen, hielten wir an einem großen Gemischtwarenladen, wo Fallen und Häute von der Decke hingen und staubige alte Pickups auf dem Parkplatz standen, und wir gingen hinein, und alle drei Kinder kauften sich Bluejeans. Niemand, den wir kennen, trägt Bluejeans, nur weiße Teenager im

Fernsehen. Jetzt gehen die Kinder ganz anders – sie schlendern im Passgang daher wie Cowboys; alle, selbst die kleine Maud, sehen sie plötzlich so aus, als wüssten sie, was Entfernungen bedeuten, als würden sie gleich von mir davongaloppieren, in einen Technicolor-Sonnenuntergang hinein.

DIE FAMILIE: In den Black Hills von South Dakota wurden wir, die Harmon-Familie und unser neues Auto, Zeugen eines historischen Ereignisses: der ersten interkontinentalen Fernsehübertragung mittels Telstar-Satellit. Am Fuß des Mount Rushmore standen wir in einer Menge und sahen zu, wie die gewaltigen, gleichmütigen, sandfarbenen Gesichter der Gründerväter wie durch Zauberei durch den Weltraum nach Paris reisten. Da standen die Harmons – letzte Nachkommen aus der Verbindung einiger Indianer von der mittleren Atlantikküste mit gewissen, in Folge der Profitgier ihrer eigenen Häuptlinge und gegen ihren Willen ins Ausland verschifften Westafrikanern, eine Kombination, die sich leicht mit dem kaum je bemerkenswerten Blut englischer Schuldner und irischer Fronknechte vermischte –, da standen also die Harmons und jubelten mit der übrigen Menge, die auf einem im Freien aufgestellten Bildschirm sich selbst betrachtete. Auch wenn wir in vielen Staaten noch immer nicht mit Weißen zusammen wählen, essen oder pinkeln können, lieben wir doch unser Land. Hat man uns in der Schule denn nicht Patriotismus beigebracht? Wir haben das Gefühl, die Geschichte und die schicksalshafte Bestimmung verleihe uns Größe, obwohl in jedem von uns, ganz tief in unserm dunklen Innern, ein geheimes Fragezeichen stehen bleibt.

MAUD: Die USA sind wie ein großes Brettspiel, wie Monopoly oder Cluedo. Seit Tagen sind wir an der Schnellstraße Schildern nachgefahren: Burma Shave, Little Stinker, und Werbeplakaten für den Maispalast in Mitchell, South Dakota. Und da ist er plötzlich, mitten im Land – ein königlicher Palast, der wirklich aus Maiskolben erbaut ist. Rings umher Autos aus sämtlichen Bundesstaaten. Und wenn man zum Himmel aufblickt, sieht man, dass sich Wolken hungriger Krähen darauf stürzen.

RICHIE: Ich bin siebeneinhalb Zentimeter gewachsen, seit ich vierzehn wurde, und ich habe den größten Appetit von allen in der Familie. Ich habe mich jetzt quer durch Amerika gefuttert und ich behaupte, das beste Root Beer an der Straße gibt es bei A & W und die besten Grillspeisen in den Restaurants der Piggly-Wiggly-Kette. Als wir durch die Badlands am kleinen Missouri fuhren, hab ich auf dem Rücksitz mit meiner Schwester gewettet, dass ich in weniger als fünf Minuten vier Flaschen Coke trinken kann, und ich hab gewonnen. Und aus intellektueller Neugier habe ich in Iowa, tausend Meilen von beiden Ozeanen entfernt, Shrimps bestellt. In Chicago sind wir ausgegangen, in ein von Juden geführtes Restaurant, das Papa Stein's heißt, und ich habe noch nie im Leben irgendwo so gut gegessen. Als das Fleisch serviert wurde, sah es wie eine Elefantenrippe aus, und sie haben sogar Pickles dazu gereicht, die aus ganzen Tomaten hergestellt waren. Der richtige Papa Stein, ein cooler alter Bursche mit weißen Haaren und einem Akzent wie ein verrückter Professor, kam persönlich zu uns an den Tisch, um uns zu begrüßen. Als ob wir Prominente oder so was wären.

WALKER: In Chicago bin ich am Abend nicht mit den anderen zum Essen ausgegangen. Ich bin im Hotel geblieben, das ausnahmsweise mal luxuriös war, ein Holiday Inn – aus dem AAA-Führer natürlich. Ich musste einmal von ihnen allen wegkommen, um durchzuatmen. Ich wollte darüber nachdenken, wie ich beginnen kann, ein eigenes Leben zu führen. Nach einer Weile habe ich die Vorhänge aufgezogen, und man sah, wie in der violetten Dämmerung gerade sämtliche Lichter in der großen Stadt angingen, und ich habe das

Radio angestellt, und eine wilde Melodie kam herausgeflogen, die mir vorkam wie der Atem der Stadt. Jazz, wie ich ihn noch nie gehört habe, quoll da gleichsam aus einem großen, mysteriösen schwarzen Herz hervor, das dort draußen unter den Lichtern verborgen war. Ich setzte mich und rauchte eine Winston, und für ein paar Minuten war alles im Lot. Die Reise mit der Familie stört mich nicht mehr: Ich wusste, dass es für mich die letzte sein würde. Und dass ich dort war, wo ich wirklich sein wollte.

DIE FAMILIE: Und so kehrten wir heim – auf einmal von dem dringenden Bedürfnis angetrieben, in unseren eigenen Betten zu schlafen, durchquerten wir im Nu die letzten paar Staaten bis Philadelphia. Dann waren wir wieder an der Ostküste, und kaum etwas hatte sich verändet. Es war noch immer der August des Jahres 1962, und in den Baumwipfeln führten die Zikaden noch immer ihre Sommerkriege. Unser neues Auto, unversehrt vom Staub der Prärie und der alkalihaltigen Erde der Ebenen, war noch immer prachtvoll golden. Waren wir noch dieselben? Lange Zeit kam es keinem von uns in den Sinn, diese Frage zu stellen. Erst als Jahre vergangen waren und andere, weit raffiniertere Ferienreisen hinter uns lagen – Spritztouren nach Europa, Afrika und Asien, die wir mit Kreditkarten bezahlten und die uns auf ein palmhohes Niveau von Welterfahrung katapultierten, das wir uns nie hätten träumen lassen, erst als wir Harmon-Kinder unsere getrennten Wege eingeschlagen hatten, da blickten wir zurück und begriffen auf einmal, dass dies die Reise gewesen war, an der wir alle anderen messen sollten; eine Reise, die unseren zweideutigen Status als Bürger definiert hatte – bei der wir quer durch unser Land gefahren waren und uns so besorgt gefühlt hatten wie Fremde und doch zugleich wussten, dass jedes Staubkörnchen uns gehörte. Und innerlich hatten wir einen Moment des Triumphs erlebt, wie er jeder Familie nur ein einziges Mal zuteil wird – als die

Fernstraße uns gehörte und unser Auto weit und breit das beste war. »Swing low, sweet chariot«, sang Dr. Harmon zum Scherz, als wir in unsere Vorortstraße einbogen. Und der Rambler Classic trug uns heim.

MUSIK. VORHANG.

Interessante Frauen

Interessante Frauen – werden wir sie jemals wieder los? Heutzutage, da es so etwas wie einen interessanten Mann nicht mehr gibt, begegne ich ihnen überall. Genauso ergeht es meinen Freundinnen in den Staaten oder in Hong Kong, wo ich jetzt lebe. Sie kommen von Ferienreisen oder von Partys zurück und erklären stolz – mit einem Anflug von Trotz –, sie hätten eine höchst faszinierende Frau kennengelernt. Was für eine erfrischende Abwechsung es doch bedeuten würde, wenn diese neuen Bekannten hinreißende Lesben oder Bisexuelle wären, deren betörender Charme geradewegs zu heißen, feuchten Handgemengen auf gemieteten Laken führen würde! Stattdessen erweisen sich diese Begegnungen fast immer als trostlos platonisch. Im Grunde stellen sie sich – und ich spreche aus Erfahrung – als verkappte Schulmädchen-Schwärmereien heraus, als Schnellfreundschaften, die gerade so lange währen, wie man braucht, um Liebes- und Verzweiflungsgeschichten auszutauschen. Kurz, es findet ein flüchtiger Seelenhandel statt, der ungefähr so revolutionär ist wie zwischen Reispapier gepresste Blumen.

In meinem Hotel in Thailand wimmelt es von interessanten Frauen. Wahrscheinlich bin ich eine davon, obwohl ich mich bemühe, es nicht zu sein. Mein Mann Simon, Metallurg und unermüdlicher Familienvater, besucht im Augenblick Tagebau-Bergwerke in der Provinz Hunan, und somit steht es mir frei, mich neu zu erfinden. Ich habe vor, sechs Osterferientage in demonstrativer Faulheit zu verbringen – keine Ausflüge zu Sehenswürdigkeiten, Essen und Trinken ohne Gewissensbisse, unbeschränkte Filmgenüsse auf dem Zimmer, zusammen mit unserer zwölfjährigen Tochter Basia. Und wenn ich am Swimmingpool liege, klappe ich sogar den Einband des Buches, das ich gerade lese, zurück, damit niemand sehen kann, dass es sich um Literatur handelt.

Dieses Hotel gehört zu denjenigen, deren Gäste wertvolle Bücher lesen: Es bietet sogar, so seltsam es auch klingt, am Strand eine Bibliothek an. Man kann sie mit sandigen Füßen betreten, unter träge rotierenden Ventilatorflügeln einen Glasschrank öffnen und das *Oxford English Dictionary* zu Rate zu ziehen. Zum Hotel gehören außerdem ein Meditationspavillon sowie ein mit den neusten Maschinen ausgestatteter Fitnessraum; in den Gästebungalows werden allmorgendlich Girlanden von Bougainvillea-Blüten auf die Betten gelegt; man blickt auf eine perlmutten schimmernde Bucht und auf verstreute ferne Inseln von kaum zu übertreffender Schönheit; der Küchenchef neigt der kalifornischen Cuisine zu, und ein verrückter französischer Besitzer übergibt jedem Gast einen von Hand geschriebenen Leitfaden, worin sich Fakten zu den mittelalterlichen Königreichen Ayutthaya und Sukhothai mit Informationen wie der folgenden vermengen: »Das Hotelgelände ist nachts durch Hunde gesichert, die darauf dressiert sind, nur angesichts von Thais zu bellen.«

An meinem dritten Nachmittag hier lasse ich mich in einem unachtsamen Moment auf ein Gespräch ein, dem ich mich, wie ich bald ahne, nicht mehr werde entziehen können, ohne die alten Paradestücke meiner emotionalen Geschichte preiszugeben. Ich war mit Basia auf die Lagune hinausgepaddelt und ziehe nun ein Kajak auf den Sand. Basia sitzt noch in ihrem Kajak und streift im flachen Wasser diesseits des Riffs umher, und ich schnaufe und ächze, schürfe mir an abgebrochenen Korallen die Füße auf, und wir rufen einander munter Beleidigungen zu. »Du Feigling«, ruft sie, »lässt deine einzige Tochter im Stich!«

Zwischen den Palmen hinter mir taucht eine schlanke Gestalt auf, und ich sehe, dass es die einer Frau ist, die ich ein wenig beobachtet habe, seit ich hier angekommen bin. Ich habe sie am Pool sitzen und Gin

Tonic trinken sehen mit zwei Schweizer Ethnologen, Mann und Frau, die in Bangladesch leben und mit ihrem kleinen Adoptivsohn hier sind. Ich habe mit angehört, wie sie sich sehr emotional über Kinderprostitution und Aids in Bangkok unterhielten, und bemerkt, dass diese Frau ihren neuen Bekannten eine gewisse Aufmerksamkeit abverlangte, wenn auch keine sexuelle, die ihr das Paar, ganz auf das wunderbare, dunkelhäutige Baby konzentriert, nicht geben konnte. Und gelegentlich habe ich tagsüber wahrgenommen, dass diese Frau, ohne zu lesen, in einem Segeltuchsessel saß, den sie in eine der abgelegensten Spalten der elefantenfarbenen Felsen gestellt hatte, die über dem Wasser aufragen. Ich schätze sie auf Anfang fünfzig, etwa zehn Jahre älter als ich. Gut aussehend, ohne es angestrengt darauf anzulegen, noch immer im Spiel. Keine matronenhaften Strohhüte oder Designersonnenbrillen. Über wechselnden modischen Badeanzügen trägt sie einen weißen, kundig geknoteten Pareo, und sie schlendert barfuß einher, in dem Gang, den im Fernen Osten oft Angehörige der großen westlichen Diaspora aufweisen, die sich nicht für Touristen halten.

»Ist es schwierig?« fragt sie, nun neben mir, und deutet auf das Kajak.

»Nein, ganz einfach, so lange man nicht über das Riff hinausfährt.«

»Morgen mache ich das auch. Es steht auf meiner Liste von Dingen, vor denen ich mich fürchte.« Sie sieht mich wissend an, und mit einem sibyllinischen Lächeln fügt sie hinzu: »Im Ferienlager war ich im Kanufahren immer sehr gut.«

Ein amerikanischer Ostküstenakzent, Oberschicht. Das alte Spiel aller Reisenden, jemanden aus dem eigenen Land richtig einzuordnen, läuft in meinem Kopf in einer Form ab, die einem angelsächsischen Gedichtfragment ähnelt: Eindeutig kaukasisch, also Jüdin oder nicht? Eine abtrünnige WASP-Nomadin, oder irischer, italienischer Abstammung? Ferienlager? Ich stelle sie mir in einer feinen Einrichtung weit im Hinterland vor, wo es geheime mitternächtliche Schikanen gibt und die Zöglinge auf Birkenborke geschriebene Preisurkunden erhalten. Aber eher in Maine oder in den Blue-Ridge-Bergen? Aus der Nähe erweist sich die Frau als eine kuriose Kreuzung aus Chic und Ungepflegtheit. Sie hat die langgezogenen Gliedmaßen eines Vollblutpferds, aber ihre Arme kommen mir ein wenig ausgezehrt vor – eine Tropenkrankheit vielleicht, oder schlicht ein Grenzfall von Magersucht? Ihre Achselhöhlen und ihre Beine sind unrasiert, ihre Zehennägel jedoch makellos manikürt und glänzend orangerot lackiert. In der Nase trägt sie einen indischen Ring und um die Fußgelenke Reifen. Ihr Haar, kurz und aus dem Gesicht gestrichen, ist ebenfalls orangerot, von dem billigen, unveredelten Henna-Farbton, den man an Fakir-Bärten sieht; und ihr von der Sonne gegerbtes Gesicht mit der kurzen, arroganten Nase und den grauen Augen unter schweren Lidern – keine chirurgischen Korrekturen, soweit ich sehe – wirkt auf so seltsam trübselige Weise gutmütig, dass sie mich an ein Straßenkind in einem Film aus den dreißiger Jahren erinnert. Es ist amüsant zu sehen, wie sie gleichzeitig mich beäugt.

»Taos«, sagt sie, und alles ist klar. Natürlich ist sie dort nicht geboren, denn niemand wie sie ist jemals in Taos geboren; Leute wie sie werden dort wiedergeboren. Eine pferdenärrische Kindheit im nördlichen New Jersey und in Madrid, wo ihrem Vater Kaugummifabriken gehörten, erzählt sie mir. Dann zwanzig Jahre als Ehefrau eines Bankers in London, wo sie ein Geschäft geführt hat, das südamerikanische Textilien importierte. Dann die Scheidung und die Übersiedlung nach New Mexico, das sie entdeckt hatte, als sie sich mit einer Freundin »eine Thelma-und-Louise-Nummer« leistete. »Nach all den Jahren in England wurde mir klar, dass ich nicht zwischen Briten begraben werden wollte. Dann kam ich nach Taos und wusste, da kann ich sterben.«

Nun, da die Kinder erwachsen sind, reist sie allein durch Asien. Meistens auf die billigste Tour – in diesem kostspieligen Hotel, das ihrem Stil, nicht aber ihren gegenwärtigen Verhältnissen entspricht, gönnt sie sich für ein paar Tage Ruhe und Erholung. Davor ist sie in Indien von Ashram zu Ashram gezogen und war auch in Poona, wo sich die Getreuen weiterhin im verblassenden Ruhm des Maharishi sonnen.

Wir sitzen auf dem puderfeinen Sand und strecken die Beine in das durchsichtige Wasser, das die Temperatur von Fruchtwasser hat. Zu viele Mitteilungen, denke ich besorgt, werden hier zu schnell getauscht. Aber ich bin in Ferien, und nach einer Weile lasse ich mich gehen. In meinem schwarzen Bikini sitze ich da, das Wasser tropft mir aus den Haaren auf die Schultern, und ich schildere die elegante Hochzeit, an der ich in Santa Fe einmal teilgenommen habe und bei der Aristokraten aus Florenz und Mailand in funkelnagelneuen Cowboystiefeln mit Millionärinnen aus Texas Boogie tanzten. Ich beklage mich über mein unsesshaftes Leben als Frau eines im Ausland tätigen Mannes, die multinationale Winde von Massachusetts nach Birmingham, nach Warschau und nun nach Hong Kong geweht haben. Schamlos jammere ich über die Oberflächlichkeit der Reiseartikel, die ich für zwei recht angesehene Zeitschriften in den Staaten schreibe. Dann komme ich auf die harten Punkte zu sprechen. Während ich vor dieser Abenteurerin, die ich gerade erst kennengelernt habe, mit Klatsch aus Städten und Dschungeln prahle, die wir beide kennen, streife ich höhnisch die Unfähigkeit von Männern, Bestattungskrüge und Schachtgrüfte zu würdigen, mit fiesen Taxifahrern fertig zu werden, Bettwanzen zu ertragen. Ich äußere mich dahingehend, dass Frauen die besseren Reisenden seien als Männer, und überhaupt die überlegenen Wesen. Und dann entschlüpft mir das Wort *Ex-Mann* – das Codewort, das in der Freimaurerloge interessanter Frauen die Funktion eines geheimen Handschlags besitzt.

Es ist fünf Uhr am Nachmittag, die Stunde, um die es in dieser Jahreszeit täglich für zehn Minuten regnet. Stahlgraue Gewitterwolken türmen sich über der Bucht auf, hastig gleitet ein schmales Fischerboot vorüber und in der Ferne zucken unter einer Arkade schwarzer Wolken Blitze. Basia hat ihr Kajak auf den Strand gezogen, jagt auf den Felsen Krebse und nähert sich uns dabei immer mehr; sie lauscht. Inzwischen sind wir in eine Orgie von Scheidungsgeschichten geraten und klatschen unentwegt nach den Stechmücken, die über uns herfallen, seit die Küstenbrise erloschen ist. Meine neue Bekannte erzählt mir in allen Einzelheiten, wie die philippinische Hausangestellte bestochen wurde, damit sie gegen ihre Chefin aussagte. Und ich revanchiere mich mit der nicht eben frischen Saga von meiner treulosen Anwältin, die, nachdem sie an der Auflösung meiner kurzen ersten Ehe mitgewirkt hatte, bei meinem Ex-Mann eingezogen ist. Basia hockt über uns in den Felsen und tut jetzt nicht mehr so, als höre sie überhaupt nicht zu. »Du kannst dich ruhig zu uns setzen, schönes Mädchen«, sagt die Frau, deren Namen ich immer noch nicht kenne. Sie spricht mit meiner Tochter so zärtlich und vertraut, dass mir ein warnender Schauer über den Rücken läuft.

Ich muss aufpassen, was ich sage, denke ich, als Basia heruntergeklettert kommt und sich in meiner Nähe niederlässt. Aber das ist schwer. Unerwartete Geständnisse können so unwiderstehlich sein wie Sex. Wenigstens beschränke ich mich mit meinen Offenbarungen rigoros auf die Vergangenheit und vermeide auch die geringste Andeutung von schmutziger Wäsche, die meinen zweiten Mann Simon, Basias Vater, betrifft. Obwohl ich mich bei anderen Gelegenheiten stundenlang über ihn und seine herrschsüchtige Liebe auslassen kann, über seine gelegentliche törichte Untreue und sein noch lästigeres, blindes Festhalten – das mit den Jahren immer deutlicher hervortritt – an einem illusionären Familienideal. Oder über meine beiden

Fehlgeburten nach Basia und darüber, dass Simons anhaltende, lautstarke Trauer mir fast keinen Raum für meine eigene ließ. Über nichts von all dem rede ich, während ich Basia im warmen Meer sitzen sehe, die Arme schützend über ihren zwölfjährigen Brüsten verschränkt, diesen dreisten jungen Brüsten, die jetzt schon, wie ich bemerkt habe, die Aufmerksamkeit alter und gar nicht so alter Lüstlinge am Pool des Hotels erregen.

Basia ist so groß wie ich und hat eine größere Schuhgröße; sie gehört zu der neuen, von überfürsorglichen Eltern hervorgebrachten Brut amerikanischer Riesenkinder, und sie hat das frühreife selbstsichere Auftreten der meisten Kids, die im Ausland heranwachsen. Sie geht auf eine internationale Schule, an der Zungenpiercings und Prada-Laufschuhe üblich sind und die Schüler abwechselnd Vorträge darüber hören, wie wichtig es doch ist, vom richtigen College aufgenommen zu werden, und wie man Geschlechtskrankheiten vermeidet. Wenn es jedoch um andere Fragen als Sex, Ehrgeiz und illegale Drogen geht – um solche Kleinigkeiten etwa, wie man ehrliche Menschen von Scharlatanen unterscheidet –, ist Basia noch so naiv wie ein Apfelkuchen. Jetzt weidet sie sich unverhohlen an den bestechenden Geschichten, die wir tauschen; erst leuchtet in mir ein Warnlicht auf, dann fühle ich mich von ihrer Gegenwart gestört. In unserem Bungalow werde ich ihr später unfairerweise vorhalten, sie hätte sich in ein Gespräch zwischen Erwachsenen eingemischt. Arme kleine Basia.

Der Regen setzt ein, kälter als das Wasser, an dem wir sitzen. Alle recken wir die Arme in die Höhe und wenden das Gesicht den prallen Tropfen entgegen, die herabprasseln, als würde jemand Hände voller Münzen werfen. Wie zur Antwort springen ganze Schwärme winziger silbriger Fische aus der Lagune auf. Eine Minute später dringt die Sonne hervor; der tägliche Regenbogen bildet eine

Brücke zwischen zwei dunklen Wolkenbänken, und wie auf ein Stichwort hin erscheint, wie jeden Morgen und Abend, am Strand in der Ferne das Mode-Shooting-Team: Photographen, Garderobieren, Models, Groupies, Überseekoffer, Stative und Lichtfilter. Heute Abend dreht sich alles um die beiden männlichen Models in langen Schwimmshorts: ein Blonder mit plastisch hervortretenden Muskeln und seltsam brutal gestutztem Haar und ein Schwarzer mit rasiertem Kopf und einem Körper, der einem deutlich macht, dass manchmal ein Körper das Einzige ist, dessen man bedarf. »Schaut euch das an«, sage ich.

»Starr ihn doch bitte nicht so an, Mama«, bettelt Basia.

»Ach, das stört ihn gar nicht«, sagt unsere neue Bekannte. »Daran ist er gewöhnt, es ist sein Element. Man lernt, darin zu atmen, und wenn man nicht aufpasst, braucht man es irgendwann.« Nach einer Pause fährt sie fort: »Das hat einmal zu meinem Leben gehört – dass sich die Leute umdrehen und einen anschauen. Diese Phase ist nun vorbei. Es ist nun nicht mehr wichtig.«

Basia ist so sichtlich geneigt, diese Bemerkung als eine Perle der Weisheit zu betrachten, dass ich mich unvermittelt vom Wasserrand erhebe und sage, ich sei ganz durchgefroren und ginge jetzt duschen. Ich greife mir meine widerstrebende Tochter, und wir lassen unsere neue Bekannte sich weiter im Meer aalen. Bevor ich fortgehe, stelle ich mich noch vor und frage nach ihrem Namen. »Silver«, sagt sie.

»Ist das Ihr richtiger Name?« frage ich rüde.

»Einer meiner richtigen«, vernehme ich aus dem Dunkel, das sich mit tropischer Plötzlichkeit herabgesenkt hat wie ein Bühnenvorhang.

Wie vorherzusehen, verteidigt Basia beim Abendessen Silver, während ich über das alberne New-Age-Pseudonym mit den Augen rolle. »Ich find sie cool«, sagt Basia und fischt eine winzige Dolde grüner Pfefferkörner aus ihrer milchigen Suppe. »Sie ist sehr, sehr geheimnisvoll.« An den Tischen um uns herum sitzen sorgsam und maßvoll gebräunte, blass gekleidete Leute über Windlichtern, deren bernsteinfarbener Lichtschein die Restaurantterrasse ein wenig aussehen lässt wie ein Schrein. Unter einem Mangobaum in der Nähe steht ein echter Schrein, ein Geisterhäuschen, das eine Miniaturausgabe des Hotels darstellt, umgeben von Kerzen, Früchten und Blumen. Das Hotel, das mir mein Redakteur empfohlen hat, hat sich als Enttäuschung erwiesen, denke ich: aufgedonnert; anmaßend überteuert; kaum irgendwelche jungen Leute, und keine in Basias Alter. Dafür ist es die perfekte Absteige für gehobene Liebespaare: Ohne mich umdrehen zu müssen, zähle ich zwei Paare auf Hochzeitsreise, zwei verliebte englische Herren und einen deutschen Geschäftsmann mit seiner jungen Geliebten.

»Geheimnisvoll? Ach, komm mir doch nicht damit, Liebes«, sage ich. »Sie ist der klassische Typ von Frau, die sehr schön ist und nur dafür lebt, und dann verblasst ihre Schönheit, und sie wird auf einmal spirituell. Wie Bianca Jagger.«

»Wie wer?«

»Bianca Jagger war eine der schönsten Frauen, die es in den siebziger Jahren gab. Lange bevor du auf die Welt gekommen bist. Jetzt ist sie nicht mehr so schön, also ist sie engagiert und rettet die Menschheit.«

»Silver will aber nicht die Menschheit retten.«

»Nein, nur ihre Seele. Läuft auf das Gleiche hinaus.«

Basia kichert und zerbeißt knirschend das Eis in ihrer Diet Coke. »Und ich dachte, du magst sie. Warum machst du sie da jetzt schlecht?«

»Tu ich gar nicht«, sage ich wahrheitswidrig; und ich frage mich, warum ich mir die Mühe mache, boshaft über eine Frau zu reden, der ich gerade erst begegnet bin und zwischen der und mir es vielleicht mehr Ähnlichkeiten als Unterschiede gibt. Genau deswegen natürlich – erstens deswegen, und zweitens, weil ich unten am Strand einer vollkommen fremden Person sehr viele intime Dinge aus meiner Vergangenheit offenbart habe. Warum habe ich das nur getan? Werde ich allmählich zu einer verbitterten Frau in einem gewissen Alter, die beim Anblick verliebter Paare durchdreht und die es, während ihre Tochter zum jungen Mädchen erblüht, immer wieder manisch zu jammervoller Selbstentblößung drängt? Einen Moment lang hänge ich trübsinnigen Spekulationen nach.

Über das Windlicht hinweg sieht mich Basia starr an. Sie trägt ein grünes Batikkleid, und ihr rundes Engelsgesicht ist tief gebräunt, was mich ärgerlich an unsere täglichen Kämpfe um Sonnenschutzmittel und Kopfbedeckungen erinnert. Sie hat Simons Gesicht, aber daraus blicken meine Augen, und wann immer sie diese Augen unmittelbar auf mich richtet, durchzuckt mich ein unheimliches Gefühl, so genau kenne ich diesen Blick. »Mama? Vermisst du Daddy?« fragt sie.

»Im Moment nicht«, behaupte ich kühn. Aber auf einmal vermisse ich Simon wirklich. Er hätte der unerträglichen Leichtigkeit dieser femininen Ferientage ein wenig männlichen Ballast hinzugefügt. Er hätte sich über die Getränkepreise aufgeregt, sich wegen Hepatitis und Bilharziose gesorgt und darauf bestanden, Mopeds für grässliche Familienausflüge zu mieten. Er hätte darauf bestanden, täglich zur Siesta-Zeit zu vögeln – gar keine so schlechte Idee übrigens – und mindestens einmal hätte er versucht, seine beiden Mädchen zu erheitern, indem er MTV angestellt, in einem Pareo herumgetanzt und Cher imitiert hätte. Er hätte sich über Silver lustig gemacht. Ich nehme ein paar Körnchen Reis auf die Gabel und versuche, mir etwas

Weises, Mütterliches einfallen zu lassen, aber Basia hat mir die meisten meiner Sprüche gestohlen. »Wir rufen ihn heute Abend an«, sage ich matt.

Eine meiner Schwächen ist, wie Simon mir unentwegt erklärt, meine zügellose Neugierde. Am nächsten Morgen – zu einer Stunde, zu der ich, unter einer Palme liegend, ein getarntes literarisches Buch hätte lesen sollen – erkläre ich mich aus einer völlig abartigen Laune heraus bereit, mit Silver ein Taxi zu teilen und zu einem morgendlichen Einkaufsbummel in die Stadt zu fahren. Beim Frühstück, als Basia schon für den ganzen Vormittag zum Tauchunterricht gegangen war, erschien mir meine neue Bekannte wieder interessant.

Mir schwant schon Unerfreuliches, als ich fünfzehn Minuten lang im Taxi warten muss, während Silver an der Rezeption telefoniert und ihrem Freund in den USA, der offenbar ein pensionierter Ölquellenexperte ist, Koseworte zubrüllt. Schwärme von Fliegen gesellen sich mir im Fond des Taxis zu, eines Tuk-Tuks mit kaputter Federung und Aluminiumsitzen. Der Fahrer, einer der ganz wenigen fetten Thais, die ich gesehen habe, wendet sich ab und zu um und betrachtet mich mit träger Belustigung. Endlich erscheint Silver in einer frisch gebügelten, weißen, indischen Kurta über ihrem Pareo und fragt mich, ob ich etwas gegen einen weiteren Ausflug hätte. Bevor sie auf andere Inseln weiterzieht – Bali, Lombok, die Molukken – hat sie hier noch etwas vor: An einem Kurs teilzunehmen, der Meditation und Yoga mit Tiefenspülungen des Darms verbindet.

»Einläufe! Sie sind ja verrückt!«, sage ich, so offenherzig wie eine alte, kirchentreue Methodistin.

Silver blickt versonnen drein. »Eins habe ich in Indien wirklich begriffen – dass der Körper nicht vom Geist zu trennen ist«, sagt sie.

»Du kommst auf dem Weg zur Erleuchtung einfach nicht voran, bevor dein Körper nicht rein ist. Du weißt ja gar nicht, wie viel toxisches Zeug du seit Jahren in dir herumschleppst.«

Und als der Fahrer in Richtung Stadt fährt, erzählt sie mir von einem Bekannten. Als dieser Mann sich einer Darmspülung unterzog, stellte er fest, dass sich in den Verkrustungen seiner Eingeweide ein Dutzend kleiner Metallkügelchen befunden hatten, etwas größer als Schrotkugeln. Es stellte sich heraus, dass er als Sechsjähriger seinen Zinnsoldaten regelmäßig die Köpfe abgebissen hatte, und die waren in ihm geblieben.

»Entschuldige, wenn ich allzu offen bin«, sage ich, »aber mir ist das Ganze immer so vorgekommen, als ließen sich die Leute unter dem Vorwand, etwas für ihre Gesundheit zu tun, anal bumsen. Immer reden sie von der heilsamen Wirkung, aber warum sagt nie jemand etwas über die erotische Seite?«

Silver ist nicht zu kränken. Sie lächelt nur, kämmt mit den Fingern ihr Hennahaar nach hinten, so dass ein schmaler Streifen weißer Wurzeln zum Vorschein kommt, und schüttelt ein wenig mitleidig den Kopf. Dann berichtet sie mir, dass sie auf Goa von zwei Gesundheitszentren hier auf der Insel gehört hat, in die man sich zurückziehen kann, um zu meditieren und beide Enden des Körpers zu reinigen. Diese Zentren möchte sie finden – und das, entdecke ich, ist der eigentliche Zweck unseres gemeinsamen Ausflugs. »Na, komm«, sagt sie. »Wir shoppen, und dann fahren wir weiter und suchen danach. Das eine Zentrum ist drüben bei den Höhlen. Früher war es gut, habe ich gehört, aber der Leiter, ein Deutscher, ist Alkoholiker geworden, und es könnte runtergekommen sein. Wenn es nicht vielversprechend wirkt, können wir immer noch Cornelia finden, die Amerikanerin, die ein Exerzitienhaus im Wald leitet. Es heißt, sie sei die beste, wenn man sie finden kann.«

Sie sieht mich mit ihrem Straßenkindlächeln an, und mir fällt wieder ein, dass ich mich anfangs gefragt habe, wie es diese zerbrechlich wirkende Frau nur geschafft hat, allein durch das Hinterland von halb Asien zu reisen und unversehrt zu bleiben. Jetzt verstehe ich, wie sie es macht: Ihr gewaltiger Opportunismus behütet sie so lückenlos, wie Engel über Heilige und Kinder wachen. Ich weiß bereits, dass ich sie begleiten und wahrscheinlich auch nicht umhin kommen werde, das Taxi zu bezahlen.

Wir rumpeln dahin, und Silver tätschelt mich auf die Schulter. »Na komm, das wird ein Abenteuer.« Sie ist schlau genug, keine spirituellen Argumente anzuführen. »Cornelia war auf dem Wellesley College«, fügt sie heiter hinzu.

In der Hafenstadt krabbelt ein fettes, nacktes Baby mit Fußreifen aus Messing lachend auf dem Fußboden eines Ladens umher, in dem billige Hosen und Kleider aus Viskose und baumwollene Badeanzüge aus Bali verkauft werden. Die Eltern verspeisen hinten im Laden Nudeln und behalten wachsam Silver im Auge, die mit so gebieterischen Gesten, als wäre sie bei Saks, die Kleider an den Stangen durchschaut und einzelne Sachen herauszieht. Ich entdecke eine schwarzweiße Hose, von der ich sofort weiß, dass sie gut an mir aussehen wird, und kaufe sie. »Du schlägst ja rasch zu«, bemerkt Silver.

Eine Aussage über mein gesamtes, unkontemplatives Leben. Zum Teil aber entspringt meine Hast dem Verdacht, es könnte darauf hinauslaufen, dass ich für Silvers Einkäufe mit bezahlen soll. »Ja«, sage ich und ziehe zum nächsten Laden weiter, nachdem ich mit ihr ausgemacht habe, dass wir uns später in einem Café am Hafen treffen. Während ich über einen Markt gehe, an Bergen von Koriander, Litschis und Brotfrüchten vorüber, erwäge ich, ob ich nicht einfach mit einem der Buschtaxis, die voller Leute vom Land an mir vorbeifahren, zum Hotel zurück flüchten sollte. Aber mich hält meine Neugierde zurück, die anscheinend bei Hitze zunimmt wie ein Juckreiz im Dschungel. Ich warte auf Silver und blicke von dem Café aus auf zwei lange, verfallene Molen, die in die blendende Wasserfläche der Meerengen zwischen den Inseln hinausführen. Um mich her sitzen Leute, die auf Fähren warten oder sich nur die Zeit vertreiben – goldene junge Australier mit Tauchausrüstungen und dicke, hässliche Männer aus anderen fremden Ländern, die neben winzigen, schönen Thai-Prostituierten aussehen wie lauter Calibans. Ein Jeep fährt vor, und ein tätowiertes amerikanisches Mädchen springt heraus und verteilt Einladungen zu einer Vollmondparty auf dem Strand einer entlegenen Insel: Live-Musik, Magic Mushrooms. Ich schaue auf das gleißende Meer hinaus, das so reglos daliegt wie Gelatine und bestrafe mich, indem ich in einem Buch aus der Hotelbibliothek noch einmal ein chinesisches Gedicht lese:

> Wie traurig doch, eine Frau zu sein!
> Nichts auf Erden wird so gering geschätzt
> Jungen stehen an die Tür gelehnt
> Wie vom Himmel gefallene Götter.
> Wird ein Mädchen geboren, ist niemand froh.

Silver taucht auf, und wir steigen wieder in das Taxi und sausen unserem ersten analen Ziel zu. Wir fahren an der Bucht entlang, fort von dem schicken Süden der Insel mit den guten Stränden und den noblen Hotels. Bald hält unser Taxi in einem Hain von Palmen mit schlaffen, welken Wedeln. Auf einem großen, verblassten Schild steht EMERALD CAVE HEALTH SPA. Darunter eine Liste mit dem Angebot: »Thai-Massage – Yoga-Kurse – Vegetarische Küche – Entgiftungskuren – Pranotherapie – Gymnastik«. Ungefähr zehn Bungalows mit Palmdächern stehen im Halbkreis um einen größeren Bungalow, und dahinter schimmert das nicht zu korrumpierende Meer. Nach den samtig grünen Rasenflächen und sorgsam gepflegten Hibiskusbüschen des Hotels, in dem wir wohnen, wirkt dieser Ort bedrohlich vernachlässigt.

Silver verschwindet im Büro, und ich gehe einen Pfad entlang zum Strand. Das kleine Restaurant dort, mit weißen Plastiktischen und -stühlen im Freien, liegt verlassen da. Eine Thai-Frau mit kantig geschnittenem Haar und einer finsteren Miene, wie sie für die freundlichen Inselbewohner gar nicht typisch ist, lugt hinter dem Bambustresen zu mir hin, dann verschwindet sie. In der Nähe schlafen unter einem Pingpongtisch mit kaputtem Netz drei Katzen, und auf einem Liegestuhl vor einer Hütte ohne Seitenwände, in der ich ein Laufband und ein paar Hanteln sehe, steht eine emaillierte Blechschale, die einmal das Mittagessen von irgendwem enthalten hat; nun ist sie schwarz von Fliegen.

Musik erfüllt die Luft – ein Nocturne von Chopin. Einen Moment lang meine ich, da spiele wirklich jemand Klavier, vielleicht der heruntergekommene Deutsche. Doch dann erklingen statt des Klaviers peruanische Flöten, und mir wird klar, dass die Musik von einer Kassette und aus Lautsprechern kommt, die in den Palmen hängen. Ein Mann, sichtlich ein Europäer, mit braunem Haar und teigiger Haut, schnarcht in einer Hängematte am Rand des Strandes. Ich mache kehrt und gehe leise zum Wagen zurück.

Silver kommt wieder und hat die Hände voller Flugblätter, in denen beschrieben ist, was Emerald Cave zu bieten hat. Eines davon stellt eine Liste von Gesundheitsprodukten mit Bezeichnungen wie »Hatha Purge« dar, ein anderes eine fotokopierte Skizze, die Schlauchspulen und so etwas wie einen Tisch aus Plastik und Metall zeigt, den man über einer Toilette anbringen kann.

Ich sehe mir das alles an. »Tu's nicht«, sage ich zu Silver und verstoße gegen meinen Vorsatz, mich nicht einzumischen. »Oder wenigstens nicht hier.«

»Es ist sehr billig hier«, sagt sie unerschrocken. »Ich bin nicht mehr so flüssig, wie ich mal war.«

»Tu's nicht.«

Sie sieht mich an wie Basia, wenn mit mir nicht zu spaßen ist. »Na schön, dann suchen wir eben Cornelia«, sagt sie.

Cornelia aufzuspüren bedeutet, dass wir in die Stadt zurückfahren, an einer Bäckerei halten, die bei Rucksacktouristen beliebt ist, auf einem Mitteilungsbrett nach einem bestimmten Anschlag forschen und mit dem Taxi auf einem Pfad in den Busch eintauchen, an mächtigen, keineswegs friedfertig wirkenden Wasserbüffeln vorbei. Stunden vergehen, und noch immer dotzen wir rötliche Pisten entlang. Jedes Streben nach Unabhängigkeit erlischt in mir. Ich bin entsetzlich durstig, klatsche matt nach den Moskitos, die bei jedem Halt nach hinten in das Taxi wogen, und ich erkenne, dass in mir eine kleine Konversion stattgefunden hat – hin zu einer im weitesten Sinne östlichen Weltanschauung: Schweiß und Fatalismus. Irgendwann hoppelt das Taxi über eine Brücke, die über eine Schlucht voller Schlingpflanzen führt, in der zwischen Wolken von Orchideen hindurch Wasser herabstürzt – und ich weiß, dies ist das Paradies, das ich meine gesamte Kindheit hindurch in meinen Träumen immer wieder aufgesucht habe. »Bitte haltet einen Augenblick an«, sage ich mit schwacher Stimme, aber die Stelle liegt schon hinter mir, in dieser Inkarnation werde ich sie nie mehr wiederfinden. Und wir fahren weiter, Cornelia entgegen.

Es ist spät am Nachmittag, und der Taxifahrer wirft uns inzwischen über die Schulter vielsagende Blicke zu, da kommen wir auf eine Lichtung inmitten eines großen Palmenhains. Vor uns steht ein bescheidenes Betonhaus mit einem Haufen Kokosnüsse an einer Wand. ISLAND WELLNESS CENTER steht auf einem kleinen Schild, das an einen Stamm genagelt ist. Eine dünne, tief gebräunte Frau in pflaumenfarbenem Trikot und weiter Batikhose tritt auf die Veranda hinaus und blickt zu uns herüber.

»Bist du Cornelia?« ruft Silver, steigt geschmeidig aus dem Wagen und rückt mit einer Siegessicherheit vor, als wäre sie Stanley, der soeben Livingstone gesichtet hat.

Die andere Frau antwortet mit einem knappen, förmlichen Nicken. Ich finde sie sofort unsympathisch.

Binnen weniger Minuten haben Silver und Cornelia einander an den Händen gefasst wie lang vermisste Freundinnen, einander in die Augen geblickt, sind in einem Büro mit Fliegengittern vor den Fenstern verschwunden und haben mich mit einem beleibten gelblichen Hund auf der Veranda zurückgelassen, der mich ruhig betrachtet. Die rötlich werdende Sonne steht auf einer Höhe mit den Wipfeln der Palmen, die uns kilometerweit umgeben, und es versetzt mir einen Stich, als ich an Basia denke, die sich Sorgen machen wird, weil ich fortgelaufen bin und sie allein gelassen habe. Neben dem Berg von Kokosnüssen kauert unser Fahrer, der sichtlich alle Hoffnung, früh zu seinem Abendessen zu kommen, aufgegeben hat und in Gesellschaft einiger junger Männer raucht, die nach uns mit einem Laster voller Benzinkanister hier angekommen sind. Aus dem Haus, in dem die beiden Frauen sitzen, dringt angeregtes Gemurmel. Die Tür geht auf, und Cornelia winkt mich zu sich. »Du kannst hereinkommen«, sagt sie, wie zu einem kleinen Kind.

Auf Zehenspitzen betrete ich den Raum und lasse mich in einer Ecke auf einem Korbhocker nieder. In dem überquellenden Bücherregal neben mir fällt mein Blick auf Castanedas *Reise nach Ixtlan* und auf *Back to Eden* von Jethro Kloss. Weitere Bücher stapeln sich auf dem Schreibtisch, an dem Cornelia sitzt, und an der Wand hinter ihr hängt eine thailändische Darstellung der menschlichen Anatomie, dicht mit Anmerkungen in grüner Tinte versehen.

»Wir arbeiten viel im Meer«, erklärt Cornelia Silver. »Atmungs- und Bewegungsübungen. Du wohnst in einer unserer Hütten unten am Strand – sie sind natürlich sehr schlicht, ohne heißes Wasser. Du wirst fasten und morgens und abends vor der Meditation die Tiefenspülungen vornehmen. Die führen oft zu ganz verblüffenden Ergebnissen. Manche Leute stoßen auf Fragmente aus ihren früheren Leben.«

Cornelia hat einen unwahrscheinlich schmalen Oberkörper, und unter ihrem Trikot zeichnen sich deutlich spitze Brustwarzen ab. Ihr gekräuseltes, sandfarbenes Haar ist graumeliert. Sie spricht mit durchdringender Stimme, und im Blick ihrer hellen Augen entdecke ich etwas subtil Widerspenstiges. Sie ist, das erkenne ich sofort, eine weitere interessante Frau. Dass sie fließend Thai spricht, hat sie bereits klar gemacht, und sie hat uns knapp und verächtlich das Leben skizziert, das sie hinter sich gelassen hat, nicht ohne ihre Zeit am Wellesley College zu erwähnen.

Betört starrt Silver sie an. Ich verspüre eine Art von Eifersucht, wie ich sie nicht mehr erlebt habe, seit ich Pfadfinderin war und meine Scharführerin – eine von diesen heimlichen, liebenswert altmodischen Lesben – meine beste Freundin lieber mochte als mich. Erst gestern noch hat Silver mich so angestarrt, als ich mich über die fiesen Tricks meines Ex-Manns und die Härten des Schriftstellerlebens ausgelassen habe. Offensichtlich war ich für sie nicht ätherisch genug. Und außerdem kann man, wenn man erst einmal Geschmack an derlei keuschen Frauenbegegnungen gefunden hat, eine unglaubliche Promiskuität entwickeln. Mit jedem neuen Tag eine neue entblößte Seele.

Ich räuspere mich und verkünde – Spießbürgerin die ich bin –, ich müsse zum Hotel zurück, und Silver und Cornelia verziehen ärgerlich das Gesicht. Sie kommen überein, dass Silver ihre Kur am übernächsten Tag beginnen wird, und sie umarmen einander.

»Ich finde dich ganz wunderbar«, sagt Cornelia zu Silver.

»Du bist genau das, wonach ich gesucht habe«, sagt Silver zu Cornelia.

Schweigend fahren Silver und ich zu unserem Hotel zurück. Es dämmert, als wir dort ankommen, gerade rechtzeitig, um zu sehen, wie die Handlanger des Shooting-Teams mit der schweren Ausrüstung und den Schirmen vom Strand herauf ächzen, erschöpft wie Landarbeiter, die von den Feldern zurückkehren. Ich begleiche ohne Murren die gesamte Taxirechnung und laufe los, um Basia zu finden. Sie fläzt sich in unserem Bungalow unter dem Moskitonetz, schaut sich die MTV-Sendung aus Kuala Lumpur an und verputzt die letzten der verbotenen M&M's aus der Minibar. So glücklich ist sie, mich zu sehen, dass sie ihre zwölfjährige Würde ganz vergisst und wie ein viel jüngeres Kind aufspringt, um mich zu umarmen. »Ich dachte schon, du kommst nie wieder! Ich dachte, ich sitze hier fest und muss mir ›Ein Abend mit Aerosmith‹ anschauen!«

Als ich ihr Silvers Suche schilderte, kriegt sie den Mund nicht mehr zu. »Mein Gott, Mama – kutschiert die etwa wirklich in der Gegend rum und sucht nach Orten, wo sie den Arsch ausgespült kriegt?«

»Drück dich nicht so grob aus, bloß um anzugeben«, sage ich frostig. »Und genau genommen geht es um ihren Darm.«

»Der gehört doch auch zu ihrem Hintern. Kennst du noch den Witz von dem Stotterer, der fragt: Hat unser U-Ur-Anus Ringe? Gibt's da intelligente Wesen in den Annalen?«

Wir sehen einander an und prusten los. Dann erzähle ich ihr von dem Mann, der die Köpfe seiner Zinnsoldaten verschluckt hat, und wir lassen uns aufs Bett plumpsen und schütteln uns vor Lachen.

Als wir zum Essen gehen, lachen wir noch immer. Vor dem Speisesaal bleibt Basia wie stets forschend vor dem Geisterhäuschen stehen; mit einer Fingerkuppe berührt sie die Plastikfigürchen, die darin aufgestellt sind, und die frischen Opfergaben um sie her, Früchte und Blumen. An unserem ersten Abend im Hotel hat Basia mir aus der Broschüre die Stelle vorgelesen, in der steht, dass man solche Häuschen für wandernde Schutzgeister errichtet. Im Licht der Kerzen, die auf der geschnitzten Miniaturveranda brennen, wirkt Basia halb wie ein kleines Mädchen, das sich mit seinen Puppen beschäftigt, und halb – in ihrem dünnen Kleid, mit ihrem Strubbelhaar und dem glühenden Sonnenbrand – wie ein Nymphchen auf einem romantischen Soft-Porno-Foto. Ein wohlbekannter Schwall von Empfindungen stürzt auf mich ein, zu gleichen Teilen gemischt aus Zärtlichkeit, Neid und genereller Zukunftsangst. Gleichzeitig frage ich mich, wie ich diesen Engel auch nur für eine Stunde allein lassen konnte, um mit einem so armseligen Ersatz wie Silver zusammen zu sein. Wieder einmal fällt mir ein, dass ich ein Vorbild für Basia darstellen sollte. Und wie sehr ich das manchmal doch verpatze.

Basia wendet sich von dem kleinen Haus ab und blickt zu den Gästen hinüber, die im Schein der Windlichter an den Restauranttischen speisen. »Ich muss immer noch an die Zinnsoldaten denken«, sagt sie verträumt. »Was Silver wohl entdecken wird?« Sie kichert. »Ich frag mich auch, was du wohl finden würdest.«

Am nächsten Tag bleibe ich für mich, wie es einem zusteht in einem Hotel, das über eine Bibliothek verfügt. Als Simon noch vor dem Frühstück aus Hunan anruft, erwähne ich meinen ganztägigen Ausflug mit keinem Wort, sondern lasse mich vielmehr poetisch über die Freuden des Alleinseins aus, bis er mich über das das Knistern in der Verbindung mit China hinweg misstrauisch fragt, was ich denn so getrieben hätte. »Nur das Übliche, Sex mit Hotelkellnern«, antworte ich.

Am Pool beobachte ich von meinem Liegestuhl im Schatten aus Silvers Schachzüge am letzten Tag vor ihren Exerzitien. Nachdem sie mir munter einen guten Morgen gewünscht hat, hält sie einen ausgiebigen Frühstücksschwatz mit dem stellvertretenden Geschäftsführer, der davon träumt, ein Luxushotel in Rangoon zu eröffnen, sie meditiert auf den Felsen an der Bucht, und am späten Nachmittag ist sie eine der drei Gestalten, die am andern Ende des Pools dem Wasser entsteigen, und trinkt Cocktails mit dem schwarzen Model und einem der Stylisten des Shooting-Teams. Als sie sieht, dass ich hinüberschaue, hebt sie ihr Glas. »Der letzte Gin Tonic!« ruft sie. »Vive la folie!«

Danach sehe ich Silver nicht wieder. Sie zieht zu Cornelia und einem reineren Leben davon, ohne Lebewohl zu sagen. Ein-, zweimal schwebt sie, in ihrem weißen Pareo und mit ihrem kecken Grinsen, noch durch meine Gedanken. Doch fast sofort verbanne ich sie daraus und nehme mir für meine verbleibenden Ferientage entschieden vor, gleichgültig und uninteressant zu sein.

Und doch passiert es mir, dass ich am Tag vor meiner Abreise in der Bibliothek auf einmal tief ins Gespräch mit einer Frau gerate, die ich eben erst kennengelernt habe. Sie ist jünger als ich, achtundzwanzig oder neunundzwanzig, und Engländerin: blond, mit einem molligen, gebräunten Körper in einem zu knappen, mädchenhaften Bikini; und sie hat ein unterhaltsam schmutziges Mundwerk mit northumbrischem Akzent. Vor ein paar Tagen ist sie im Hotel eingetroffen in Begleitung eines großgewachsenen, mit Goldketten behängten jordanischen Ehemanns, zweier blonder, schwarzäugiger Krabbelkinder sowie zweier Diener in weißen Roben und arabischen

Kopfbedeckungen, die das Gepäck trugen und sich um die Kinder kümmerten, sogar Windeln wechselten. In der schummrigen Bibliothek mit der niedrigen Decke stützt sie sich auf einen Tisch voll wochenalter internationaler Zeitungen, sieht mich an und sagt: »Ich beneide Sie ja so darum, dass Sie praktisch allein Ferien machen können. Manchmal hab ich sie alle so verflucht satt ...«

Durch das Palmdach rascheln Mäuse. Einschüchternd residiert hinter uns das Oxford English Dictionary in seinem Glasschrank, in das man es zum Schutz vor Beschädigung durch Sonnenöl und Salzwasser eingeschlossen hat. Basia, die am anderen Ende des Raums in einem polierten Plantagenbesitzersessel sitzt und MAD liest, hat soeben aufgehört, umzublättern. In den umdüsterten blauen Augen der Frau nehme ich Stränge von Erfahrungen wahr, die nur darauf warten, entwirrt zu werden, und das Codewort bebt mir auf den Lippen.

Der Besuch

Wie verabredet erwartest du mich auf der Piazza Crimea an der Ecke zwischen Taxistand und Bushaltestelle, zu der Nachmittagsstunde, die mich immer zu Tode erschreckt – um halb drei, wenn die Metzgerei und die Apotheke auf der Piazza hinter Stahlrolläden verschlossen daliegen, die guten Bürger von Turin ihre *agnellotti in brodo* verdauen und über der gesamten italienischen Halbinsel gelähmte Stille hängt. In dieser gefährlichen Geisterstunde am hellen Tag kann ich weder schreiben noch schlafen. Stattdessen versuche ich immer, etwas Entschiedenes zu tun, zu vögeln, starken Kaffee zu trinken, das Baby zu stillen, mir die Haare waschen zu lassen oder ein Skandalblatt zu lesen. Sonst könnte man, falls die Sonne scheint, in dieser tödlich stummen Helligkeit einfach verdunsten oder man fühlt sich, wenn es bedeckt oder neblig ist, als würde einem die Seele Teilchen für Teilchen abgesogen, ins feuchte graue Nichts hinein. Du hättest von Mailand aus jederzeit einen Zug nehmen können, aber ich habe dir diese mir verhasste Stunde vorgeschlagen.

Da stehst du unter den Platanen, eine schlanke Frau meiner Größe und meines Gewichts, und siehst in einer schwarzen Skijacke und schmalen schwarzen Hosen erschreckend elegant aus. Eigentümlich zweidimensional – eine dramatische Silhouette, ein weiblicher Bühnen-Mephistopheles oder ein attraktiver Transvestit in der Hamlet-Rolle. Und angesichts deines Gefolges von tarnfarbenen Platanen – die in doppelter Reihe zum Denkmal für die Gefallenen des Krimkriegs führen – fällt mir wieder ein, dass ich in den Schreibseminaren am College in alle meine Prosatexte lyrische Platanen gemogelt habe. »Gescheckte Äste tasten nach dem Himmel ...« Eine meiner besten Storys aus jener Zeit beschreibt einen Professor, dem die Hose runterrutscht, als er unter den Platanen des Cambridge Common dahinschlendert. Damals war ich drauf und dran, R. zu heiraten, den jungen Mann, der Jahre später dich geheiratet hat. Nun ist keine von uns mehr mit ihm verheiratet, aber das lose Band zwischen uns beiden kam zustande, weil er einmal in deinem und meinem Leben eine Rolle spielte. Wir sind keine Schwestern, haben keine Liebesbeziehung zueinander und sind bisher nicht einmal Freundinnen, aber fremd sind wir einander sicher nicht.

Ich halte an, steige aus und küsse dich auf beide Wangen. Diese Begrüßung sind wir gewohnt, wir kennen Italien beide so gut, dass wir uns die Landessitten angeeignet haben. Doch jetzt schon fühle ich mich im Nachteil, ein Eindruck, der entstand, als ich dich übertrieben fest bei den Schultern nahm und meine Lippen auf dein Gesicht drückte. Ich wollte dir zeigen, wie locker ich bin und dass ich mich freuen kann, dich zu sehen. Bewirkt habe ich damit freilich nur, dass ich mich einem deiner ironischen Blicke aussetze, dem unausgesprochenen Kommentar eines Naturkinds von der Westküste, das alles Theatralische verachtet. In dem Schattenspiel, das bei all unseren Begegnungen im Hintergrund abläuft, vertrete ich den unechten, seichten Künstlertypus, während du aus irgendeinem Grund die wahre, menschliche Künstlerin bist.

Ich greife nach deiner Reisetasche, sie ist ein bisschen zu groß für nur eine Übernachtung, und ich frage mich, wie lange du wohl bleiben wirst. Am Telefon habe ich darauf gedrängt, nein, in meinem Leichtsinn darauf bestanden, dass du zwei Nächte bleibst, aber wir wissen beide, dass dies wahrscheinlich zu viel sein würde. Jedenfalls kannst du dich damit herausreden, dass du wenig Zeit hast. Du lebst nicht mehr in Italien, du bist nur für einen Ferienaufenthalt aus der Stadt in Oregon hierher gekommen, in die du nach deiner Scheidung von R. gezogen bist und wo du nun als Beraterin von Glasfaseroptik-

Unternehmen arbeitest, die von fühllosen Milliardären dirigiert werden. Wo du mit einem Hund lebst, der einmal das Hündchen meiner Tochter war. Warum neige ich nur insgeheim dazu, mir dein Leben anzueignen?

Was schreibst du denn jetzt so, fragst du mich beim Einsteigen. Ich habe immer die Zeitschrift gelesen und mich gefragt ...

Da kommt mir der Gedanke, dass womöglich du dir mein Leben zu eigen machst.

Wir fahren aus der Stadtmitte hinaus in die Berge, oder auf den Berg, wie die Einheimischen sagen, und schlängeln uns an Villen hinter Mauern vorüber, an grünen Parkflächen mit Rotbuchen und dem um die Jahrhundertwende erbauten Ospedale San Vito mit seinen abblätternden, wasserfleckigen Stucktürmchen. Als wir höher kommen, fahren wir durch Schwaden von Novembernebel. Deine Anwesenheit bringt mich dazu, so pausenlos wie eine Fremdenführerin über die Geschichte dieser Gegend zu schnattern, in die ich mit meinem zweiten Mann, einem italienischen Geschäftsmann, gezogen bin – über den Hof der Könige von Savoyen, die Juvarran-Landhäuser, die sich die Höflinge für Sommeraufenhalte fern von der Hitze und der Malaria der Poebene bauen ließen. Über Fiat und die Nachkriegsinvasion der Autoarbeiter, die unten im Smog-belasteten industriellen Flachland an ihrem sozialistischen Traum bauten.

Und immer wieder bringst du meine rhetorische Blase zum Platzen, indem du etwas Komisches sagst. Doch, du bist komisch. Du hast eine sinnliche, ein wenig auf Polypen hindeutende Stimme. Aha, sagst du, dann bist du wohl in einer Clique mit Agnelli? Was sagt man auf Italienisch für Motown – *Motocittà*?

Aus dem Augenwinkel sehe ich dich wie immer dasitzen wie ein wachsames Kind, die Hände im Schoß, den Kopf mit den kurzgeschnittenen Haaren vorgeschoben. Du hast den schönsten Schal an, den ich je gesehen habe, auf schwarzem Grund pfauenblau gemustert; mit seinen changierenden Farben und dichten Fransen passt er zu deinen Augen. Als ich dir ein Kompliment dazu mache, sagst du, er stamme aus einer Filmgarderobe, eine bekannte Schauspielerin habe ihn vor kurzem in einer Rolle getragen. Jemand in deiner Familie, erinnere mich, ist in der Filmindustrie. Als R. noch mit dir verheiratet war, kam er einmal wegen irgendeiner Kleinigkeit bei mir zu Hause vorbei, in überweiten Jeans, die, wie er mir stolz mitteilte, zuvor Gérard Depardieu getragen hatte. Sie hingen bedenklich tief an ihm, wie an einem Rapper, und brachten mich ein wenig zum Grübeln; aus welchem genauen Grund mochte wohl eine Frau – eine vor kurzem geehelichte zweite Frau – ihrem Mann Depardieus Hosen schenken? Warum er sie angezogen hatte, um seine erste Frau zu besuchen, das, fand ich, lag ziemlich auf der Hand.

Wir kommen um halb vier an meinem Haus an, ein paar Minuten bevor meine Tochter aus dem Bus steigt, der sie von der American School heimbringt. Im Garten liegen verstreut Haufen von zusammengeharktem Laub, und wieder einmal hat jemand die Seitentür weit offen stehen lassen.

Es ist sehr groß, sage ich in meinem Fremdenführerton über das Haus. Aber wir haben weder das Geld noch die Zeit, es so zu unterhalten, wie es sich gehörte. Es ist alt, über sechshundert Jahre, und früher hatte es einmal zwei Rundtürme, dabei ist es nie ein richtiges Schloss gewesen, nur das befestigte Wohnhaus eines Landguts. Da du nichts sagst, plappere ich weiter. Unten am Hang liegen die Wirtschaftsgebäude, aber die gehören unserem Nachbarn, einem Anwalt, der nebenbei undurchsichtige Geschäfte mit gebrauchten Luxuswagen betreibt. Mit dem Bulldozer da drüben versucht er, den alten

Fischteich auszubaggern, was ihm durch irgendeinen Gemeindeerlass offiziell untersagt worden ist. Stell dir vor, das ganze Gelände, das wir sehen, einschließlich der modernen Vororthäuser dort, bestand einmal aus Weinbergen, die zu diesem Gut hier gehörten. Ich trage deine Reisetasche, und du gehst noch immer schweigend neben mir her. Dein Profil ist so ausdruckslos wie ein Gesicht auf einer Kamee, und allmählich weiß ich nicht mehr, was ich noch berichten könnte. Ich erzähle dir, dass angeblich geheime Tunnel die Keller unseres Hauses mit sämtlichen anderen alten Landhäusern auf dem Berg verbinden, dass dieser Berg von unterirdischen Gängen durchzogen ist.

An der hinteren Gartenmauer, wo die Steinurnen voller verblühender Geranien stehen, halten wir an. Von hier aus sieht man an den seltenen klaren, blauen Tagen, die Turin manchmal unverhofft erlebt, grüne Hänge, die sich zur Stadt hinunter schwingen, Straßenzüge, Häuser und Fabriken wie in einem Diorama, und jenseits des Po erhebt sich im Sonnenschein die Mauer der Alpen mit ihren schneebedeckten Gipfeln. Die Berge sind außerordentlich gegenwärtige Geister, engelgleiche Zeugen unseres Lebens. Heute aber sind sie verborgen, und die Konturen des Hangs verschwimmen im gewohnten Dunst und Smog.

Dennoch schaust du über die Mauer und sagst: Ich finde das alles schön. Und du sagst es auf eine so gewinnende Art; so habe ich dich schon früher etwas sagen hören – in einem ernsten Ton mit einem eigentümlichen Anflug von Ergebenheit, der einem das Gefühl gibt, man habe einen kleinen, aber wertvollen Preis gewonnen. Auf einmal liebe ich dich. Ich lade dich ein, in mein Haus zu treten.

Deine Reisetasche ist voller Geschenke für meine Tochter, vormals deine Stieftochter, so vollkommene Geschenke, dass ich mir nicht sicher bin, ob ich imstande wäre, sie auszuwählen. Wir sitzen im Spielzimmer unter dem Dach und feiern Bescherung – eines dieser kleinen verschobenen Weihnachtsfeste, wie sie für Menschen, die in einem andern Land leben und alle Feste mit einer leichten oder großen Zeitverschiebung begehen, allmählich normal werden. Du hast eine UK-Garage-CD mitgebracht, mit der Musik, die alle Zwölf- bis Fünfzehnjährigen in diesem Jahr heiß begehren, eine weitere CD mit Weihnachtsliedern, die ein computerisierter Katzenchor miaut, eine schlabbrige Plüschkatze und einen ebensolchen Hund, ein T-Shirt von der kleinen Brauerei in deiner Stadt und, das fantastischste Geschenk von allen, einen tollen Stapel von allen möglichen Teenagerzeitschriften, die Theodora hier an den internationalen Zeitungsständen nie finden kann, mit Themen, die vom Haustiertausch via Internet bis zum feministischen Wasserpolo reichen.

Theodora sitzt mit ihren langen Beinen im Lotussitz da, so dass wir die matschverkrusteten Sohlen ihrer Doc Martens in Größe 41 sehen, beugt ihren flachbrüstigen elfjährigen Körper über die Geschenke und streicht das dünne Zöpfchen zurück, das sie sich über der einen Schläfe geflochten hat und das in einer orangefarbenen Perle und einem kleinen Stück Stanniolpapier endet. Sie wusste, dass du kommen würdest und fand das auch sehr spannend, nur als sie nach der Schule, hungrig auf einen Snack, hereingestampft kam und dich und mich zusammen sah, war sie sprachlos. Mich machte das verlegen, aber du bist einfach still sitzen geblieben und hast abgewartet; und nun kichert und schwatzt sie, während sie das Geschenkpapier aufreißt. Schließlich ist sie der vordergründige Anlass für diesen Besuch. Ich habe ein sechs Jahre altes Foto von ihr: Theo sitzt mit schlaff nach hinten hängendem Kopf auf deinem Schoß und hat sich dir in grenzenlosem Vertrauen ausgeliefert. Damals hat mir das Angst gemacht, ich glaubte, du würdest sie mir womöglich stehlen. Ein paar Jahre später ängstigte mich die Vorstellung, dass du für immer aus ihrem Leben verschwinden könntest, dass aus der Stiefmutter, die sie lieben gelernt hatte, eine Frau werden könnte, die eines Frühlingsabends das Haus ihres Vaters verlassen hat und fortan nicht mehr vorhanden ist. Theo hat bereits zu viele Erinnerungen, die auf der Kippe zum Unwiederbringlichen balancieren.

Das Baby ist aus seinem Mittagsschlaf erwacht, krabbelt umher, zerfetzt Einwickelpapier und gibt Geräusche von sich wie ein Motor ohne Auspuff. Wie meistens strahlt sein dickes, zahnloses Gesichtchen erwartungsvolle Heiterkeit aus, als warte er auf die Pointe des Jahrhundertwitzes. Sein Kindermädchen aus Sri Lanka krabbelt ihm nach. Wir haben die britische CD aufgelegt, und durch die lauten Klänge junger, schwarzer, weiblicher Stimmen entsteht der Eindruck, wir wären zu weit mehreren in diesem Dachzimmer mit seinen Postern, Spielsachen und Kissen versammelt, das wir in ein intimes, geräuschvolles Paradies für Frauen und Kinder verwandelt haben. Ich blättere in einer Nummer von *National Geographic World* und stoße auf einen Artikel über das Hubble-Teleskop. Anscheinend sind neue Galaxien entdeckt worden, nicht nur ein paar Dutzend, sondern Milliarden, und diese Milliarden sind visuell auf einer Fläche von der Größe meines Fingernagels zusammengepfercht wie Engel auf einem Nadelkopf. Theo sieht sich ein paar Schnappschüsse an, die du mitgebracht hast, aufgenommen bei den Feiern zum Vierten Juli in der Stadt, in der du lebst. Zerzauste, in Gore-Tex gekleidete Bürger von Oregon schwelgen in skurrilem Patriotismus.

Mama, guck dir mal die zwei Typen da an, sagt Theo. Die duellieren sich mit Schaumgummischwertern auf einem Brett über einer Matschgrube.

Ich wollte dir eben ein bisschen heimatliche Atmosphäre mitbringen, sagst du mit einem halben Lächeln.

Seltsamerweise erfüllen mich die Fotos mit echter Zufriedenheit, als hätte ich etwas vermisst, ohne es zu wissen.

Das Telefon läutet, mein Redakteur in New York ruft an. Ich muss mit ihm letzte Korrekturen in einem Artikel über Fellini durchsprechen, der am nächsten Tag in Satz gehen wird. Insbesondere kauen wir durch, ob Fellini jahrzehntelang eine heimliche Leidenschaft für eine Frau hegte, die in den italienischen Skandalblättern Fatty genannt wird, und ob er in seinen berühmten Skizzen »Tausende von Penisen« (meine Worte) zeichnete oder »Hunderte von Penisen« (Präzisierung der Dokumentationsstelle). Mehrmals muss ich vom Abendessen aufspringen und solche Fragen erörtern, und ich habe das ungute Gefühl, dich zu vernachlässigen. Theodora hat einen Teller voll Tortellini verschlungen und ist nach oben gesaust, um Hausaufgaben zu machen. Mein Mann, der um halb neun aus dem Büro nach Hause kommt, erledigt wie immer, und sich danach sehnt, vor dem Fernseher ausgestreckt eine dieser großen italienischen Varieté-Shows zu sehen, in denen Scharen von kaum bekleideten Mädchen mit dem Hintern wackeln und die Lippen zu Songs der Spice Girls bewegen. Mein Mann kennt dich und er mag dich, zumal er sich gern souverän und liberal gibt, wenn es um den Ex-Mann von uns beiden geht. Offenkundig aber betrachtet sein labyrinthisch angelegtes, mediterranes Männerhirn diesen Besuch hier als eine weibliche Laune, die ihn nicht betrifft. So etwas ist Frauensache, *meine* Sache, und abgesehen davon, dass er einen wundervollen Barolo, Jahrgang 1982, öffnet und ein paar obligatorische, charmante Bemerkungen über deine unveränderte Schönheit macht, überlässt er die Sache mir.

Tut mir leid, dass ich dich so anöden muss, sage ich, als das Telefon zum fünften Mal klingelt. Damit habe ich nicht gerechnet. Wenn du noch eine weitere Nacht bleibst, gehen wir aus, das verspreche ich dir, wir führen dich in eines der großen alten piemontesischen Restaurants aus, wo es herrlich schwere Pastagerichte und Polenta und Fleischragouts und Braten gibt. Jetzt ist die Saison für weiße Trüffel, setze ich fast flehentlich hinzu.

Du sitzt mit einem gefüllten Weinglas da, das wie eine Rubinkugel aussieht. Es stört mich überhaupt nicht, sagst du, ich habe noch nie einem Schriftsteller bei der Arbeit zugesehen.

Da muss ich mich umdrehen und einen Blick auf dein Gesicht werfen. War das wieder einmal komisch gemeint?

Viel später, als ich endlich fertig bin, gehe ich nach oben und finde dich in Theos Zimmer; im Dunkeln sitzt du neben ihrem Bett. Ich gebe Theo einen Kuss, worauf sie mich, schon im Halbschlaf, leer anlächelt und mir berichtet, dass du ihre Latein-Hausaufgaben durchgesehen hast. Ich verspüre einen Stich von Eifersucht, und plötzlich habe ich eine Erleuchtung – zum ersten Mal geht mir auf, dass ihr beide vor ein paar Jahren ja wirklich ein gemeinsames Alltagsleben hattet, mit Hausaufgaben und Einschlafritualen. Damals hatte ich immer das Gefühl, meine Tochter verschwinde im Dunst, wenn sie fortging, um bei ihrem Vater zu wohnen. Nun, da ich mit dir am Bett meiner Tochter stehe, als wären wir zwei gute Märchenfeen, fühle ich mich für einen Augenblick sonderbar substanzlos. Und auf einmal frage ich mich, was eigentlich – von der rein physischen Tatsache einmal abgesehen – eine Mutter ausmacht. Was eigentlich, wenn ich schon bei derlei Fragen bin, eine Ehefrau ausmacht.

In der Nacht muss ich des Babys wegen zweimal aufstehen, aber ich bin ohnehin wach und denke an dich dort oben im Gästezimmer unter dem Dach, wo eine anämische Efeupflanze sich die Wand hinunter rankt und eine englische *Vogue* auf dem Nachttisch liegt. Ob du wohl auch wach bist? Mein Mann hat sich zum anderen Rand des Betts hinübergerollt, als wüsste er, dass ich für ihn nicht da bin.

Ich denke an die vielen Male, die du durch mein Leben gezogen bist. Anfangs nur als Gestalt in Anekdoten, als R. um mich warb und mir naiv – wie Männer derlei später doch bedauern müssen! – viel zu viele Einzelheiten über seine früheren Lieben anvertraute. Und du warst die allererste. EinVorstellung in meinem Kopf: ein kleiner Ort in Kalifornien, mit Zitrushainen am Rand der Wüste, und ihr, du und R., seid fünfzehn, einander unheimlich ähnlich in den gleichen ausgestellten Jeans und mit präraphaelitischem Haar. Unter hohen Palmen füttert ihr im Park die Enten; Hand in Hand wagt ihr euch in den gigantischen, verstörenden Irrgarten der Liebe, in den wir alle so leichten Herzens eintreten und aus dem herauszufinden uns so schwer fällt. Ein Schnappschuss aus jener Zeit hat mir einst grausam zugesetzt. Ich zog ihn oft heimlich aus dem Karton, in dem R. alte Fotos aufbewahrte, und sah mir dein Gesicht an; im Polaroid-Dunst saßest du mit übereinander geschlagenen Beinen und verschränkten Armen da, in der wachsamen Haltung, die du immer beibehalten hast, und sahst besorgt zu jemandem außerhalb des Fotos hin.

Ich wusste alles über deine Kindheitsprobleme, über deine zersprengte Familie, und beneidete dich sogar darum. Ich brachte es einfach nicht einmal annähernd zu einer so melancholischen Aura, wie du sie so verführerisch trugst – als seist du eines der Mädchen, die Kleider aus vergangenen Epochen gut tragen können. Du warst das Mädchen, das Smokey Robinson und Linda Ronstadt vorschwebte, wenn sie ihre Songtexte schluchzten. Und obendrein war die Jugendliebe zwischen dir und R. auch noch gescheitert, als ihr auf dem College wart, was dir den zutiefst bezaubernden Glanz der Abwesenden verlieh, den Duft der entschwundenen Frau.

Ich wusste so vieles über dich, als wären wir die engsten Freundinnen. Die Auseinandersetzungen, die Versöhnungen, die niederschmetternden Briefe, die elegische Liebesstunde auf einer Wiese in Frankreich.

Als ich dir endlich begegnet bin, bei einem bierseligen Treffen alter College-Freunde in Oakland, war ich glücklich verheiratet. Du, die ehemalige Freundin, warst beunruhigend schön, aber die hochhackigen Designerschuhe, die du trugst, zerstreuten in mir jegliche Unsicherheit. Eine romantische Legende, dachte ich, hätte keine auffälligen Schuhe nötig. Ich hatte das Gefühl, deine Macht sei nun neutralisiert. Und es gefiel mir, dass du ab und zu den Kopf schief gelegt und mich unter deinen dichten walisischen Wimpern hervor beäugt hast.

Jahre später, als R. und ich nach Rom gezogen waren und ich ihn in einer Phase anhaltender Verwirrung verließ, erstaunte es mich nicht allzu sehr, als ich feststellte, dass du auf mysteriöse Weise wieder Teil seines Lebens geworden warst. Du kamst nach Europa, um ihn zu besuchen und hast beschlossen zu bleiben; doch das und die rasch darauf folgende Heirat sind lediglich die äußeren Fakten. Du warst immer schon präsent gewesen, wie ein Dunst, der sich zu einer Gestalt verdichtete, nachdem ich fortgegangen war. Theodora, damals fünf, kam eines Tages von ihrem Vater zurück und sprach in Unheil verkündendem Ton von »der anderen«, und die warst du. Du warst immer schon die andere gewesen.

Nobel pflegten wir alle eine Zeitlang Umgang miteinander, in unserem engen Kreis von Ausländern in Rom: Ich denke da besonders an das Weihnachtskonzert in Theodoras Schule, bei dem wir einen pakistanischen Freund damit schockierten, dass wir zu dritt prustend in einer Reihe saßen; und an ein ziemlich elegantes Thanksgiving-Essen bei mir, zu dem du in einem weiten Jean-Muir-Kleid erschienen bist; und meine Freundinnen schlängelten sich dann an mich heran und zischten mir entzückt die Frage zu, ob du wohl schwanger seist.

Du wusstest so viel über mich – ebenso viel wie ich über dich. Ich sah dieses beklemmende Wissen in deinem Blick aufflackern; mich völlig unsympathisch zu finden, brachtest du nicht fertig.

Dann kam ich eines Nachmittags Theodora abholen und begriff, dass für dich die Situation in deinem neuen italienischen Leben, in dieser kurzen Ehe, einen jener unerklärlichen Wendepunkte erreicht hatte, die wir alle erleben. Beherrschte Verzweiflung stand dir ins Gesicht geschrieben. In meiner eigenen Rolle gefangen, konnte ich nichts sagen; aber ich war nicht überrascht, als dann die Anrufe kamen, in denen von einem Schock die Rede war, von einer abrupten Flucht nach Amerika. Du hattest dich fast sofort wieder gefangen, doch dann kam der übliche, bestürzend schmutzige Schutt geborstener Gelöbnisse. Stücke davon trieben weiter, bis in mein Leben hinein.

Wütend und verletzt, wollte R. dich aus allen Erinnerungen tilgen; du solltest nicht mehr existieren. Theodora aber vermisste dich, und ich, am Beginn einer neuen Ehe, vermisste dich zu meiner Überraschung ebenfalls. So wurden, mit Theodora als Vorwand, erste Fühler ausgestreckt, Anrufe getätigt, Briefe geschrieben. Kleine, fast unmerkliche Regungen, Anzeichen dafür, dass ein Kokon aufbricht. Das Ergebnis ist nun dieser Besuch, eine neue Form von Leben wird daraus hervorgehen, und ich habe nicht die geringste Ahnung, was da zum Vorschein kommen wird.

Drüben an der anderen Bettkante murmelt mein schlafender Mann Silben, die wie lateinische Endungen klingen. Veni, vidi, vici.

Auch er hat unauflösbare Bindungen an erloschene Partnerschaften. Ich sehe eine endlose Mazurka von ehemaligen Gatten und Gattinnen vor mir, von Geliebten, Kindern und allen möglichen Anhängseln einschließlich Au-pair-Mädchen, Putzfrauen und Haustieren, und auf einmal wird mir von dem Ganzen schlecht. Noch eine weitere halbe Stunde liege ich wach, wütend auf mich, weil ich dich eingeladen habe, und auf dich, weil du die Luft in meinem Gästezimmer verbrauchst.

Du hast gesagt, du wolltest mitkommen, wenn ich Theo am Morgen zur Schule fahre, und als ich um sieben an deine Tür klopfe, erscheinst du angezogen und mit jenem gepflegten, rosigen Anflug, der auf kaltes Duschen hindeutet und den tüchtige, aktive Menschen am frühen Morgen an sich haben. Und du hast deine Reisetasche in der Hand.

Gerade ist mir eingefallen, dass ich Bekannten versprochen habe, sie heute Abend im Principe di Savoia auf einen Drink zu treffen, sagst du, als wir – du, ich und Theo – die eiskalte Steintreppe zur Küche hinuntertrampeln. Alles wird korrekt geregelt, diskret, mit unfehlbarer Rücksicht auf meine wie deine Würde. Und mit einem feinen, indirekten Tadel, weil ich ein wenig zu herrisch und dennoch unaufrichtig darauf bestanden habe, dass du noch eine zweite Nacht bleibst. Ich werde auf meinen Platz verwiesen, und obwohl es mich ärgert, muss ich dich dafür bewundern. Du lässt niemandem auch nur den mindesten Übergriff durchgehen.

Die American School liegt zehn Minuten entfernt in einem nahen Vorort, einer schönen mittelalterlichen Stadt, über der eine savoyische Burg aus dem sechzehnten Jahrhundert aufragt. Ich hatte auf klares Wetter gehofft, doch an diesem Morgen ist der Novembernebel so dicht, dass wir nur die Umrisse eines Turms und einer hohen gemauerten Brustwehr sehen. Der Wagen kurvt langsam durch das Labyrinth von Sträßchen mit blankem Kopfsteinpflaster, Bäume und Fußgänger treten plötzlich in Erscheinung und verschwinden, und die Nebelleuchten anderer Wagen um uns her senden grelle Lichtkegel aus. Kleinstädtische Ladenschilder – *frutteria, trattoria, bar, supermercato* – tauchen auf und sind schon nicht mehr zu sehen. Wir setzen Theo am Schultor ab, und du steigst aus, umarmst sie und sagst, dass du ihr schreiben wirst. Ich weiß, dass du das tust, sagt Theo so gelassen, dass ich sie mit Küssen überschütten möchte. Lächelnd steht sie da, drückt ihre Schultasche an sich und winkt uns verschlafen durch den Nebel zu.

Und endlich sind wir allein. Wir fahren in die City von Turin, und erst einmal gehe ich mit dir zum Frühstücken in eine meiner liebsten Bars, ein Jugendstil-Café unter den Arkaden am Teatro Regio, das Opernliebhaber schätzen. Dann gehen wir zu Fuß über die Po-Brücke und stöbern in den schicken Geschäften um die Gran-Madre-Kirche, schließlich kehren wir in einem winzigen Restaurant an der Via Mazzini ein und essen Zickleinbraten mit Kartoffeln. Die ganze Zeit über führen wir mit Unterbrechungen das Gespräch, das den eigentlichen Grund für diesen Besuch darstellt.

Es macht nicht annähernd so viel Spaß wie ähnliche Gespräche früher. Auf dem College lag ich einmal mit meiner Zimmergenossin im Kampf um die Zuneigung eines Schufts von Medizinstudenten, und wir kamen beide wieder zu Vernunft, indem wir bei einer Flasche Tequila eine lange Nacht hindurch so über den armen Kerl herzogen, dass wir ihn wahrscheinlich in ein vorzeitiges Grab redeten. Ja, von diesem Kaliber sind die lästerlichen Vertraulichkeiten unter enthemmten Exgefährtinnen! Zu Recht versetzen sie das Herz jedes Mannes in Panik. Beleidigend wird da sein sexuelles Verhalten bis hin zum Luftschnappen heraufbeschworen, wird jedes Stück seiner Garderobe, jeder Pickel auf seinem armen, verletzlichen Hintern mit hexenhaftem Gelächter und Gekreisch bedacht.

Was jedoch du und ich über den fraglichen Mann zu sagen haben, erweist sich als überraschend farblos. Es kommt darin kein Blut vor, keine Tränen, kein Schweiß, kein Sperma. Unter großem verbalem Aufwand vergleichen wir ein paar Beobachtungen, klären ein paar nebensächliche Fragen, glucksen seltsam verlegen vor uns hin. Aufgrund eines bizarren Sinns für die Etikette – immerhin bist du der Gast – reden wir mehr über dich als über mich. Immer wieder nähern wir uns dem zentralen Rätsel, das in meiner Vorstellung wie eine große, weißglühende Kugel zwischen uns leuchtet, und scheren wieder davon ab. Die Frage ist schlicht und einfach, ob wir wirklich mit demselben Mann verheiratet waren.

Nicht, ob wir mit ihm gevögelt haben oder nicht – denn das schafft zwischen zwei Frauen, wie wir gesehen haben, übermütige Kumpanei. Nicht, ob wir ihn beide geliebt haben, denn dadurch erschiene alles im banalen, rosigen Licht der ewigen Dreiecksbeziehung. Nicht einmal, ob wir beide mit ihm zusammengelebt haben, denn das fällt schlicht in die klassische Tradition, nach der ehemalige Freundinnen sich im Wechsel über seine Fürze beklagen, über seine unbeschwerte Gleichgültigkeit – sowohl gegenüber der Wäsche als auch der historisch schmerzensreichen, leidvollen Frauenexistenz – und über seinen peinlichen Party-Gag, mit einer Flasche Dos Equis auf dem Kopf Boogie zu tanzen.

Nein, die Frage lautet: Waren wir beide mit ihm verheiratet? Haben wir die Bürde der Ehe empfunden, jene zusätzliche Dimension, wie immer sie zu nennen wäre, die schlichte Liebesakte mit der Ewigkeit verknüpft, die einen befähigt, das Muttermal im starken Nacken eines jungen Mannes – ein rötliches Mal, das uns beiden wohlvertraut ist – mit Investorenaugen zu betrachten, aus dem Instinkt heraus, dass sich zu diesem Detail wie zu weiteren noch sehr viel Wissen ansammeln wird; kurz, das Gefühl von Besitz, jenen rätselhaften Aspekt der Ehe, den überhaupt niemand versteht.

Ist es möglich, dass wir uns beide auf diese Weise für denselben Mann engagiert haben? Während ich mir unsere armseligen kleinen Geständnisse anhöre und verfolge, wie dabei zwei erstaunlich unähnliche Porträts entstehen, sagt mir mein Verstand, dass die Antwort nein lautet. Dein R. war nicht mein R. Was aber zum Teufel verbindet uns dann?

Ich sehe zu, wie du in der Bar, umgeben von Wogen aus dunklem Holz und von Nymphen auf bemaltem Glas, einen latte macchiato trinkst. Wir legen eine Erinnerungspause ein, und du erzählst mir von dem Haus am Skagit River, das du gekauft hast, dass du nun täglich zwischen farnbedeckten Bäumen hindurch auf einer der schönsten Strecken des Staates zur Arbeit fährst. Du sprichst davon so gelassen, so unaufgeregt, und daraus schließe ich, dass du nun glücklich bist, glücklicher vielleicht denn je. Obwohl du nicht damit prahlst, wird klar, dass Männer um dich werben wie eh und je. Einer davon ist ein chinesischer Broker aus Vancouver, ein weiterer Verehrer der Tierarzt am Ort, ein Typ, der Rennwindhunde rettet. Du willst im Moment mit niemandem zusammenleben. Du träumst davon, gemeinsam mit deinem Bruder eine Ranch zu kaufen.

Durch die Fenster der Bar blicken wir auf die höhlenartige steinerne Arkade aus dem siebzehnten Jahrhundert hinaus, wo afrikanische Straßenhändler auf Decken ihre Ware ausgebreitet haben. Keine anderen Ausländer wirken in Italien so gänzlich fehl am Platz wie diese blauschwarzen Senegalesen, die sich gegen den eisigen Nebel eingemummelt haben wie sibirische Großmütter. Im Schneidersitz hocken sie auf dem Pflaster, so reglos wie die billigen Holzstatuen, die sie neben gefälschten Vuitton-Taschen verkaufen. Und ich frage mich, welch auffällig antipodische Erinnerungen an Liebe und vernichtende Niederlagen wohl hinter ihren unbewegten Augen ablaufen mögen, während wir zwei etwas Revue passieren lassen, das letztlich doch nur ein unbedeutendes häusliches Drama ist. Und ein verbreitetes dazu. Am Zeitungsstand neben den Straßenverkäufern hängt ein Plakat mit der Schlagzeile: SKANDAL IN PARIS: TOTER MITTERRAND HATTE ZWEI FRAUEN.

Beim Mittagessen frage ich dich: Warum bist du eigentlich einfach so davongelaufen? Damit ist mir die einzige spontane Frage herausgerutscht, die ich dir an diesem Tag gestellt habe – über Tellern mit gebratenem Fleisch und Rosmarinkartoffeln und mitten unter schwatzenden, essenden Leuten, zwischen denen zwei alte Kellnerinnen umhereilen.

Dein blaugrüner, auf einmal eisiger Blick verhakt sich in meinem und gibt ihn nicht mehr frei. Bist du denn nicht auch davongelaufen?, fragst du in einem Ton, der alles Mutmaßen lähmt und mich zum Schweigen bringt. Du führst dein leeres Wasserglas zum Mund und trinkst einen imaginären Tropfen.

Und dennoch fühle ich mich nach diesem Verweis für einen Moment rundum glücklich, eine so flüchtige Empfindung, dass man sie, wäre sie ein Schmerz, stechend nennen würde. Und eigentlich ist es nicht einmal Glück, was ich empfinde: eher eine gewisse Befriedigung, als hätten wir zusammen ein schwieriges Problem gelöst. Weder gibt es einen Grund dafür, noch lässt es sich irgendwie erklären, und darum sage ich nichts. Aber ich nehme mir heraus, dich für einen Augenblick zu bewundern, wie du mir da am Tisch gegenübersitzt – mich an deinem wohlgeformten Gesicht, an deinem Mund

und deinen Händen zu weiden, fast als wäre ich ein Mann, der für dich empfänglich ist. Als wäre ich unser Ex-Mann R. und würde mich erneut in dich verlieben.

Die unselige frühe Nachmittagsstunde ist wiedergekehrt, und es wird Zeit, dich zu deinem Zug zu bringen. Als wir über den Fluss gehen, löst die Sonne den Nebel auf, aber aus irgendeinem Grund ist die Temperatur gesunken. Ich habe eine Daunenjacke an und friere dennoch; ein Impuls legt es mir nahe, mich bei dir einzuhaken, wie es Italienerinnen tun, wenn sie zusammen durch die Straßen gehen, aber ich tue es nicht. Der Po unter der Brücke ist schlammfarben und von den Regenfällen des Novembers angeschwollen. Am anderen Ufer kommen wir an einem Reisebüro vorbei, vor dem jemand als Werbung für China-Reisen eine kuriose, pagodenartige Bude aufgestellt hat – grellrot, mit goldenen Drachen an den Kanten und mit Laternen, die vom Dachrand hängen. Das Ding sieht so gruselig aus, dass wir kichern müssen.

Bloß nicht näher rangehen, sagst du. Entweder ist das eine Opiumhöhle oder eins von diesen UFOs, die zu Forschungszwecken Erdbewohner kidnappen.

Vielleicht ist es auch bloß eine chinesische Zeitmaschine, sage ich. Wir könnten uns als Konkubinen in der Verbotenen Stadt wiederfinden, du und ich.

Wieder lachen wir. Nah beieinander, doch ohne uns zu berühren, gehen wir zum Auto.

Als wir zum Bahnhof fahren, keimt in mir Erleichterung darüber auf, dass dieser Besuch so gut verlaufen ist. Vierundzwanzig Stunden. Wir sind großartig miteinander ausgekommen, und Theodora hat es ja so gut getan, höre ich mich schon zu meinen Freunden sagen. Sie ist eine reizende Person, eine wunderbare, starke Frau. Mit jedem rühmenden Adjektiv, das ich dir zubillige, pumpe ich mein eigenes Image auf. Zugleich kann ich es kaum erwarten, dich aus dem Wagen zu haben. Und aus deinen raschen Flatterblicken schließe ich, dass du ebenfalls ungeduldig bist.

Und nun der Kuss, wieder eine Nuance zu nachdrücklich, und dann gehst du flink zwischen den Taxis und den schläfrigen, auf ihre Metallkarren gelehnten Gepäckträgern hindurch auf den Bahnhofseingang zu. Wie ein Pfeil kommst du mir vor, eine schmale schwarze Gestalt mit einer schwarzen Reisetasche, der Pfauenschal flattert dir flaumig nach, und wie du da so gehst, erinnerst du mich an eine Gestalt aus einem Kinderbuch. Peter Pan vielleicht, oder dieser kapriziöse, ein wenig boshafte kleine Geist aus dem Gedicht von Robert Louis Stevenson. Flackernd entschwindet ein Stück magischer Vergangenheit.

Als ich den Berg hinauf heimfahre, stelle ich das Radio an und lasse mich in die Lust am Alleinsein fallen, die sich einstellt, wenn ein Gast gegangen ist. Ich biege um eine Kurve und sehe in der Ferne, dass sich am Himmel über der Stadt mit nachlassendem Dunst wieder die phantomhaften Konturen der Alpen abzuzeichnen beginnen. Du lehnst nun wahrscheinlich schon erleichtert die Wange an das Polster eines Sitzes in der Ersten Klasse, gleitest durch die Reis- und Weizenfelder auf Mailand zu und bald weiter nach Amerika. Und es tut mir weh, dass ich dir nicht von meinem Haus aus das Gebirge zeigen konnte.

Ich fahre weiter, noch immer froh, allein zu sein; zugleich jedoch fühle ich mich, da du nun nicht mehr neben mir sitzt, eigentümlich kleiner. Den ganzen verbleibenden Nachmittag gehe ich in dem Gefühl umher, etwas verloren zu haben. Etwas so Wesentliches und Undefinierbares wie einen Schatten. Ob es dir genauso geht? Vielleicht wirst du es mir sagen, wenn ich dich besuche.

Nebel und Cappuccino

In meinem zweiten Herbst in Mailand machte ich, wenn ich meine Tochter zum Schulbus gebracht hatte, auf dem Rückweg immer in der Gaunerbar halt. Der Bus der American School hielt vor dem Hotel Milan, und von unserer Wohnung in der Via Monte di Pietà bedeutete das für uns einen langen Gang durch den Nebel. Um diese trübe Morgenstunde guckten die Straßenlampen noch mit großen, verwaschenen Katzenaugen in das dämpfende Grau; die sagenhaften Geschäfte an der Via Montenapoleone und der Via della Spiga, die wenige Stunden später voller Frauen sein würden, die sich ruchlos um Luxuswaren schlugen, lagen noch hinter heruntergelassenen Rolläden da. Die alten Palazzi – nun in Banken und Firmenzentralen umgewandelt, die neues Geld und neue Ideen generieren und umschichten sollten – waren noch nicht erleuchtet und verrieten sich in der dumpfen Atmosphäre, indem sie einem hier und da einen Blick auf Tonnengewölbe und muskelbepackte Karyatiden gestatteten, in Perspektiven wie bei Piranesi. Diese Szenerie, durch die ich ein sechsjähriges Mädchen jeden Morgen führte, war ein Purgatorium, das meiner trostlosen Verwirrung entsprach; auf einmal fand ich mich, auf meine eigene Initiative hin, unverheiratet wieder und musste mir in einer fremden Stadt ein neues Zuhause schaffen.

Dabei blieb meine Tochter, der Anlass von so viel schuldbewusstem Grübeln, in all dem Nebel eigensinnig munter. Satt von Müsli und Orangensaft, hüpfte sie in ihrem dunkelblauen Anorak und ihren Fausthandschuhen schwatzend neben mir her und lachte aus vollem Hals. Im Gehen spielte sie gern ein Spiel, das »Folter und Vergebung« hieß und bei dem sie so tat, als würde sie mir die Finger zerquetschen – so fest sie es mit ihrem wütend zupackenden Händchen nur schaffte, drückte sie mir die Hand zusammen und zog sie dann an ihren Mund, um den Schaden mit Küssen wieder zu beheben. Auf unserem Weg gab es bestimmte Dinge, auf die wir nicht blicken durften, weil sie Unglück brachten: ein monströser Gummibaum im Schaufenster einer Apotheke, die mit toten Fliegen übersäten Brillantohrringe in den schmutzigen Schaukästen des Hotel Milan, das berühmt für seine Kakerlaken war und das man offenbar nicht mehr renoviert hatte, seit Verdi dort gestorben war. Wir blieben mit dem Rücken zu den Brillanten stehen, bis der Schulbus kam. Wenn meine Tochter dann auf den Busstufen stand und ich sie auf ihre kalten roten Wangen küsste, leuchtete mir ihr Gesicht unter der dunklen Kapuze entgegen wie eine feurige Rose.

Dann war ich allein, und es war Zeit für meinen Cappuccino. In Italien hat ein Cappuccino nicht jene Übergröße angenommen wie in Amerika, sondern ist ein schicklich knappes Frühstücksgetränk geblieben. Ob er gut ist, wirklich gut, hängt nicht nur von der Luftigkeit des Schaums ab, von dem perfekten Verhältnis zwischen starkem Kaffee und sanfter Mich und von der richtigen Temperatur. Für mein Empfinden muss er auch eine Spur nach Unglück schmecken, einen Anflug von Bitterkeit oder Traurigkeit haben, der nichts mit der Herkunft der Bohnen zu tun hat, sondern der Umgebung entstammt, in der man ihn trinkt. Unter diesem Gesichtspunkt war der Cappuccino, der in der Gaunerbar serviert wurde, nahezu perfekt.

Die GB war eine Bar in meinem Viertel – genauer gesagt, im Erdgeschoss des Hauses, in dem ich wohnte – und hieß eigentlich Bar Opera, dem Umstand zu Ehren, dass La Scala nur eine Querstraße entfernt lag. Ich hatte die Bar umbenannt, weil sie einer speziellen Untergruppe der gemeinhin modebewussten Bürger von Mailands Innenstadt als Treffpunkt diente: zehn bis fünfzehn ambulanten Wucherern und skrupellosen kleinen Gold- und Juwelenhändlern. Diese

Männer verbrachten ihre Vormittage auf dem Trottoir vor der grandiosen Steinfassade der Bank Monte di Pietà, die seit dem Mittelalter das öffentliche Leih- und Pfandhaus von Mailand gewesen war und deren Eingang ein paar Schritte weiter oben an der Straße lag. Dort lauerten die Männer auf jene verzweifelte Seelen, deren Habseligkeiten für das offizielle Pfandhaus zu dürftig waren. Oft fuhren die Carabinieri vor, und dann stoben die Männer davon wie ein Geierschwarm, nur um sich ein paar Minuten später wieder um einen alten Mann zu scharen, der zwei Silbergabeln schwenkte, oder um eine Frau im abgetragenen Pelzmantel, die verstohlen einige Kameen vorzeigte. Es war ein sonderbarer Anblick in einem Wohnviertel, in dem Männer und Frauen normalerweise englische Sportkleidung oder Anzüge und Kostüme von Armani, Valentino und Versace trugen; wo Chauffeure und Leibwächter müßig vor Gittertoren umherstanden, durch die man gelegentlich einen Blick auf Gärten erhaschen konnte, so gepflegt, als beginne dort Arkadien. Und doch sind die Mailänder pragmatisch genug, um Sinn für den plötzlichen Aufstieg und Zusammenbruch von Vermögen zu haben – um einzusehen, dass der leicht erworbene Wohlstand, den sie suchen und genießen, auch eine spektral entgegengesetzte Seite haben muss, nämlich die grauen Vormittage an der Bank Monte di Pietà.

Also tauchte ein Gauner nach dem anderen aus dem Nebel auf, wenn ich auf meinem glitschigen Barhocker saß, an meinem Cappuccino nippte und *La Repubblica* durchblätterte. Sie bestellten Kaffee und Grappa und begrüßten einander knapp und missmutig, wie Angestellte, die zur Büroarbeit antreten. Dem Aussehen nach stellten sie ein prachtvolles Ensemble dar. Ihr Anführer war ein kleiner, muskulöser Typ, breit wie ein Kühlschrank, mit eingefrorenem Fleischfressergrinsen und Gel-glänzendem Haar, das an seinen Augenbrauen anzusetzen schien und glatt so weit nach hinten gekämmt war, dass es seinen ganzen fetten Nacken bedeckte, an dessen Ende es eine dandyhafte Rolle aus- und aufwärts hinlegte. Sein wichtigster Kollege war ein großer, pickliger Bursche mit leerem Blick, einer strohblonden Tolle und ein paar anarchisch vorstehenden Zähnen; er trug stets gestreifte Anzüge, und niemals haben Streifen an jemandem trauriger und bedrohlicher ausgesehen.

Giovanni und Giacomo, Vater und Sohn, denen die Bar Opera gehörte und die sie auch führten, verabscheuten ihre Stammkunden. Einmal vertrauten sie mir an, dass sie die meisten Tische im Lokal entfernt hatten, um die Gauner daran zu hindern, sich zu setzen und ihre Geschäfte dort zu treiben, mehr aber wagten die beiden nicht zu tun. Ein Geruch nach Mafia-Aktivitäten niederen Rangs hing in der Luft, dem ich nie nachspüren mochte. Giovanni und Giacomo hatten allen Grund, verärgert zu sein, denn kaum hundert Meter entfernt drängten sich in anderen Bars gut betuchte und beschuhte Geschäftsleute, Models und elegante Hausfrauen mit ihren kleinen kläffenden Hunden, während die Bar Opera nur diese schräge Gesellschaft anzog, die einem wie das verdichtete Pendant des Nebels draußen vorkam. Zum Teil waren daran die Besitzer selbst schuld, denn sie hatten sich nicht die Mühe gemacht, die Bar mit Rauchglasspiegeln und kleinen grünen Pflanzeninseln zu veredeln, zudem boten sie grässliches, steinhartes Gebäck an, allzu offensichtlich vom Vortag und billig eingekauft. Fahl trieben Vater und Sohn hinter einem verdellten Aluminiumtresen dahin, in einer braun getäfelten Höhle der fünfziger Jahre, erhellt von einem schmierigen Kronleuchter, der aussah wie aus einer Tanzdiele in der Provinz erbeutet. Giovanni, der aus einem Bergdorf bei Bozen stammte, hatte noch immer die kernigen Züge, die seinem spröden österreichischen Akzent entsprachen, Giacomo jedoch, der sichtlich mit Stadtluft und Koffein groß geworden war, hatte mit vierzig das in Formalin konservierte Gesicht eines Schuljungen. Es gab auch bereits einen Erben, einen hoch aufgeschossenen, blassen Zehnjährigen, der nach der Schule auftauchte und mit der ungerührten Lässigkeit eines Profis Kaffee pumpte.

Mich behandelten Giovanni und Giacomo gut, wahrscheinlich, weil die Bar für ihr Empfinden durch mich wenigstens eine Spur von Chic erhielt. Jeden Morgen machten sie mir respektvoll Komplimente zu meiner Aufmachung und verzierten meinen Cappuccino mit der stilisierten Blüte aus Kakaopulver, der Signatur eines geübten *barista*. Den Gaunern selbst brachte ich das freundlich-reservierte Verhalten entgegen, das eine alleinstehende Dame in Italien den Ladenbesitzern ihres Viertels gegenüber wahren muss, wenn sie als Dame betrachtet werden will. Ich sagte Guten Morgen und nickte ihnen recht förmlich zu, und sie taten das Gleiche. Wenn ich ehrlich sein soll, war ich immer froh, sie zu sehen, ich hatte angefangen, sie irgendwie als Familienmitglieder zu betrachten und hätte gern genauer gewusst, wer sie waren und was sie taten. Das aber war unmöglich, in meinem Interesse und damit ihr klares Weltbild erhalten blieb. In einem gewissen Sinn maß ich meine Würde daran, dass ich ihre Gesellschaft und ihre Dienste nicht in Anspruch nahm, aber als Möglichkeit, sagte ich mir, war dies auch wieder nicht so abwegig, dass ich es mir leisten konnte, achtlos zu sein. Nur einmal, als ich eines Morgens in Bluejeans und mit einem umgänglichen amerikanischen Grinsen in die Bar platzte, schlich sich der Gel-haarige, untersetzte Anführer der Gruppe an mich heran, leichtfüßig wie Graf Fosco, und erkundigte sich, ob er mir einen Grappa bestellen dürfe. Ich lehnte dies höflich und leichthin ab, doch als ich an jenem Tag auf den Bodensatz meiner Cappuccinotasse starrte, erblickte ich einen Abgrund.

Cappuccino ist ein Morgengetränk, aber damals trank ich es mit meiner Freundin Nelda den ganzen Tag über. Sie erschien meist gegen Mittag an meiner Tür, wenn ich mit Schreiben fertig war und sie ihre Arbeit unterbrach, die darin bestand, dass sie reichen Ausländern Wohnungen zeigte. Sie hatte gegen den ewigen Nieselregen einen Schirm bei sich und trug einen champignonfarbenen Regenmantel mit Kapuze, der ihr wie alle ihre Kleidungsstücke ein bisschen zu groß war, und das erinnerte mich an das Gedicht »Eine alte Frau auf der Landstraße«.

»Ach, hätt' ich nur ein Häuschen ...«

Nelda war keine alte Frau, aber sie war Irin, und obwohl sie eines der schönsten Mädchen war, die ich je getroffen habe, hatte sie etwas Abgerissenes an sich, das einen Bilder von einem mühseligen, regengepeitschten Wanderleben assoziieren ließ. Die Säume der langen Bäuerinnenröcke, die sie mit Vorliebe trug, waren manchmal nass und heruntergetreten. Nelda war einmal die verwöhnte junge Frau eines in sie vernarrten Mailänder Bankers gewesen und hatte sich ihre Nachthemden aus pflaumenblauem Seidensatin maßanfertigen lassen. Nun wohnte sie in einem Einzimmerapartment, zu dessen Dekoration offenbar unbedingt tropfende Unterwäsche im Bad gehörte. Sie besaß ein silbernes georgianisches Teeservice von ihrer Mutter und ein NordicTrack-Trimmgerät, das mit Mühe neben dem Sofa Platz fand. Ständig telefonierte sie mit dem Philosophen, dem Mann, dem zuliebe sie Mann, Kinder und Wohlstand verlassen hatte, einem fünfzigjährigen Anarchisten aus Bologna, der wie eine prachtvolle Antiquität aus den siebziger Jahren die meisten Tage kiffend auf seinem Futon verbrachte. Wenn Nelda ihn wieder einmal anrief und fragte, was er gerade tue, pflegte er schamlos zu antworten: »Nachdenken.« Ich konnte mir gut vorstellen, wie er sich mit seinem adrett gestutzten D.H.-Lawrence-Bart auf einen nackten Futon zurücklehnte, den die anmutigen bräunlichen Blüten uralter Spermaflecken schmückten. Nelda betete den Philosophen an. Sie erzählte mir, er könne, im Gegensatz zu den gestressten Geschäftsleuten seines Alters, die ihn nicht hoch bekämen, dreimal am Tag vögeln.

»Ach ja«, seufzte sie dann. »Wenn ich ihm nur nicht untreu sein müsste.« Denn sie sah ihn nur am Wochenende, und im Glanz ihrer Einsamkeit ging sie mit ihren freien Abenden großzügig um. Die einzigen Männer, die sie unter ihrer Würde fand, waren Iren, »denn rosa Penise mag ich nicht«. Alle anderen Farben mochte sie. Sie erzählte mir von einem jungen ghanesischen Prinzen, einem scheuen, höflichen Zwanzigjährigen mit dem größten Penis, den sie je gesehen habe. »Das Ding sah aus wie eine Waffe. Ich hab gesagt: ›Unter keinen Umständen kommt das auch nur in meine Nähe‹, und er sagte: ›Schau mal, Nelda, du hast doch Babys bekommen. Wenn die rauskonnten, dann kann der hier auch rein.‹«

Wenn Nelda mir solche Dinge bei einem Cappuccino erzählte, waren ihre Augen so enervierend klar wie die eines jungen Kätzchens. Offenbar war sie ohne die Fähigkeit geboren, irgendetwas zu bereuen, und sie machte mir Mut. Ich hatte das Gefühl, wenn ich ihr eines Tages mitteilen würde, ich sei in den Zoo gegangen, in einen Käfig gesprungen und hätte es mit einem Schimpansen getrieben, dann würde sie nicht nur eine Entschuldigung für mich finden, sondern sogar eine Erklärung – etwa die, an jenem Tag sei für meine seelische Gesundheit Sex mit einer anderen Spezies von Primaten eben dringend notwendig gewesen. Zugleich besaß Nelda einen eigentümlich gerissenen praktischen Verstand, der mich in jener unordentlichen Lebensphase anzog und den sie mit erstaunlicher Energie einsetzte, um meinem Leben eine neue Richtung zu geben. Auch wenn sie in einem Stil lebte, den ich mit Käserinden und Kerzenstummeln verband, dachte sie ökonomisch wie eine Halbwelt-Diva. Ein Industrieller hofierte mich, und Nelda erklärte mir, ich solle ihn einfach bitten, mir eine große, teure Wohnung in der besten Gegend von Mailand zu kaufen.

Obwohl ich nicht im geringsten vorhatte, ihrem Rat zu folgen, amüsierte ich mich damit, dass ich mir von ihr eine ganze Reihe von Apartments zeigen ließ, deren Preise nach missbrauchten Spesenkonten stanken: Zehn-Zimmer-Penthouses in Montenapoleone oder in Magenta, mit verschmutztem Teppichboden ausgelegt. Zu jeder dieser Wohnungen gehörte die riesige, nasse Terrasse voller Kübel mit sterbenden Oleanderpflanzen – Terrassen, von denen man manchmal die stachligen Türmchen des Duomo erblickte, vor allem aber das neblige Ödland, durchzuckt von den Funken der tief unter einem fahrenden Straßenbahnen.

Eines Nachmittags, an dem wir uns ein besonders trostloses Apartment an der Via Visconti di Modrone angesehen hatten, setzte Nelda ihren Feldzug zu meiner Errettung fort, indem sie mir einredete, ich müsse einen Mann wieder aufspüren, mit dem ich während des Sommers auf Sardinien flüchtig bekannt gewesen war. Es handelte sich um einen Anwalt aus Varese, der weiße Lackmokassins trug und der unsere kleine Strandkolonie von Müttern und Kindern verblüfft hatte, indem er plötzlich eine Verehrung für mich an den Tag legte, die anscheinend ebenso ehrenwert wie nachdrücklich war. Am frühen Abend, wenn sämtliche Frauen, Babysitter und Kinder auf den Terrassen ihrer Eigentumswohnungen versammelt waren, erschien er mit Blumen an meiner Tür und führte mich in eines der billigeren Restaurants an der Costa Smeralda zum Essen aus. Er bekreuzigte sich, bevor er zu essen begann. Bei unserer dritten Verabredung bat er mich, ihn zu heiraten und ihm viele Kinder zu schenken, die in einem alten Bauernhaus inmitten der sumpfigen Reisfelder von Varese aufwachsen würden, wo es so viele Frösche gibt, dass man sie als Risotto-Zutat verwendet. Als ich mich von seinem Plan wenig begeistert zeigte, verschwand er bald, und ich wusste nicht einmal mehr seinen Nachnamen. Nelda aber war besessen von der Idee, er sei der richtige Mann für mich. »Er mag dir ja langweilig vorgekommen sein, aber langweilige Männer geben oft die besten Ehemänner ab. Die enttäuschen dich nicht, denn du weißt ja, was du hast.«

Sie meinte, wir sollten einen Detektiv beauftragen, nach ihm zu suchen. Ich wollte den Mann nicht finden, aber die Idee, in der norditalienischen Provinz herumschnüffeln zu lassen, war so finster und frivol, dass sie mich mächtig reizte. Also verabredeten wir einen Termin – telefonisch natürlich, von einer Bar aus – mit einem Detektiv, dessen Gesicht auf der halbseitigen Annonce in den Gelben Seiten für Mailand so gütig wirkte wie das eines Beichtvaters. Sein Büro, an einer schicken Straße in der Nähe der Piazza San Babila gelegen, hätte für eine ganze Sozietät von Anwälten Platz genug geboten, es war mit dunkelgrünem Leder ausgeschlagen, und die schöne Empfangsdame wirkte angenehm prickelnd im Stil teurer Callgirls. Der berühmte Chef der Auskunftei, klein und kahl, saß hinter einem Mahagonischreibtisch mit vielen Telefonen und lächelte das milde Priesterlächeln, das wir aus seiner Anzeige kannten, sprach jedoch schnell und harsch, mit Spuren eines kalabrischen Akzents. Sogleich begann er mich so ordinär auszufragen, dass ich Gänsehaut bekam. Instinktiv bereitete ich mich körperlich und geistig darauf vor, unerwartete, mysteriöse Anweisungen zu befolgen, als wäre ich im Sprechzimmer eines Facharztes.

»Haben Sie …« Er bewegte die Faust vor und zurück.

»Ich weiß nicht, was Sie meinen«, sagte ich.

Nelda stupste mich an. »Spiel doch nicht das Dummerchen«, flüsterte sie.

»Entschuldigen Sie, Signorina, aber ich muss offen sein. Wenn ich Ihnen helfen soll, ist es wichtig, dass ich alles weiß. Hatten Sie Verkehr mit diesem Mann?«

»Schon – na ja, nicht Sex in Ihrem Sinn. Eigentlich überhaupt nicht.«

»Wie oft haben Sie ihn gesehen?«

»Wir haben uns am Strand kennengelernt, und danach sind wir viermal zusammen essen gegangen.«

»Wovon hat er gesprochen, wenn Sie mit ihm zusammen waren?«

»Davon, dass ich, na ja, eine Göttin sei ...«

»Eine was?«

»Eine Göttin«, wiederholte ich nun deutlich das italienische Wort, und der Detektiv notierte sich etwas auf einem kleinen Block. »Und er wollte, dass ich zu ihm ziehe, in ein altes Bauernhaus in den Reisfeldern ...«

»Er hat ihr einen Heiratsantrag gemacht!«, warf Nelda ein. Der Detektiv lächelte sie so einfältig an, wie Männer Nelda immer anlächelten. Nach ein paar Minuten rief er einen Kontaktmann an und verlangte nach Informationen zu Restaurants an der Costa Smeralda. Dann legte er auf und sagte: »Signorina, hier handelt es sich eindeutig um ein gebrochenes Versprechen. Ich werde das fragliche Individuum für Sie finden, aber das muss sich nicht unbedingt als einfach erweisen. Für meine Unkosten benötige ich von Ihnen sofort einen Scheck über drei Millionen Lire.«

Was ich später nie mit irgendeiner Definition von Zurechnungsfähigkeit in Einklang bringen konnte, war das eindeutige Vergnügen, mit dem ich mein Scheckbuch zückte und einen Scheck über diese ungeheure Summe ausstellte – Geld, das ich nicht ohne weiteres entbehren konnte, das doppelte Monatseinkommen eines Büroangestellten. Wie prompt ich diesen Scheck schrieb, überraschte sichtlich sogar den Detektiv. Offenbar musste er bei den verzweifelten

Frauen, die er sonst ausbeutete, wenigstens eine gewisse Überzeugungsarbeit leisten. Er hatte den Mund offen und gab ein unharmonisches Sammelsurium zahnärztlicher Eingriffe den Blicken preis, als ich den Scheck abriss und ihn ihm schwungvoll reichte. »Signorina«, stammelte er, »lassen Sie mich erklären ...«

Aber ich tat ihn mit einer Geste ab, von der ich gar nicht gewusst hatte, dass ich über sie verfügte – mit der Geste einer Großherzogin. »Trovalo a tutti costi«, sagte ich. »Finden Sie ihn um jeden Preis, mein Lieber.«

Als wir gingen – wie in der Praxis mancher Psychiater war die Ausgangstür eine andere als die Eingangstür – drückte Nelda mir liebevoll den Arm, wie eine Mutter, die stolz auf ihr schlaues Kind ist. Ich fühlte mich vor Erleichterung ganz schwach. Es schien, als hätte mit dem, was ich gerade getan hatte, der Wahnsinn seinen Höhepunkt erreicht und als könnten damit die Gespenster, die mich gepeinigten hatten, zur Ruhe kommen. Ich hatte der Hölle meinen Zehnten bezahlt, und nun konnte sie sich aus meinen Vor- und Nachmittagen heraushalten. Wir gingen zum Corso Monforte weiter, wo um drei Uhr nachmittags bereits die Straßenlampen brannten und die Schirme der Kauflustigen den Nieselregen durchschnitten. Die teuren Geschäfte leuchteten im Nebel wie warme Höhlen, gefüllt mit Schätzen, die einen nähren und heilen konnten, und die Frauen, die vor den hellen Schaufenstern zögernd stehen blieben, sahen alle aus wie Kinder am Weihnachtsmorgen. Bald würde ich meine Tochter vom Schulbus abholen und die verqueren Abenteuer meines Nachmittags vergessen können, wenn ihre kleine, fordernde Hand nach meiner griff. »Lass uns irgendwo einen Kaffee trinken gehen«, sagte Nelda aufgekratzt.

Unnötig zu sagen, dass der Detektiv nie jemanden aufgespürt hat; allerdings rief ich ihn zweimal an, und jedesmal sagte er: »Ich verfolge gerade eine sehr vielversprechende Spur, Signorina. Es ist nur noch eine Frage von Tagen.«

Mein Geld büsste ich ein, wie ich es gleich gewusst hatte. Kurz darauf lieh sich Nelda meine schwarze Lederjacke von Azzedine Alaïa und brach zu einem langen Besuch bei dem Philosophen auf. Und was tat ich? In den folgenden Wochen mied ich die Gaunerbar und fing an, mit den vielen anderen, die eine Kaffeepause einlegten, durch die Straßen zu streifen, stets auf der Suche nach dem perfekten Cappuccino und der perfekten Bar dafür. Jede Bar, die ich betrat, war für einige Minuten ein kleiner Schutzort, den ich für mich in Erwägung zog. Ich war davon überzeugt, dass es an manchen Orten Glück brachte, sich Koffein zuzuführen, während es an anderen Orten Niederlagen und Elend nach sich zog. Wie schön eine Bar war, hatte damit nichts zu tun, so wenig wie es Glück garantierte, dass sie schäbig war. Der glanzvolle Tearoom an der Via Montenapoleone hätte demnach als offenkundiges Klischee gemieden werden müssen, tatsächlich aber wirkten seine Räume mit den Spiegelwänden, den glasierten Maronen und den Leuten, deren Gesichter über ihren Pelzen genauso schimmerten wie teure kandierte Früchte, eher glückverheißend, während an der finsteren Künstlerkneipe unten an der Via Brera irgendetwas Ungreifbares nicht stimmte, in Hinblick auf den Cappuccino wie auf die Atmosphäre.

In manchen Bars war der Mann hinter dem Tresen geschickt darin, einen mürben, trockenen Heiligenschein von Milchschaum zu erschaffen, bei anderen kam ein mehr cremiger Nimbus zustande. Manche konnten mit dem aufgestreuten Kakaopulver Blumen zeichnen, und ein einsamer Meister, in einer winzigen Bar an der mürrischen, bürgerlichen Einkaufsstraße Viale Piave, vor der Welt verborgen, reichte seine Tassen mit einem kleinen, flüchtigen Kakaogesicht, das einen sinnend ansah, während man sinnend trank.

Ich habe viele nichtssagende Tassen Milchkaffee getrunken und einige wenige großartige, nie aber stand plötzlich ein Engel mit Pokermiene neben mir wie in einem französischen Film und tippte mir auf die Schulter. Um diese Zeit erhielt ich den Auftrag, für eine Zeitschrift über das Mailänder Nachtleben zu schreiben, und als ich eines Abends in einem engen schwarzen Kleid mit anderen Frauen in einer Reihe auf einer weißen Couch saß, als wären wir Drinks auf einem Tresen, da traf ich den Mann, der mein zweiter Ehemann werden sollte. Und dann kam die Liebe, das Unbeschreibliche, und meine morgendlichen Barbesuche wurden zu etwas viel Normalerem: zu Schlussakten von Rendezvous. Mein Geliebter, ein kleiner, eleganter, gutherziger Mann, der von seinen aristokratischen Vorfahren aus Venedig und Sizilien eine Weltklugheit und Schläue geerbt hatte, deren Tiefe ich nur erahnen konnte, verwies die Gauner in der Bar Opera rasch auf ihren Platz, indem er mit den Schultern zum Tresen vorstieß und mit dem unerschütterlichen Selbstvertrauen eines reichen Mannes für mich bestellte. Ich sah, dass die Gauner beeindruckt waren; sie waren schließlich zutiefst materiell gesinnte Männer, und er verströmte das, was sie unter Erfolg verstanden. Väterliche Billigung lag in ihren Blicken, als sie uns zusammen betrachteten. Ich war nun nicht mehr diese beunruhigende Gestalt: ein herrenloses weibliches Geschöpf, eine Waise, die selbst für ihren Kaffee zahlen musste.

Im Jahr darauf, als meine Tochter und ich Mailand verließen und mit meinem Mann ein neues Leben in Turin begannen, gehörte es zu den ersten Dingen, die ich dort reflexhaft unternahm, nach dem Ort zu suchen, an dem ich meinen täglichen Cappuccino zu mir nehmen wollte. Ich suchte die extravaganten Jugendstil-Bars an der Via Po und am Corso Vittorio auf, wo um die Mitte des neunzehnten Jahrhunderts die Höflinge des Königreichs Italien schmachtende Blicke geworfen hatten, während sie inmitten von Messing, Glasmalerei und poliertem Holz an Hummerkanapees knabberten und in ihrem französisch getönten Italienisch über die neusten Veränderungen im Hause Savoyen plauderten. Ein paar Wochen lang ging ich in eine kleine Pizzeria und Bar in der Mitte des Dorfs bei meinem Haus in den Bergen oberhalb der Stadt. Stammkunde dieser Bar war ein Mann names Il Matto, so etwas wie ein Dorfidiot, der mit einer dreieckigen Schaffellmütze umherging und manchmal ein Stück rohes Fleisch an sich presste. Il Matto galt als Original, und ich versuchte, mich geehrt zu fühlen, wenn ich mich an meine Tasse klammerte und mir anhörte, was er mit hoher Stimme daherplapperte; aber der Cappuccino war wässrig, und daher tauschte ich das Lokal am Dorfplatz gegen eines, das ich unten am Po entdeckt hatte. Diese winzige Bar, genannt Il Bar del Buon Caffè – die Bar des guten Kaffees –, war noch im authentischen Nachkriegsstil ausgestattet und gemahnte mit ihrem apfelgrünen Linoleum und den Zierstreben aus Aluminiumröhren an einen amerikanischen Diner.

Drinnen servierte eine seltsame, schmallippige piemontesische Familie mit den länglichen Gesichtern der Westgoten den besten Cappuccino, den ich je getrunken hatte, in kleinen geblümten Tassen. Eine Plakette an der Wand, im piemontesischen Dialekt beschriftet, unterrichtete die Kunden davon, dass die Eigentümer in der Tat einen regionalen Wettbewerb im Kaffeezubereiten gewonnen hatten. Es gab nur zwei kleine, an die Fenster gedrückte Tische, und morgens ab halb elf drängten sich gutsituierte Turiner Hausfrauen mit ihren Schirmen und Einkaufstüten in die Bar, alle mit gesträhntem blondem Haar, in erdfarbenen Tweed und Cashmere gekleidet, handgenähte Sportschuhe an den Füßen. Ich genoss es, mit meinem wundervollen Getränk – das Kakaopulver oben darauf war mit grobem braunem Zucker vermischt – dort zu sitzen, die teuren Parfums dieser Frauen zu riechen und ihre atemberaubend platten Gespräche über Golf, Sonnenbräune und Hauspersonal mitanzuhören. Das Wetter in Turin war so schlecht wie das in Mailand, aber in dieser Atmosphäre hatte ich das Gefühl, dass ich Ungewissheit und Melancholie aus meinen Tagesabläufen verbannt und vielleicht wirklich meine Bar gefunden hatte. Es war angenehm, irgendwo dazuzugehören, zu einer Gegend, einer Familie, einem Mann.

Etwas davon erzählte ich auf einer Party einem neuen Bekannten, einem großen, skeptisch dreinschauenden Chirurgen, der die unbestimmten Gesichtszüge der Turiner Oberschicht aufwies, vorzeitig zerknittert vom lebenslangen, allwinterlichen Skifahren in den Alpen. Er lachte, als ich ihm von der Bar erzählte. »Da muss ich Ihnen leider eine Illusion zerstören«, sagte er. »Die Bar ist bekannt als Ausgangspunkt für Belle-du-Jour-Abenteuer. Viele von diesen gelangweilten Ehefrauen warten auf Anrufe zu Bekanntschaftsanzeigen, oder aber auf Unbekannte, mit denen sie vorab ein Treffen verabredet haben. Es heißt, manche lassen sich dafür bezahlen.«

Als er mein Gesicht sah, musste er wieder lachen. »Merkwürdig, für prüde hätte ich Sie nicht gehalten.«

Ich war jedoch nicht über die Vorgänge schockiert, die in der Bar del Buon Caffè abliefen, sondern vielmehr darüber, dass ich so leicht einem Selbstbetrug anheimgefallen war. Ich hätte mir doch klarmachen müssen, schalt ich mich, dass die Tagesstunden, egal wie stabil verankert man sich fühlt, stets Zeiten des Suchens nach Zufällen sind, Stunden, in denen sich Muster und Gestalten verwandeln, im Verkehr wie im Nebel längs der Straße. Mein ganzes verbleibendes Leben lang, ging mir durch den Sinn, würden mir die Gauner, in dieser oder jener Gestalt, über die Schulter linsen.

Am Ende fand ich diese Vorstellung seltsam tröstlich. Sie passte gut zu dem Geschmack von starkem Kaffee mit Milch.

Das Predigtpult

Vor langer Zeit, meine Allerliebste, einige Jahre bevor man deine flinken Füße und leuchtenden Locken auf der Erde erblickte, war dein Vater ein Student, der mich umwarb. Einen langen Winter hindurch hat er mich, nach der altehrwürdigen Sitte des akademischen Freiers, in Boston in die Symphonie begleitet, in kleine, feuchte exotische Restaurants, zu sepiafarbenen ausländischen Filmen im Brattle und auf eisigen Spaziergängen unter den Ulmen von Harvard Yard. Und ich muss gestehen, dass ich mich dabei oft kapriziös und ungezogen benahm, unverhohlen gähnte und um zehn Uhr abends erklärte, ich sei erschöpft. Insgeheim nannte ich ihn den Weißen Jungen, wiewohl er gewiss nicht der einzige weiße Junge in meinem Leben war, zumal mich die Ambitionen einer schwarzen Mittelschichtfamilie stets in die engen Kanäle privater Bildungsinstitutionen der Ostküste geschleust hatten. Doch etwas an ihm ließ ihn mir weißer erscheinen als die anderen – weiß im Sinne von unerfahren und reizlos, von unselig unbeleckt, was in den Augen eines romantischen Mädchens jeder Hautfarbe schlimmer ist als die sieben Todsünden zusammen. Diese aufreizende Naivität ging mit einer anderen Eigenschaft einher, die ich nicht benennen konnte, die mir jedoch gleichermaßen unerträglich erschien, und alles in allem hatte ich beschlossen, künftig nicht mehr abkömmlich zu sein, sollte er mich erneut einladen. Soeben war ich zu diesem Beschluss gekommen, da trank ich schon wieder Guiness mit ihm – zum letzten Mal, das schwor ich mir – in einer jener historischen Studentenkneipen, in denen jede Sitznische ein Palimpsest geschnitzter Initialen darstellt, die von erloschenen Liebesaffären und toten Politikern künden, und deren mit rissigem Lederimitat überzogene Sitzpolster noch die

Hinternabdrücke längst vergammelter Sportskanonen aufweisen. Und als hätte mein zu baldiger Abweisung vorgesehener Begleiter meine Gedanken gelesen, sah er mich mit seinen scharfsinnigen blauen Augen (die ein Teil des Problems darstellten) an und begann eine Geschichte zu erzählen.

Er schilderte mir einen sieben Jahre zurückliegenden Sommer, einen Sommer in den späten sechziger Jahren des zwanzigsten Jahrhunderts, in dem er im westlichen Alabama für eine Bürgerrechtsgruppe gearbeitet hatte. Der Ort, den ich Tenlow County nennen will, bestand aus ausgedehnten Baumwollplantagen, die in einem ländlichen Nirgendwo dahinvegetierten. So sehr, dass die seismischen Erschütterungen des Südstaatenlebens, die in eben diesem Staat fast anderthalb Jahrzehnte zuvor – dank einer unerschrockenen Wäscherin in einem Bus in Montgomery – eingesetzt hatten, in Tenlow County die alte ungerechte Feudalherrschaft über Plantagen und Ortschaften noch kaum zum Beben gebracht hatten. Doch das sollte sich ändern. In Tenlow County stand in jenem Sommer eine Wahl bevor, die zu einem der großen Schauplätze von Konfrontationen zu werden versprach, und das in diesem an Konfrontationen besonders reichen Jahr, da ganz Amerika ebenso klar geteilt war – in Alt und Jung, in Langhaarige und Kurzhaarige, in Kiffer und Biedermänner, in Falken und Tauben – wie ein Schachbrett in weiße und schwarze Felder. Die Tatsachen waren einfach: Mehrere tausend schwarze Männer und Frauen, die meisten davon kleine Landpächter, beabsichtigten, zum ersten Mal in ihrem Leben zu wählen. Und eine kleinere Gruppe von Weißen, die Leute, die im County das Sagen hatten, wollten das nicht. Ein Netz von Bürgerrechtsorganisationen hatte sich auf den Schauplatz konzentriert, und junge Freiwillige waren aus den gesamten Vereinigten Staaten gekommen, um bei der Kampagne zur Wählerregistrierung zu helfen. Dein Vater – den ich von nun an Y. F.

nennen will – und sein engster Freund McGinty fuhren von ihrer Heimatstadt in Südkalifornien die zweitausend Meilen bis nach Tenlow County. Sie waren beide siebzehn.

Nun fühlte ich mich zunächst – als ich den Schaum auf meinem Guiness dahinschwinden sah und versuchte, meine Ohren gegen das Geheul von ein paar Ruderern aus Winthrop House zu verschließen, die nebenan saßen – von der Geschichte belästigt. Wie plump von dir, dachte ich, ein schwarzes Mädchen mit Geschichten über deine jugendlichen Heldentaten in der Bürgerrechtsbewegung verführen zu wollen. Ich selbst war mit Bürgerrechtslegenden groß geworden – kein Wunder bei einem kämpferischen Baptistenpfarrer als Vater und bei Geschwistern, die anscheinend unentwegt gegen die Rassenschranken an irgendeiner Schule agitierten. Daher war ich kein bisschen gefesselt, sondern eher versucht, eine morgendliche Besprechung mit meinem Mentor zu erfinden, damit ich den Abend früher als üblich beenden konnte. Doch aus irgendeinem Grund hörte ich weiter zu.

Ich glaube, an der Geschichte faszinierte mich zunächst, dass sie so geläufig war – geläufig wie eine Fabel oder eine Seite aus einem Erstklässlerlesebuch, wie etwas, das ich anscheinend schon viele Male gehört hatte. Und dass der Ton, in dem er sie erzählte – mit diesen flachen kalifornischen Vokalen und in der Syntax der Vororte –, den Worten so entsprach, wie ein Instrument einer bestimmten Melodie entspricht. In der Tat fing die Geschichte mit lauter unsäglichen Gemeinplätzen an – genau die richtige Art und Weise, sich den sechziger Jahren zu nähern, denn es ist ja fast unmöglich, Erinnerungen an diese Zeit heraufzubeschwören, ohne in den Bereich der Mythen oder der Parodie zu rutschen. Y. F. unternahm gar nicht den Versuch, mit Sprache Bilder zu malen, und dennoch drängte mich alles, was er sagte, dazu, die Lücken mit eigenen Bildern zu füllen.

Er sagte: *Wir sind gefahren*, und ich sah eine Landstraße in der Wüste vor mir, einen verdellten Volkswagen und darin zwei Teenager mit Gesichtern aus der großen angelsächsischen Diaspora. Schöne Jungen, fast Zwillinge, mit langen Haaren von der Farbe der ausgebleichten, flachen Landstriche um sie her; mit geraden Zähnen und Körpern, für die bis vor kurzem noch gewissenhafte Mütter und Kinderärzte zuständig gewesen waren. Und in umsichtig zerrissenen Jeans mit Flicken, als wären sie Quiltdecken aus den Apalachen. Jungen, die dem Autoradio lauschten, als hinge ihr Leben davon ab; was in einer Hinsicht sogar stimmte, denn aus dem Radio drangen die Statistiken über den weit entfernten, und doch seltsam vertrauten Krieg, der ein paar Jahre darauf diese gesunden Körper verschlingen konnte. Aus dem Radio kam jedoch auch manches von der besten Musik aller Zeiten, meisterhafte Rock-, Country- und Soul-Stücke; die nahmen die beiden Jungen lässig als den Soundtrack ihres unnachahmlichen Abenteuers hin. Natürlich hatten sie das Gefühl, sich auf einer Mission zu befinden; in ihnen brannte die reine Flamme der Revolution, doch unterwegs benahmen sie sich wie Verbindungsbrüder, tauchten in die Swimmingpools von Motels, deren Gäste sie nicht waren, klauten empörten Serviererinnen in Drive-In-Restaurants Cheeseburger, zeigten Mädchen in vorbeifahrenden Autos ihre nackten Hintern. Sie waren von Kindheit an befreundet gewesen, aber ihre Freundschaft spielte in der Geschichte keine Rolle.

Ihre Gespräche stellte ich mir als linke politische Suaden vor, weder so oberflächlich noch so konfus, wie sie später behaupten sollten, als es Mode wurde, über die Figur, die man in den sechziger Jahren gemacht hatte, zu höhnen. Ein weiterer Punkt, über den sich in späteren Zeiten leicht spotten ließ, war die einfältige Überzeugung der beiden, dass man die böse alte Welt zerschlagen und anschließend richtig zusammensetzen könne. Bereits zu Beginn ihres Trips war diese Überzeugung einer harten Probe ausgesetzt worden, als sie in einem Park in Tucson versuchten, mit mexikanischen Halbwüchsigen mal ein bisschen von Genosse zu Genosse zu reden. Als ihre neuen Bekannten sie zu Boden schlugen – effizient, aber ohne Bitterkeit – und um ihre Uhren erleichterten, waren Y. F. und McGinty immerhin so vernünftig, die Sache nicht groß zu erörtern. Sie verschoben die Entscheidung, wie sie darüber denken sollten, und fuhren nach Alabama weiter.

Dass sie in Tenlow County Fremde sein würden, hatten sie erwartet; in Wirklichkeit aber wurden sie, zum ersten Mal in ihrem Leben, zu einer Minderheit. Die in Montgomery und in Washington amtierenden Mächte hatten sich dem Druck zum Separatismus gebeugt und die Mehrzahl der jungen weißen Freiwilligen vom Kampffeld fort dirigiert. Beim ersten Treffen der Freiwilligen, die für die Wählerregistrierung sorgen sollten – eine Versammlung, die in Barreville, dem Hauptort des County, in der Tinley Temple African Methodist Episcopal Church stattfand –, waren die beiden Neuankömmlinge aus Kalifornien die einzigen kaukasischen Gesichter im vollbesetzten Kirchengestühl. Und diese Gesichter wurden so rot wie chinesische Fahnen, als Reverend Emmanuel Basnight, der Pastor von Tinley Temple und der lokale Leiter der Wahlkampagne, auf einmal mitten in einem emotionalen Ruf nach Gerechtigkeit innehielt und mit dem Finger auf sie deutete. »Die Welt blickt auf Tenlow County«, donnerte er. »Und der Beweis dafür ist, dass diese beiden weißen Jungen hier aus dem fernen Kalifornien gekommen sind, um uns die Wahl gewinnen zu helfen! Steht auf, ihr beiden!« Sie rappelten sich auf und grinsten hilflos, als die Versammlung in Halleluja-Rufe ausbrach. Und den ganzen Sommer über wurden Y. F. und McGinty zu ihrem heimlichen Ärger die Weißen Jungen genannt, als wären sie so umgetauft worden.

Als ich das hörte, schenkte ich dem Boden meines Guiness-Humpens ein unschuldiges Lächeln.

Die Geschichte ging weiter, und es war leicht, sich Tenlow County vorzustellen. Einfach der tiefe Süden; ein Teil der Welt, so durchsetzt von Mythen wie die späten sechziger Jahre überhaupt. Ich hatte mich nie in der Gegend aufgehalten, aber aus Büchern, Zeitungen und den dramatischen Erinnerungen meiner Eltern war sie mir vertraut – so vertraut wie der dunkle, dunkle Wald in jedem Märchen. Ein Meer von Baumwollkapseln, darin verstreut Plantagenhäuser, sieche Städtchen im neohellenischen Stil, Gruppen von Hütten, unverändert so angeordnet wie zur Zeit der Sklaverei. Niederschmetternde Hitze, die sich mehr wie die Verdammung als wie ein Wetterphänomen anfühlt, und ein Kranz von Bussarden über jedem Baum. Ungepflasterte Pisten, wuchernde Kudzu-Ranken, kleine Tavernen und der allgegenwärtige Geruch von Todsünde. Schwarze Erde und – überall, überall – schwarze Menschen. Weder Y. F. noch McGinty hatten bisher je mit einem schwarzen Menschen bei Tisch oder in einem Klassenzimmer gesessen, aber in diesem Sommer gab es Tage, an denen die Weißen Jungen verblüfft zusammenzuckten, wenn sie einander sahen oder in einem Spiegel auf ihr eigenes fahles Gesicht stießen.

Zwei Monate lang wohnten sie am Rand von Barreville in einem Haus, in dem alle Räume wie Eisenbahnabteile nebeneinanderlagen, als Gäste einer Witwe, die aufgrund von Diabetes halb blind war. Dort kamen sie auf den Geschmack von Schweinsohren und Kohl und halfen ihrer alten Gastgeberin mit einer eilfertigen Ritterlichkeit, die ihre Mütter in Kalifornien verblüfft und entzückt hätte. Jeden Morgen schaufelten sie einen Teller Grütze in sich hinein, liefen dann zu dem Ladenlokal hinüber, in dem die Organisation zur Wählerregistrierung ihr Hauptquartier hatte, und ließen sich von Reverend Basnight ihre Marschbefehle erteilen. Dieser Herr war, seit er ihnen ihren Spitznamen verliehen hatte, eine reservierte, Ehrfurcht gebietende Gestalt geblieben, die deutlich zu erkennen gab, dass sein öffentlicher Enthusiasmus nichts mit seinen persönlichen Empfindungen zu tun hatte. In der Tat dachte er eindeutig so wenig daran, den Weißen Jungen Sympathie entgegenzubringen oder ihnen zu vertrauen wie den weißen Männern, die vor dem Rathaus korporativ Kautabak ausspieen. Groß und dünn, mit einem Teint von der Farbe alter Kupfermünzen und einem so kantigen, humorlosen Gesicht wie dem eines byzantinischen Heiligen, händigte er ihnen ihre Tagesorder aus und betrachtete sie dabei mit einem so kalten, skeptischen Blick, dass sie von einem Fuß auf den anderen traten und nur noch wegwollten. Dann holperten sie mit dem verbeulten, eingestaubten Volkswagen über abgelegene Straßen und hielten vor einer Gruppe von Hütten. »Guten Morgen allerseits«, rief dann einer von ihnen, meistens der gewandte, kontaktfreudige McGinty, der sich einen übertriebenen Südstaatenakzent angeeignet hatte. Alte Leute, Kinder und alle anderen, die nicht auf den Feldern arbeiteten, kamen heraus, standen im Sand herum und glotzten die langhaarigen weißen Besucher und ihr fremdartiges kleines Auto an. »Tag zusammen, wir arbeiten für Reverend Basnight drüben am Tinley Temple und für die Wahl. Wir wollen dafür sorgen, dass jeder Erwachsene in Tenlow County, Mann wie Frau, zur Wahl gehen kann. Das gibt hier eine Revolution! Wir bringen euch an die Macht.«

Ihre Zuhörer, alte wie junge, standen mit argwöhnischen Mienen da, während die Besucher von Bildung und Arbeitsplätzen und von Schwarzen in verantwortlichen Positionen redeten und Broschüren verteilten, auf denen das richtige Wahlsymbol abgebildet war, ein roter Hahn. Von der blendenden Sonne und den verschlossenen Mienen wurde Y. F. ganz schwindlig. Auch wenn er es seinem Freund nie verriet, manchmal überkam ihn das Gefühl, es liege da ein grundsätzlicher Irrtum vor: In Wirklichkeit seien er und McGinty diejenigen, die Unterrichtung und mahnende Ansprachen nötig hätten. Dass die unbekannten Schwarzen, die barfuß vor ihm standen, über geheime Kraftreserven verfügten, angesichts derer alles Gerede von Macht und Revolution schlicht vermessen war. Und dass keine Wahl jemals die alte, traurige Geschichte zu einem Ende bringen würde, die wie ein dunkler Strom zwischen ihnen lag. Diese düsteren Gedanken wurden manchmal so bedrängend, dass er zurück zum Auto gehen und sich an den Kopf klopfen musste, um sie loszuwerden.

Nach solchen langen, erschöpfenden Tagen hingen die Weißen Jungen mit den anderen jungen Freiwilligen in Kaschemmen herum, die pulsierten wie ängstliche Herzen in der Nacht. Dort konnten sie Bier trinken, ohne ihren Ausweis vorzuzeigen, und über Fanon und Marcuse mit schwarzen Studenten diskutieren, die mit ihren Afro-Frisuren und städtischen Klamotten von den Einheimischen ebenso angestarrt wurden wie die Weißen Jungen. Obwohl viele der schwarzen Freiwilligen mit ihrer Anwesenheit nicht einverstanden waren, nicht einmal mit ihrer Existenz, waren die beiden so gewinnend schnell bereit, sich wegen der Sünden von Leuten ihrer Hautfarbe Asche auf den Kopf zu streuen, dass eine widerwillige Kumpanei entstand. Sogar Romanzen flackerten auf. McGinty flirtete mit der Schönheit des Sommers, einem rehäugigen Mädchen, das im zweiten Jahr am Spelman College war und die männliche Bevölkerung von Tenlow County mit ihren engen Tanztrikots und ungezählten silbernen Armreifen elektrisierte. Und Y. F. schmachtete nach Reverend Basnights Tochter Nicolette, die er mir nicht beschrieben hat, die man sich aber leicht als eine jener Wiesenblumen vorstellen kann, wie man sie in ländlichen Pastorenhaushalten findet. Fast sicher hatte Nicolette ein hübsches, keusches, rosenholzfarbenes Gesicht und sittsam geglättetes Haar, das mit einem elastischen Haarband gebändigt war. Sie besuchte natürlich keine Kaschemmen, plauderte aber in spröder Lebhaftigkeit mit Y. F., wenn sie im Büro die Vervielfältigungsmaschine bediente. Vor allem sprach sie von ihrer Vorliebe für die Romane von Pearl S. Buck und von ihrem Traum, an der Howard University Medizin zu studieren; und nie ließ sie Y. F. auch nur ihre Hand berühren.

In den letzten beiden Wochen wurde die Kampagne hektisch. Delegationen aus New York, Washington und Atlanta fielen in Tenlow County ein, und plötzlich blickte wirklich das ganze Land auf die Gemeinde. Y. F. und McGinty waren nun nicht mehr die einzigen weißen Gesichter in der Kampagne, die von den großen Zeitungen im Land als einer der Testfälle des Jahrzehnts bezeichnet wurde. Berühmte Journalisten und politische Lichtgestalten tauchten bei Kundgebungen auf, spazierten in Reverend Basnights Sonntagsgottesdienste hinein, erschienen und verschwanden so lässig wie die rastlosen Olympier in der Ilias. Wunder hingen im gewittrigen Augusthimmel. Über die Gegner liefen von Tag zu Tag sensationellere Gerüchte um: Man raunte, Gouverneur Wallace habe einen Geheimbefehl erlassen, schwarze Schulen und Kirchen zu bombardieren, der Ku-Klux-Klan bereite für die Nacht vor der Wahl Terroraktionen vor. In Wirklichkeit legten die Gegner wenig Widerstand an den Tag. Vielleicht vertrauten die herrschende Kräfte von Tenlow County einfach darauf, dass die weiße Vorherrschaft auf dem Land ihrer Ahnen Teil des Klimas war. Am wahrscheinlichsten jedoch rührte das Ausbleiben von Opposition daher, dass Pragmatismus heraufdämmerte, denn nach fast zwei Jahrzehnten erbitterten Kampfs begannen die hartnäckigsten Verfechter der Rassentrennung zu erkennen, dass sich hinter all dem Rauch die zweite große verlorene Sache der Südstaaten abzeichnete.

Jedenfalls hatte die Kampagne allen von Anfang an das Gefühl gegeben, sie sei von einer wohlmeinenden Vorsehung gelenkt. Am Tag der Wahl bestand das größte Problem nicht in Schikanen, sondern in der furchtsamen Trägheit der neuen Wähler. Y. F., McGinty und die anderen Freiwilligen hatten Anweisung, niemanden daheim bleiben zu lassen und verbrachten Stunden damit, die Leute aus ihren Häusern zu locken und zu den Wahllokalen zu karren. Als Y. F. am frühen Abend allein in einem Weiler im Osten von Tenlow County war und versuchte, einen besonders zögerlichen alten Mann von seiner Veranda wegzukriegen, sah er einen Lieferwagen vorfahren, aus dem zwei Männer stiegen. Einer davon war ein Fotograf, und in dem anderen erkannte Y. F. staunend einen großen Bürgerrechtler, eine legendäre Gestalt und Martin Luther Kings rechte Hand, den er in Nachrichtensendungen plündernde Horden hatte teilen sehen wie Moses das Rote Meer. Und da dies ein Tag der Wunder war, schlug dieser Held Y. F. auf den Rücken und dröhnte – mit mächtiger Stimme, wie eine Glocke aus einer überirdischen Gießerei: »Gute Arbeit, Sohn. Von hier an übernehmen wir.« Und in einem großartigen Blitzlicht-Feuerwerk eskortierte er den alten Mann zu seinem Lieferwagen.

Natürlich siegten sie. Alles geschah genau so, wie es sich in einem Epos vom Kampf um das Gute und *summum jus* gehört. Die Armen, die Unterdrückten, die Waisen der Geschichte triumphierten, als zweitausend neue Wähler die ersten schwarzen Amtsträger seit der Zeit unmittelbar nach dem Bürgerkrieg an die Macht brachten. Am Tag darauf kamen Hunderte von Pachtfarmern in ihren Sonntagskleidern nach Barreville zur Siegesfeier, die in der neuerdings gemischten High School stattfand. Vorne im Auditorium stand der große Bürgerrechtskämpfer an einem Predigtpult, das aus der Tinley Temple African Methodist Episcopal Church herbeigeschafft worden war, neben ihm stand ein weißer Senator aus Neuengland. Im Wechsel erklärten sie der ekstatischen Menge, dass die Welt sich verändern werde, dass man mit Gebeten und harter Arbeit die Ungerechtigkeit geradeso beseitigen könne wie einen Rechenfehler. Dann umarmten sie einander, der Schwarze und der Weiße, und die verzückten Zuschauer brüllten Amen. Chöre von fünf schwarzen Kirchen sangen umwerfend. Reverend Basnight, dessen hageres Gesicht strahlte und weicher wirkte, hob die Arme zum Himmel und dankte in kraftvoller Lobrede dem Herrn. Dann folgte ein ausgedehnter Festschmaus mit gebratenem Huhn, und dann traf aus Montgomery ein berühmter DJ ein, und nun ging die Party los. Es war ein Liebesfest. Die Weißen Jungen tanzten, in der schwitzenden Masse der Feiernden aufgelöst, und fühlten sich zum ersten Mal in diesem Sommer unsichtbar. Y. F. fand die spröde Nicolette und brachte es zu einem heißen, engen Tanz mit ihr und zu einem Kuss: ein weiterer Sieg an diesem Abend, an dem kein Stern unerreichbar war.

Der folgende Tag war für Y. F. und McGinty der letzte in Alabama, und da ereignete sich das kleine Missgeschick, das den Angelpunkt dieser ganzen Geschichte bildet. Eine mikroskopische Tragödie, zumal im Licht der unermesslichen Freude, die noch in der Luft hing, doch eine Tragödie gleichwohl, insofern sie eine mysteriöse Schwäche des Plans sichtbar machte. Im Plan von was? Von allem. Aber ich greife mir vor, was mein Verehrer in der Studentenkneipe nicht tat. Mit wenigen Worten zeichnete er mir ein Bild von jenem letzten Morgen nach dem Fest, an dem sich die Freiwilligen, mit blutunterlaufenen Augen und verkatert, aber noch immer euphorisch, ans Aufräumen machten. Nachdem die Schule geschrubbt und jede leere Flasche eingesammelt war, blieb für die Weißen Jungen noch eine letzte Aufgabe: das Predigtpult aus dem Schulauditorium zurück in die Tinley Temple African Methodist Episcopal

Church zu transportieren. In einem uralten Laster mit offener Ladefläche fuhren sie los, und kurz hinter Barreville traf sie ein kleines Missgeschick.

Es fällt nicht schwer, sich die beiden in der Fahrerkabine eines Dinosauriers von Laster vorzustellen, eines Lasters wie aus einem Foto von Walker Evans. Hinter ihnen auf der Ladefläche liegt, von McGinty mit einer Wäscheleine und kundigen Seemannsknoten festgezurrt, das Predigtpult. Y. F. fährt, McGinty neben ihm stützt die Füße gegen das Armaturenbrett, und beide unterhalten sich angeregt über die Wahl und die Party. Dann ein Ruck, Y. F. kommt mit der uralten Kupplung nicht klar, der Laster schlingert heftig nach rechts und tut mit einem Rad einen rumpelnden Satz in den Graben. Die Jungen werden gegen das Armaturenbrett katapultiert, erkennen sofort, dass sie nicht verletzt sind, der Motor ruckelt ein paar Mal elefantös und säuft ab, und im gleichen Moment ein Rumpeln, ein splitterndes Krachen, und das Predigtpult ist aus seinen Wäscheleinenfesseln ausgebrochen und von der Ladefläche auf den Asphalt gepurzelt. Es folgt, stellt man sich vor, eine fast ehrfürchtige Stille.

Als Y. F. und McGinty ungefähr hundert Mal Scheiße! gesagt hatten und aus der Kabine geklettert waren, fanden sie das Pult auf der Straße vor. Es war kaum zu glauben, dass ein Sturz aus so geringer Höhe so großen Schaden hatte anrichten können. Irgendwie war der Aufprall in einem solchen Winkel erfolgt, dass er die polierten Fichtenbretter an den Seiten zersplittert hatte, und das ganze Ding lag, zwar noch von Nägeln zusammengehalten, aber mit klaffenden Rissen, in denen rohes Holz sichtbar wurde, zusammengeklappt da, als hätte ein Riesendaumen daraufgedrückt. Die Weißen Jungen standen einen Augenblick davor und versuchten, mit der Tatsache fertig zu werden, dass sie einen Teil von Reverend Basnights Kirche zerschmettert hatten, einen zentralen Teil, einen, an den sich noch am

Tag zuvor berühmte Redner geklammert hatten. Und weil sie vor kaum fünf Minuten noch geradezu frohlockend dahingeschwebt waren, nahm die Havarie eine apokalyptische Bedeutsamkeit an. Y. F. hatte das Gefühl, das Pult verkörpere das geistliche Wort an sich, das Herz der Kirche und der Menschen, die ihn zwei Monate lang beherbergt hatten. Und als sei der Unfall durch etwas Gewaltsames in ihm selbst entstanden, von dem er nichts gewusst hatte, so wie ein Dummkopf mit List dazu gebracht werden kann, eine Aktentasche zu tragen, die eine Bombe enthält. Die Vorstellung, Reverend Basnight die Nachricht überbringen und mitansehen zu müssen, wie dessen kantiges braunes Gesicht das Siegesleuchten einbüßen und sich grimmig verziehen würde, war unerträglich. Und auch der Gedanke an die anderen, an Nicolette. Y. F. hat nicht davon gesprochen, aber ich bin mir sicher, dass den beiden Jungen Tränen in den Augen standen. Schließlich lag ihre Kindheit noch nicht so viele Jahre zurück.

Jedenfalls war dies der Augenblick, in dem ich mich in deinen Vater verliebte – in den Mann, der mir in einer Kneipe in Cambridge, Massachusetts, die Geschichte erzählte, und auch in den Jungen, der sieben Jahre früher auf einer Landstraße in Alabama neben einem kaputten Predigtpult aus einer afrikanisch-methodistischen Episkopalkirche gestanden hatte. Frag mich nicht warum, aber so ist es. Irgendetwas rührte mein Herz – ganz plötzlich, wie Katastrophen und Wunder eben geschehen – an dem Bild der beiden Weißen Jungen, die da auf etwas hinunterstarrten, das ganz so aussah wie das Wrack aller guten Absichten. Und an der Vorstellung, wie sie wohl die Stücke aufhoben, versuchten, den Laster zu starten, Unkraut zertraten und dann unglücklich zurück in den Ort trotteten.

Natürlich endet die Geschichte hier nicht. Am Nachmittag des gleichen Tages schafften sie den Laster aus dem Graben und das Predigtpult zu einem Schreiner in Barreville. Der Schreiner war ein Gemeindemitglied und versprach, das Pult kostenlos wieder herzurichten. Zur Verblüffung der beiden war ihnen niemand böse – nicht einmal Reverend Basnight, der seinen byzantinischen Mund sogar zu einem dürren Lächeln verzog und scherzend sagte, sogar die Freiheitsglocke habe schließlich einen Sprung. Und Nicolette sagte gar nichts, schob Y. F. aber ein Blatt rosa Briefpapier mit ihrer Adresse zu. Einzig Y. F. und McGinty waren niedergeschmettert: ihr wundervolles Gefühl, etwas geleistet zu haben, war in sich zusammengefallen wie ein Kartenhaus, und auf einmal konnten sie es nicht mehr erwarten, heim nach Kalifornien zu kommen. Spät an diesem Abend fuhren sie, ohne jemandem Auf Wiedersehen zu sagen, aus Tenlow County davon, so hastig, als sei ihnen der Klan auf der Spur. Die Bilanz war schon eigenartig: Die einzigen Weißen, die ihnen in Alabama Angst eingejagt hatten, waren am Ende sie selbst.

Alles weitere ist, wie die Redensart es will, Geschichte: deine Geschichte, meine Süße. Schließlich hätte es ohne jenes splitternde Krachen auf dem Asphalt diese Geschichte nicht gegeben, und du wärst vielleicht nie geboren. Nun, da du im Alter der Weißen Jungen angekommen bist, reiche ich die Geschichte an dich weiter wie ein Erbstück; nicht lästig, aber doch auch unbestimmt. So viele Fragen gehen damit einher, zum Beispiel: Warum vergisst man sie nicht? Warum habe ich noch immer das Gefühl, sie sei bedeutsam, obwohl dein Vater und ich jetzt schon so lange geschieden sind? Und was für eine Geschichte ist das eigentlich, die ich dir gerade erzählt habe – nur die Geschichte von dem Predigtpult, oder die Geschichte von mir, die sich die Geschichte vom Predigtpult anhört? Ist es eine Geschichte über Schwarze und Weiße oder über Männer und Frauen? Und was ist das für ein Flackern, das ich hie und da hinter all den Worten wahrnehme, so ungreifbar wie der Schatten einer Fliege? Ist es etwas Komisches, etwas Trauriges oder etwas völlig anderes?

Dein Vater wusste noch, wie unglücklich er sich auf der Landstraße vor Barreville gefühlt hatte, als ihm fast schon entfallen war, was die Wahl für Tenlow County damals bedeutet hatte. Jenen Sommer in Alabama bestimmte für ihn fortan der Unfall; er stand ihm als scharfes Bild während seines letzten Highschool-Jahrs vor Augen, und auch noch, als die sechziger Jahre allmählich verblassten und seine Freundschaft mit McGinty ein ganz natürliches Ende nahm. Das Bild hielt sich in ihm, als er seinen ungeschliffenen Idealismus ablegte und allmählich die Einsicht zu ertragen lernte, dass die Welt, die reale Welt, nichts anderes wollte, als Weißen Jungen wie ihm Macht zu verleihen. Es blieb in ihm auch noch während seines Jurastudiums lebendig, bis er die Geschichte eines Abends einem anderen schwarzen Mädchen erzählte, für das er schwärmte. Einer Pastorentochter wie Nicolette Basnight. Einem Mädchen, das im Verlauf der Geschichte seine Ruppigkeit und Gleichgültigkeit ablegte und das am Schluss auf einmal lachte und ihm über den Tisch hinweg geradewegs in die Augen sah.

Wie? Ob er jemals an Nicolette geschrieben hat? Weißt du, Liebes, das habe ich in all den Jahren nie herausgefunden. Noch eine Frage mehr, die du wohl deinem Vater wirst stellen müssen.

Sizilien

Das erste, was ich von Sizilien kannte, war Marzipan. Das ist dort eine Spezialität, und jedesmal, wenn mein Stiefvater seine Verwandten in Palermo besucht, bringt er uns Marzipan mit nach Rom. Marzipan ist eine Süßigkeit, die aus Mandeln hergestellt wird, und so süß, dass einem schon während man sie isst ein bißchen übel wird. Federico, mein Stiefvater, sagt, die Araber hätten sie vor tausend Jahren nach Sizilien mitgebracht. Ich mag Marzipan deswegen, weil sie es in jeder Form und Farbe machen; sie ahmen damit sogar solche Sachen wie Spargel und Salami nach. Das ist vielleicht ein komisches Gefühl, in ein Marzipankotelett zu beißen – dein Kopf weiß zwar, dass es was Süßes ist, aber deine Zunge erwartet trotzdem was anderes. Im Mai, als wir wegen des Feiertages am fünfundzwanzigsten ein langes schulfreies Wochenende hatten, sind wir für vier Tage nach Sizilien gefahren, und am Flughafen von Palermo hat Federico mir ein Körbchen mit Muscheln und Miesmuscheln aus Marzipan gekauft. Mama war sauer, wie immer wenn Fede mir Süßigkeiten kauft, und das tut er oft, weil er selbst scharf auf Süßes ist. Aber ich fand's toll, denn die streifigen braunschwarzen Muscheln sahen völlig echt aus. Später habe ich damit sogar meine Stiefcousine Ginevra reingelegt – ich hab so getan, als würde ich eine Marzipanmuschel ausbuddeln und dann reinbeißen. Sie hat aufgeschrien. Das war die pure Eifersucht: Sie mag's nicht, wenn jemand mehr angibt als sie.

Ginevra gehörte zu der Gruppe von Federicos Freunden und Verwandten, die von überall in Italien gekommen waren, um sich für die Feiertage in einem ganz kleinen Hotel auf einer Insel namens Favignana mit uns zu treffen. Favignana liegt weit draußen im Meer zwischen Sizilien und Tunesien, und man ist dorthin lange mit der Fähre unterwegs. Die Insel ist mit diesem weißen Bimsstein bedeckt, den man im Bad benutzt, und auch mit stachligen Kaktussen, die birnenförmige Früchte haben. Es wird unglaublich heiß dort, so dass du in der Mittagszeit nicht am Strand bleiben kannst, sonst wirst du gegrillt. Zum Glück hatten Ginevra und ich unsere Gameboys dabei, und am Samstag haben wir uns nach dem Mittagessen auf die Stufen der Hotelterrasse gehockt und haben Tetris, Frogger und Super Mario gespielt. Währenddessen saßen Federico und die andern Männer an einem großen Tisch, lachten und rauchten und brüllten ab und zu, weil sie ein Kartenspiel spielten, das Scopone heißt. Die Frauen waren alle auf ihren Zimmern und hielten Siesta, nur meine Mutter lag mit mürrischem Gesicht in einer Hängematte und las. Mama war in diesen Ferien oft mürrisch, weil sie nicht gern was in großen Gruppen unternimmt – sie sagt immer, das ist die übelste von vielen anstößigen italienischen Gewohnheiten. Ich wusste aber, dass sie vor allem darum eingeschnappt war, weil Federico sich so viel mit seinen Brüdern und Vettern abgab, mit ihnen Karten spielte, Wein trank, zum Zigarettenkaufen zum Laden runterspazierte und Mama kaum beachtete. Mama ist prima, aber jedem fällt an ihr mit am ersten auf, dass sie viel Beachtung erwartet. Ständig zerrte sie mich beiseite und zischte mir Klagen ins Ohr: »Er ist zurückgefallen! Das hier ist ein Stammestreffen. Wir hätten nicht mitkommen sollen, das wusste ich doch.«

Wir waren auf Favignana, um uns anzusehen, wie sie die Thunfische töten. Das ist ein sizilianischer Brauch, der *la Mattanza* heißt und jedes Jahr im Mai stattfindet, wenn die Thunfische wandern. *Mattanza* heißt »Schlachtung«, hat Federico uns erklärt, und dass die Fischer von den Inseln die Thunfische in spezielle Fallen treiben und sie dann mit Speeren töten, und dass sie dabei einer richtiggehenden Zeremonie folgen, mit Liedern und Gebeten. Fede hat gesagt, diese

Art zu fischen sei schon uralt gewesen, als im Mittelalter die Normannen über Sizilien regiert haben, und wahrscheinlich käme sie aus der Steinzeit. Früher einmal war es so was wie ein Volksfest, aber heutzutage darf kaum jemand mehr mit den Fischern im Boot hinausfahren. Aber Federicos Vetter kennt jemanden von den Verantwortlichen, und darum durften wir alle mit. Mama und ich lieben Tiere – in Rom haben wir drei Meerschweinchen, zwei Maine-Coon-Katzen, einen Jack-Russell-Terrier und fünf Goldfische –, und darum haben wir uns erst glatt geweigert mitzufahren. In Sizilien waren wir schon früher, zu Strandferien, aber das hier war ja was völlig anderes. Federico lachte nur und sagte, ohne uns beide sei er verloren, und eine Erfahrung wie die mache man nur einmal im Leben. Sie würde uns in die blutrünstigen Tiefenschichten des sizilianischen Charakters einführen. »Meines Charakters«, sagte er. »Ihr Mädchen aus dem Ausland kennt ja nur meine zivilisierte Seite.«

»Selig sind die Unwissenden«, sagte Mama, aber mit so abwesendem Gesicht wie immer dann, wenn etwas sie reizt.

Wir sind Amerikanerinnen, meine Mutter und ich, obwohl ich in Rom geboren bin und immer damit aufgezogen werde, dass ich italienisch mit römischem Akzent spreche. Mama stammt aus Kenwood in Kalifornien, und dort bin ich auch immer in den Sommerferien, bei meinen Großeltern. Mama ist groß, hat Haare wie braune Blätter, und jeder Italiener, der sie sieht, sagt *»la classica Americana«*. Laut Mama bedeutet das, dass jemand schön und nicht sehr intelligent ist. Auf dem College hat sie ein bisschen als Model gejobbt, und ich habe ein Album mit gilbenden, aus Zeitschriften ausgeschnittenen Fotos, auf denen sie in karierten Röcken und flauschigen Pullovern zu sehen ist, aus überdachten Brücken rausguckt oder so tut, als würde sie mit bärtigen alten Hummerfischern schwatzen. Jetzt führt sie mit ihrer Freundin Elsa einen englischsprachigen Buchladen in Trastevere, und manchmal arbeite ich samstags dort. Mein Vater ist auch Amerikaner; er ist bei Reuter's. Als ich noch ein Baby war, vor ihrer Scheidung, haben sie zusammen in Rom gewohnt; nun ist Dad in Manila, und ich sehe ihn nur ein paar Mal im Jahr. Seit ich sechs war, lebe ich mit Mama und Federico zusammen, fünf Jahre sind das jetzt. Fede ist Rechtsprofessor an der Universität von Rom, er ist in Palermo geboren und viel älter als Mama. Er ist klein, hat ein lustiges Gummigesicht und kann prima amerikanisches Englisch sprechen, und wenn ich ihn darum bitte, kann er im sizilianischen Dialekt einen irre komischen Mafioso mimen. Manchmal ist er schrecklich autoritär, aber wir kommen schon miteinander aus. Beide sind wir süchtig nach Peanut-M&M's, nach Harry Potter und Videospielen, er ist der einzige Mensch, den ich kenne, der in Tetris noch besser ist als ich. Und er liebt meine Mama sehr, obwohl sie manchmal mächtig Streit haben und sie behauptet, sie könne diesen kurzbeinigen Mittelmeertyp von Mann nicht ertragen. Alles in allem sind wir aber ziemlich glücklich. In Rom wohnen wir in der Cassia-Gegend, wo viele Ausländerfamilien wohnen. Dabei sind wir ja keine Ausländerfamilie – wir sind eine gemischte Familie.

Jedenfalls, in Favignana sind nach der Siesta alle mit dem Fahrrad zum Strand gefahren. Ich musste bei Ginevra mitfahren, die in Rom in meiner Nähe wohnt und die mit ihren abwaschbaren Tätowierungen angab und damit, wie toll sie als Turnerin doch ist. Vor uns sah ich Mama flink an Federico vorbeiradeln, der bei Ginevras Vater, Onkel Massimo, mitfuhr. Am Strand gab es statt Sand Bimsstein, und das Wasser war dunkel flaschengrün und eiskalt, trotz der mordsheißen Sonne. Ginevra und ich sind dennoch reingegangen, während die Erwachsenen Strohmatten ausgerollt und sich hingelegt haben. Auf den Felsen wimmelte es von Einsiedlerkrebsen, und wir kamen auf die Idee, sie einzusammeln und in zwei große Mineralwasserflaschen aus Plastik zu tun. Mama meinte, die würden nie am Leben bleiben, aber Ginevra und ich dachten, wenn wir nur Meerwasser in die Flaschen täten, ginge es schon, und wir könnten vielleicht ein paar Krebse mit nach Hause nehmen und sie im Aquarium halten. Federico schnorchelte an den Felsen entlang und kam bibbernd aus dem Wasser, mit ungefähr fünfzig Seeigeln in einem Eimer. Jemand zog ein Messer und eine Zitrone aus der Tasche, und bald öffneten sämtliche Stiefcousins und Tanten und Onkel die Seeigel und aßen sie roh. Iiih – mich würde man nicht mal dazu kriegen, sie anzurühren: außen stachlig und innendrin rot und schleimig. Mama hat einen gegessen, aber bloß aus Höflichkeit, das sah man. Sie hat fürs Strandleben nicht viel übrig. Mit ihrem Sonnenhut und ihrer langärmligen Bluse saß sie da und plauderte mit Tante Saveria und Tante Gabriella und den anderen Frauen, die alle ihre Bikinioberteile abgelegt hatten und mit ihrem ganzen Goldschmuck eingeölt dalagen – sich braten lassen, nennt das Mama. Im Vergleich zu ihnen sah sie so blass und anders aus, dass ich mich ein bisschen für sie geniert habe. Sie sagt, was die Italiener Schönheit nennen, ist zum größten Teil schlicht vulgär, aber mir gefällt es immer, wie die Italienerinnen am Strand aussehen – braun und in der Sonne funkelnd wie ägyptische Königinnen.

Vor Sonnenuntergang wanderten wir noch an den Felsen entlang, um uns eine Höhle anzusehen, die für ihr amethystfarbenes Licht im Inneren berühmt ist; als wir dort ankamen, alberten Federico und die anderen Männer herum, brüllten, damit ein Echo entstand, und sprangen ins Wasser. Und auf dem Rückweg erzählte Fede Ginevra und mir die Geschichte von einem jungen Mann, der einen Sommer an einer wilden Meeresküste wie dieser hier verbracht hatte, einer Seejungfrau begegnet war und sich in sie verliebt hatte. Die Geschichte stammt von Tomasi di Lampedusa, einem berühmten sizilianischen Schriftsteller, und an ihr Ende konnte sich Fede nicht mehr genau erinnern – sie geht traurig aus, nahm er an, oder vielleicht war sie auch nie fertiggeschrieben worden. Wahrscheinlich ist der Autor steckengeblieben, flüsterte mir Ginevra zu, denn wie soll einer denn auch Sex mit einer Seejungfrau beschreiben?

Am Abend aßen wir alle an einer langen Tafel in einem Saal voller Ölgemälde mit fetten nackten Frauen, Früchten und springenden Thunfischen. Als primo gab es Spaghetti auf sizilianische Art, mit frischen Sardinen. Ich fand, es schmeckte nach gar nichts außer nach Fisch, aber alle anderen fanden es anscheinend fantastisch. »Das ist der wahre Geschmack Siziliens«, sagte Federico immer wieder, »ich schmecke hier alle meine Sommer am Meer in der Zeit, als ich noch ein kleiner Junge voller schmutziger Gedanken war und von den Hinterteilen kleiner Mädchen träumte.« Er ließ meine Mutter kosten und wollte, dass sie ganz viel davon aß, und als sie nicht aufhörte zu protestieren, gingen seine Augenbrauen hoch und runter. »Ma è un afrodisiaco«, sagte er zu ihr, und sie sah ihn an und lachte, aber so unglücklich wie immer, wenn sie sich bemitleidet und auf die ganze Welt wütend ist. »Warum ignorierst du mich schon die ganze Zeit?«, fragte er nun auf Englisch und viel leiser. »Du hast mich ignoriert«, erwiderte sie. »Den ganzen Tag hast du nur Karten gespielt und dich mit den Männern herumgetrieben, als wären wir hier auf dem Dorf.« Einen Moment lang befürchtete ich, sie würden gleich anfangen, sich fürchterlich zu zanken, aber Fede zog nur die Mundwinkel runter und sagte: »Ich verlange nicht von dir, dass du hier lebst – nur dass du die Augen aufmachst, ein wenig geduldig bist und versuchst, die Dinge mal aus einem anderen Blickwinkel zu betrachten.« »Du kennst mich ja«, sagte Mama. »Im Verstehen bin ich gut.«

Am nächsten Tag fand die Mattanza statt, und wir mussten früh aufstehen, um mit den Fischern hinauszufahren. Es war noch dunkel und kalt, als Mama und Tante Gabriella mich und Ginevra wecken kamen, und obwohl ich Jeans und einen Anorak anzog, bekam ich ganz taube Beine, als wir mit dem Rad zum Hafen runter fuhren. Dort ließen wir die Räder stehen und gingen in ein Steingebäude hinein, so groß wie eine Kathedrale, mit mächtigen Bogentoren, die direkt aufs Wasser führten, und mit einer so hohen Decke, dass man sie in der Dunkelheit gar nicht sah. Federico erklärte mir, das Gebäude sei eine *tonnara*, wo der frisch gefangene Thunfisch hingebracht, zerlegt und wahrscheinlich auch in Dosen gepackt wird. Vor rund hundert Jahren war das auf dieser Insel das wichtigste Gewerbe – diese riesigen, hallenden Säle, die wie Kirchen aussehen, waren voller Fischer und Thunfische. Die Inselbewohner fingen Tausende von Thunfischen, ließen aber auch viele übrig, damit sie sich vermehrten und es jedes Jahr mehr davon gab; und daher, sagte Federico, verstanden sich die Menschen gut mit dem Meer. Jetzt aber gebe es zu viele große Schiffe, die mit Ultraschall arbeiten und mit Netzen, die alles einfangen. Die Thunfische würden aussterben, und möglicherweise sei diese Mattanza eine der letzten im alten Stil.

Für eine Weile warteten wir am Kai in der kalten Morgenluft. Der Himmel wurde heller, und die Erwachsenen tranken Kaffee, den sie aus einer kleinen Bar holten, die schon offen war. Ginevra und ich tranken heiße Milch mit ein bisschen Kaffee, und alle verschlangen wir riesige, zuckerbestreute Gebäckstücke, die *bombolone* heißen. Dann stiegen wir in vier offene Boote, die mit dicken Tauen miteinander verbunden waren. Mama, Federico und ich waren im vorletzten Boot, und Ginevra mit Onkel Massimo und Tante Gabriella in einem anderen. Und dann wurden wir zur Mitte der Bucht hinausgeschleppt, wo wir in ein anderes Boot umstiegen, in ein großes, flaches, das mit anderen flachen Booten so angeordnet war, dass sie zusammen drei Seiten eines Quadrats bildeten. Federico wies Mama und mich auf die Netze unter den Booten hin; auch innerhalb des Quadrats waren Netze gespannt. Onkel Massimo sagte, das nenne man *la camera della morte* – die Todeskammer. Alle redeten wir ganz leise, sogar Ginevra, denn es war unheimlich, dort draußen mitten im Meer zu warten. Die Insel lag wie ein dunkler Strich hinter uns, und im grauen Dämmerlicht hatten alle Gesichter die Farbe von Pappkarton. Ich lehnte mich an Mama, die einen dicken Wollpullover anhatte, und sie drückte mich an sich. »Da reden sie von *camera della morte*«, flüsterte sie, »dabei sehen wir alle aus wie Leichen.« Sie schloß mich fester in die Arme und sagte noch: »Ich weiß auch nicht, was wir hier sollen, Liebes, aber wir haben uns nun einmal entschieden mitzukommen. Wenn du's nicht aushältst, mach die Augen zu.«

Der Himmel wurde rosa, und zwei weitere Boote mit Fischern tauchten auf. Sie sahen aus wie Piraten: braun gegerbt wie Schuhleder, und einer hatte einen schwarzen Pferdeschwanz bis zum Gürtel und seitlich am Hals Tätowierungen, und ein anderer wasserstoffblond gefärbte, krause Haare, die unter einer gestreiften Wollmütze hervorquollen, und einen großen Goldohrring in jedem Ohr. Federico sagte, der Blonde sei der *rais*, der Anführer aller Fischer, und der Tradition nach müssten die Männer jeden Befehl von ihm befolgen. Den ganzen Tag davor hatten sie die Bewegungen eines großen Thunfischschwarms verfolgt, und nun würden die Fische bald in die Falle schwimmen. Was die Fischer sich so zubrüllten, klang überhaupt nicht italienisch, und Mama sagte, das sei der Dialekt von Favignana, mit vielen arabischen Wörtern darin. Alle zogen sie sich wasserdichte gelbe Jacken und Hosen an, und dann stellten sie sich am Rand von zwei großen flachen Booten auf, so dass sie sich in zwei Reihen gegenüber standen, mit Wasser dazwischen.

Alle warteten wir, und mir krampfte sich vor Spannung der Magen zusammen. Die Sonne ging auf, und eine Menge anderer Boote stieß zu uns, voller Familien von der Insel, weiteren Gästen und sogar mit einem deutschen Fernsehteam. Komischerweise benahmen sich nach Sonnenaufgang alle wie bei einem Fest. Die Erwachsenen tranken aus Pappbechern Wein, und alle aßen wir belegte Brote, die in Sizilien *pane condito* heißen, weil man erst Öl und Essig aufs Brot tut, bevor Tomaten, Prosciutto und Käse darauf kommen. Alle lachten und redeten und riefen den Fischern Scherze zu. Ein-, zweimal drehte der *rais* sich um und rief lachend etwas zurück, so dass man seine großen weißen Zähne sah, aber die übrigen standen da wie Statuen und starrten hinaus aufs Wasser. Mitten unter den Fischern stand ein kleiner Japaner im Trainingsanzug. Federico sagte, eine japanische Firma habe den gesamten Fang gekauft, und in vierundzwanzig Stunden würden die Thunfische in Tokyo als Sushi verspeist werden.

Ganz plötzlich kamen die Thunfische. Wir sahen in dem Quadrat erst einen mächtigen silbrigen Leib, dann noch einen und noch einen; und dann sah es so aus, als wäre für Wasser gar kein Platz mehr, es brodelte nur so von silbrigen Leibern, und die Fischer zogen an den Tauen des Netzes. Sie zogen alle gemeinsam, und dabei fingen sie an, etwas Seltsames zu singen – ein arabisches Lied, sagte Federico zu mir. Sie sangen und zogen das Netz immer höher, bis wir die Fische ganz deutlich sehen konnten. Und die Thunfische bewegten sich immer schneller, bis man spürte, in welcher Panik sie waren. Es sah aus, als würde das Wasser kochen. Da fragte mich Mama, ob ich lieber in ein anderes Boot weiter hinten umsteigen würde, damit ich nicht zusehen müsste, denn gleich würden sie die Fische töten. Ich bleibe, wo ich bin, hab ich gesagt.

Die Fischer machten Folgendes: Sie nahmen lange Stangen mit Spitzen am Ende, stachen damit in die Thunfische und hievten die zappelnden, sich wehrenden Tiere dann mit einem schnellen, fast mechanischen Ruck aus dem Wasser. Es war kaum zu glauben, dass ein einzelner Mann stark genug sein sollte, einen so riesigen Fisch hochzuheben. Die Thunfische waren blutüberströmt, und in das Wasser lief so viel Blut, dass es dunkelrot wurde, wie Wein. Ich dachte, wie seltsam das doch von einem Flugzeug aus erscheinen müsste: das Wasser in dem Quadrat aus Booten rot und brodelnd, das Meer ringsum aber normal wasserfarben. Immer mehr Fische zogen die Fischer heraus und sangen dabei weiter, es klang traurig und monoton. In der Luft roch es nach Fisch und Meerwasser, und nach etwas Rohem, Wilden. Das muss das Blut gewesen sein. Die Zuschauer waren alle ganz still, und eine Dame mit dunkler Brille von dem deutschen Fernsehteam erklärte Ginevra und mir, sie würden das hier filmen, damit die Leute in Deutschland sähen, wie grausam es sei. Der Japaner stand mit gekreuzten Armen ganz aufrecht da und verfolgte mit den Augen jede Bewegung der Fischer. Mama fasste mich an der Schulter, und als ich mich umschaute, sah ich, dass ihre Wangen von Tränen glänzten und dass Federico den Arm um sie gelegt hatte.

Sie fingen dreihundertsiebenundsechzig Thunfische. Im Flüsterton gaben die Zuschauer die Zahl unter sich weiter. Als der letzte Fisch aus dem Wasser gezogen war, gab der *rais* ein Zeichen, und die Fischer begannen ein Lied zu singen, das wie ein Gebet klang. Das war es auch, erklärte mir Federico: Sie danken Gott, oder Allah, für einen guten Fang. Wie seit tausend Jahren. In den großen silbernen Fischbergen rührte sich nichts mehr, nur hier und da zuckte noch ein Schwanz, und das Blut im Wasser verdünnte sich allmählich. Die Feststimmung hatte sich auch aufgelöst, und als unsere Boote zum Kai der *tonnara* zurückgeschleppt wurden, saßen die Leute gedankenversunken da. Man hatte das Gefühl, ein ganzer Tag sei vergangen, aber es war erst zehn Uhr morgens. Ginevra schlief mit offenem Mund, an ihren Vater gelehnt. Ich fühlte mich nicht traurig, nur furchtbar müde und innerlich hohl; ich legte den Kopf auf Mamas

Schoß und sie strich mir übers Haar, so stumm wie ich. Während der Bootsfahrt sagte Mama nur: »Ich will heim.«

Am nächsten Tag sagten wir Ginevra und allen anderen Auf Wiedersehen, legten mit der Fähre von Favignana ab, und dann mussten wir noch fünf Stunden mit dem Auto fahren, bis wir in Palermo ankamen. Palermo war düsterer und verwirrender als selbst die ältesten, düstersten Viertel von Rom, und die Stadt kam mir gefährlich vor: ein Labyrinth von tunnelartigen Sträßchen, voller Autos, Müll und Leuten, die kurz aus dem Schatten tauchten und wieder hineingingen. Die Skulpturen – Muscheln, Nymphen – an alten Gebäuden waren überkrustet mit uraltem Schmutz, der sie in Ungeheuer verwandelte. Mama und ich begannen, Federico damit zu necken, dass er ein geheimes zweites Leben als Mafiaboss führe, und statt nun mit seiner Paten-Parodie zu kommen, sagte er ganz ernst, die Leute hier würden mit der Mafia leben und sie als Gegebenheit betrachten wie das Wetter. Mama sagte, ganz so könne es doch nicht sein, wir seien ja nicht im Mittelalter, aber Fede schnalzte nur mit der Zunge, wie er es oft tut, wenn er anderer Meinung ist. Von Palermo aus mussten wir am gleichen Abend nach Hause fliegen, aber erst besuchten wir noch einen Fürst und eine Fürstin, die Freunde von Fede sind und über dem Hafen in einem Palast aus schwarz gewordenem Stein wohnen. Fede erzählte uns, das Gebäude sei zum Teil eine *tonnara*, wie die auf Favignana. Die Familie des Fürsten hätte jahrhundertelang ganze Flotten von Schiffen besessen, und bei solchen alten Adelsfamilien sei es Brauch, über dem Unternehmen zu wohnen. Heutzutage hätten sie keine Schiffe mehr, aber der Fürst habe gewitzte Söhne, und die hätten den Teil, in dem früher die Thunfische zerlegt wurden, in ein Restaurant und in eine Diskothek verwandelt.

Wir gingen also durch einen hohen, verzierten Torbogen und glitschige Stufen hinauf in einen Park mit Palmen und einer steinernen Brüstung am einen Ende, und von dort blickte man auf die Stadt und auf Schiffe unten auf dem Wasser. Der Park war verdorrt und verwildert, überall gab es Stapel von Brettern und riesige, staubige Vasen, Katzen strichen zwischen alten Werkzeugen und Eisenrohren umher, und in einem Winkel standen dicht an dicht exotisch aussehende Kaktuspflanzen – die Fürstin sammelt sie. Die Fürstin war nicht sehr groß, sie hatte strahlend blaue Augen, eine spitze Nase und einen grauen Zopf, der ihr über den Rücken fiel. Sie wirkte streng, aber freundlich, als sie, eine Zigarette in der Hand, auf uns zukam, und dann riss sie Federico an sich, umarmte ihn und nannte ihn einen alten Vagabunden; warum er denn so lange gebraucht habe, ihr seine Braut vorzustellen? Sie hatte eine rauhe Stimme, fast wie ein Mann, und sie gab Mama und mir schmatzende Küsse auf die Wangen und sagte, wir seien schöne Mädchen.

Dann saßen wir, ich mit einer Coke und die Erwachsenen mit Kaffee, auf knirschenden roten Couchen in einem langgestreckten Raum voller Bücher und chinesischer Vasen, die so groß waren wie ich. In einer Ecke stand, neben einem Fernseher, eines von diesen hohen, altmodischen Fahrrädern. Federico war müde vom Autofahren und streckte sich zu einem Nickerchen aus, und die Fürstin führte Mama und mich durch den Palast. Als erstes zeigte sie uns einen runden Klinkerturm, ein Geschenk der russischen Zarin. Die Zarin war im Palast zu Gast gewesen, und zum Dank hinterließ sie einen russischen Turm. Danach gingen wir durch dunkle Räume mit Marmorböden und aufgetürmten, mit Tüchern abgedeckten Möbeln; in manchen Räumen hingen Kronleuchter, in anderen war die Decke mit mythischen Szenen bemalt, und in einem sehr großen Saal standen neun – ich habe sie gezählt – Konzertflügel. Auf einem habe ich versucht zu spielen, aber er ratterte nur. Wir gingen durch eine Art von Vorratskammer, mit Dutzenden von Holzschubladen in der

Wand, auf denen in schwarzen gotischen Lettern die lateinischen Namen von Kräutern standen: Das war einmal die Hausapotheke, erklärte uns die Fürstin. Dann war da ein Raum voller Gegenstände aus Afrika: Schilde, Masken und sogar ein ausgestopfter Hai. Aber das Beste war, dass die Fürstin irgendwo in einer Toilette verschwand und mit einer ziemlich prallen Einkaufstüte aus Plastik wieder rauskam, in der, wie sich herausstellte, Kronen steckten: sechs echte Kronen – oder Diademe, wie Mama sagte – aus echtem Gold und mit blutroten Steinen darin, die sizilianische Korallen heißen. Das waren die Brautkronen von Frauen in der Familie gewesen, niemand auf der ganzen Welt besitzt davon eine solche Sammlung, und sie werden in der Toilette aufbewahrt, weil kein Dieb auf die Idee käme, dort zu suchen. Die Fürstin setzte mir eine von den Kronen auf, und ich drehte vor ihr eine Pirouette und machte einen Hofknicks, und sie lachte und erzählte uns von einer deutschen Gouvernante, die sie in meinem Alter gehabt hatte. Diese strenge Gouvernante beherrschte das gesamte Leben ihrer Schülerin, mit Ausnahme einer Stunde am Tag, in der sie wild sein durfte. In dieser Stunde konnte sie alles tun, worauf sie Lust hatte – patzig sein, nass, schmutzig sein –, nur ums Leben durfte sie nicht kommen, das war die einzige Regel. Mir gefiel diese Geschichte sehr, und die Fürstin auch. Tief in ihren blauen Augen konnte man noch immer das Wilde aufglitzern sehen.

Als wir in den Raum mit den chinesischen Vasen zurückkamen, war inzwischen der Fürst eingetroffen und plauderte mit Federico. Sie standen auf, als wir hereinkamen, und der Fürst küsste die Luft über Mamas Hand und auch über meiner, und er sah Mama an und sagte dann zu Federico, dieses Glück habe er nicht verdient. Der Fürst war hoch gewachsen und hatte glattes graues Haar bis zu den Schultern. Er hatte eine Khakihose und alte Turnschuhe an und war so braun wie die Fischer auf Favignana. Im Auto hatte Federico Mama erzählt, der

Fürst sei siebzig und halte sich durch Sünden jung; er sei ein alter Lebemann und habe der Fürstin das Dasein ganz schön schwer gemacht. Ich fand, dass er gar nicht sündhaft, sondern nett aussah und dass er und die Fürstin, graue Haare hin oder her, die aufregendsten Leute waren, die ich je kennengelernt hatte. Er setzte sich, nahm die Hand meiner Mutter zwischen seine Hände und sagte leise, sie sei ein Kunstwerk, und wenn es sie nicht störe, werde er sich mit Federico unterhalten, aber sie ansehen. Darüber lachten die Erwachsenen alle, die Fürstin am meisten, und mir fiel auf, mit welch geradem Rücken sie auf der Couch saß, wie eine Königin auf dem Schachbrett.

Ich ging im Raum umher und sah mir ein paar alte Modellflugzeuge im Bücherregal an, während die Erwachsenen Whiskey tranken und Federico und der Fürst über Abenteuer redeten, die sie vor langer Zeit zusammen beim Fischen in Kenia erlebt hatten. Dann begannen sie alle, über Leute zu tratschen, die sie kannten, und ich versuchte mich unsichtbar zu machen, damit ich zuhören konnte. Und wirklich vergaßen sie mich für eine Weile und erzählten Geschichten über junge Frauen, die ihre alten Männer reinlegten, über Ehemänner, die sich in Afrika mit schönen afrikanischen Mädchen herumtrieben, über eine neue Arznei, die in Kuba aus Zuckerrohr hergestellt werde und Viagra in den Schatten stelle, und über eine Frau mit so riesigen Brustimplantaten, das sie nicht tiefseetauchen gehen könne. Sie redeten und redeten, und irgendwann hörte ich die Fürstin zu meiner Mutter sagen: »Es ist nur fair Ihnen gegenüber, meine Liebe, wenn ich Ihnen deutlich mache, dass ich eine Ehe ganz besonderer Art führe. Ich muss mich sowohl um meinen Mann als auch um seine *fidanzate* kümmern – um seine Freundinnen. Sonst richtet er nur ein Durcheinander an.«

»Das kommt mir sehr vernünftig vor«, sagte Mama. »Aber als Aufgabe ist es delikat.«

»Es gibt Diplomaten in meiner Familie«, sagte die Fürstin, »und auch ein paar Heilige.« Sie lächelte, und beide warfen sie einen Blick zu mir herüber. Dann rief die Fürstin mich zu sich, legte mir einen Arm um die Taille und sagte, wenn ich verspräche, sie an Weihnachten zu besuchen, werde sie mich mit *cassata* verwöhnen, einem himmlischen Pudding, der aussehe wie ein weißer Berg und nur in Palermo gut schmecke.

Auf dem Weg zum Flughafen sagte Mama: »Diese wundervolle Frau – warum lässt sie sich das nur bieten? Warum bleibt sie da?«

»Welche Frau?«, fragte ich, obwohl ich genau wusste, dass sie von der Fürstin sprach.

Federico fuhr sehr schnell, wechselte ständig die Spur und rauchte dabei. »Sie bleibt, weil er ebenfalls wundervoll ist«, sagte er. »Und zudem ist sie recht glücklich. Wenn du anderer Ansicht bist, ist dir die Pointe entgangen.«

»Und was für eine Pointe wäre das?«, fragte Mama frostig.

»Die Pointe von allem, was du an diesem Wochenende zu sehen bekommen hast.«

Mama sagte, jetzt noch eisiger, sie habe gar nicht gewusst, dass dies als Bildungsreise gedacht sei, aber selbst eine so unwissende Ausländerin wie sie sei imstande zu begreifen, dass das Leitmotiv der letzten beiden Tage schlicht die Unmenschlichkeit gewesen sei. Fromme Lieder zu singen und dabei Thunfische abzuschlachten – das muss man sich mal vorstellen, sagte sie. Oder eine Frau zu sein, die es als ihre Pflicht empfindet, ihren Mann bei seinen anstößigen Affären zu unterstützen. Sie raffte ihre Haare zusammen und steckte sie straff hoch, wie sie es immer tut, wenn sie wütend wird, und ich dachte, jetzt würde endlich doch der Streit ausbrechen, der zwischen ihnen geschwelt hatte, seit wir in Sizilien angekommen waren. Aber Federico, der wegen unglaublich winziger Dinge in Rage kommen kann, fühlte sich aus irgendeinem Grund anscheinend überhaupt nicht angegriffen. Er lachte, warf seine Zigarette aus dem Fenster und sagte, Mama sei melodramatisch wie alle Amerikaner, und eines Tages, wenn sie erwachsen geworden sei, werde sie vielleicht begreifen, dass Sizilianer das wahre Wesen der Welt besser verstünden als irgendjemand sonst. Und warum, fügte er in klagendem Ton hinzu, habe er bloß nicht eine gute Sizilianerin geheiratet?

»Ja, warum denn nicht?«, fragte Mama und lehnte sich auf ihrem Sitz zurück. Seltsamerweise war sie gar nicht mehr wütend.

Am Flughafen machte ich eine deprimierende Entdeckung: Die Plastikflasche voller Einsiedlerkrebse, die ich auf Favignana eingesammelt hatte, war eine Plastikflasche voller toter Einsiedlerkrebse. Natürlich hatten meine Mutter und Federico mir das seit zwei Tagen vorausgesagt, aber ich hatte nicht auf sie gehört. Nun war es eindeutig, denn die Krebse stanken wirklich. Mama wollte ich die Flasche nicht zeigen, weil ich wusste, was sie sagen würde, aber Fede zeigte ich sie, und flüsternd fragte er: »Soll ich sie wegwerfen?« »Bitte«, sagte ich, und als Mama gerade nicht hinsah, schlenderte er davon und stopfte die Flasche in einen Abfalleimer. Ich war ganz trübsinnig, bis Federico im Souvenirladen verschwand und mit einer Tüte Marzipanfrüchte zurückkam; als ich in einen Granatapfel biss und den vertrauten, leicht Übelkeit erregenden Geschmack von süßen Mandeln im Mund hatte, fühlte ich mich schon viel besser. Mama nahm sich auch ein Stück Marzipan – eine Kaktusfeige –, und als sie das tat, zwinkerte mir Federico kurz zu. Da saßen wir schon im Flugzeug und sausten durch die Nacht, fort von Palermo, über die Straße von Messina auf Rom und die bekannte Welt zu, und als ich mich an mein Spiegelbild im Fenster lehnte und mir das dunkle Meer dort unten vorstellte, da kam es mir wie ein großes Glück vor, mit einem Mund voll Zucker heimzufliegen.

Wintergerste

I. DER STURM

Nacht; ein Haus in Nordschottland. Wenn Oktoberstürme vom Atlantik her hereinpreschen, denkt man an durchnässte, im Windschatten zusammengekauerte Schafe und an Öl-Cowboys auf sich aufbäumenden Nordsee-Bohrinseln. Selbst ein großes, solides Haus wie dieses hier kommt einem heute Nacht unbeständig vor, wie eine um ein Streichholz gekrümmte Hand. Hagelsalven treffen die Fenster wie Schrotschüsse; ein Wummern in den Kaminen, dröhnend als würde eine Armee von Riesen im Dunkeln über die Hügelkuppen stürmen.

In der Küche sitzen ein Mann und eine Frau und essen eine Schweinshaxe. Edo und Elizabeth. Zusammen bringen sie es auf neunzig Jahre, zu denen er zwei Drittel beiträgt. Vor sechs Monaten, als sie sich kennenlernten, hat es Elizabeth ein wenig erstaunt, dass Edo mit dieser Schuljungenrechnung aufwartete. Er liebt Akrostichen und Denksportaufgaben und löst sie mit der fanatischen Konzentration, die Jägern und Soldaten eigen ist – Männern, die lange, stumme Wartezeiten zwischen Gewaltausbrüchen gewohnt sind. Edo war sowohl Söldner als auch Jäger im Laufe eines unruhigen Lebens, das vornehmlich zwischen Italien und Afrika, zwischen Privilegien und Katastrophen pendelte. Er ist ein Prinz, einer der vielen Exilanten aus nun erloschenen osteuropäischen Monarchien, und dieses Haus, sein letztes, stellt ein Archiv von Fragmenten zeremonieller Lebensläufe und des Verwandtschaftsnetzes dar, das ihn mit dem größten Teil der europäischen Geschichte verbindet.

Das Haus ist voller Dinge, die sichtlich so viel Pflege erfordern wie Kinder: Stücke von Boulle und Caffieri zwischen schottischen, bei Versteigerungen erworbenen Möbeln, ein großer IBM-Computer, der darauf programmiert ist, die weltweiten Wanderrouten von Zugvögeln zu verfolgen, goldenes Besteck mit knubbligen Wappen, eine Meute von Settern mit heiklen Mägen draußen im Hundezwinger, rote venezianische Pokale, die zu spülen die gleiche hohe Konzentration erfordert wie die Restaurierung eines Caravaggio. Am Nachmittag lässt sich Edo gern mit einem Glas – einem Glas aus dem Supermarkt – Vermouth nieder und sieht sich Wiederholungen der Serie *Fame* an, die eine Satellitenschüssel unten am Hang magischerweise aus der wilden schottischen Atmosphäre saugt. Mit der für ihn typischen Gründlichkeit hat er sich die Namen und Eigenschaften der Gestalten aus der New Yorker Highschool für darstellende Künste eingeprägt und weiß, wen davon er bevorzugt: das gelockte Musikgenie, die schöne Tanzlehrerin, die er *la mulâtresse* nennt. Das Fernsehgerät steht in einem Dickicht von Silberrahmen mit den Fotografien von Männern, die alle Edward VII. gleichen, und von Frauen mit dem eigentümlich anonymen Aussehen des Hochadels. Oft posieren sie mit Gewehren und Trägern auf Rasenflächen, die mit toten Tieren bedeckt sind, und stets sind ihre Mienen, wie die von Edo, nachsichtig.

Auf Elizabeth wirkt Edos Küche unfairerweise wie ein Herrenclub: braun, höhlenartig, ausgestattet mit abgewetzten Sesseln, stählernen Restaurantküchen-Geräten, Kräutertabellen, Hunden in den Ecken, riesigen Töpfen zur Sättigung heißhungriger Waldhuhnjäger und grünen Boivorhängen, die sich heute Abend, während sie essen, mit dem Atem des Sturms blähen und wieder in sich zusammensinken. Die Schweinshaxe ist klebrig und würzig, mit Linsen gekocht, wie es die Römer um die Weihnachtszeit tun. Edo hat sie gekocht; er ist immer der Koch. Wenn Elizabeth zu Besuch kommt, lässt er sie in der Küche keinen Handgriff tun – sogar der Abwasch wird rituell von der Haushälterin erledigt, einer dünnen schottischen Vestalin.

»Diese Linsen sind sieben Jahre alt«, bemerkt Edo und nimmt sich noch einen Löffel davon.

»Ist dir deine Sparsamkeit denn gar nicht peinlich?«

Getrocknete Hülsenfrüchte verderben niemals, erklärt er ihr, und Sparsamkeit zu verachten ist vulgär. Seine Mutter hat ihre Kinder mit Reis und Kaffee durch den Krieg gebracht, auch wenn sie ein paar Grenzen in Jacken überquert haben, die von versteckten Goldstücken so schwer waren, dass er und seine Schwestern mit gebeugten Knien gehen mussten. Edo ist mit schlechten Zähnen und einem unstillbaren Hunger groß geworden, wie der Mann im Märchen, der einen Berg Brot essen konnte. Er hat eine Vorliebe für Füllsel und Innereien, die Delikatessen der Armen.

Elizabeth weiß, dass sie, wann immer Edo in Erinnerungen schwelgt, eine überaus verständnisvolle Miene aufsetzt; sie zieht ihr das Gesicht zusammen, als wäre es mit Drähten fixiert. Aber sie möchte keinesfalls eine der jungen Frauen sein, die jedes Leben, das vor ihrer Zeit stattgefunden hat, konfus macht. Elizabeth ist in Dover, Massachusetts, aufgewachsen, hat in Yale studiert und hofft, dass sie eines Tages von mehr Dingen überzeugt sein wird als jetzt. Zugleich hat sie für jemanden mit einem soliden Hintergrund von Vorfahren mit Namen wie Dana und Hallowell ein seltsam romanisches Temperament – nicht von der aufbrausenden, sondern von der fatalistischen Spielart. Diese Eigenschaft hilft ihr bei der Arbeit; sie ist Vizepräsidentin einer amerikanischen Bank in Rom. Heute trägt sie unter ihrem langen Faltenrock statt der rassigen italienischen Unterwäsche, die sie zu Hause anzieht, eine konventionelle weiße Unterhose und weiße Baumwollstrümpfe an einem elastischen Strumpfbandgürtel, wie ihn das irische Hausmädchen ihrer Großmutter hätte tragen können. Edo hat unumwunden – und so sachlich wie jemand, der eine Wäschereiliste abhakt – ausgesprochen, was er erregend findet. Sie findet allein schon diese Attitüde erregend: ein nüchternes erotisches Vokabular, weit entfernt von der unbekümmerten Sentimentalität, die Männer, die sie in Rom, Boston und Manhattan kennt, verspritzen.

Elizabeth hat bald entdeckt, dass die Finanzwelt keineswegs wie ein Uhrwerk funktioniert, sondern von Impulsivität und Unbeherrschtheit geprägt ist, die auf das Privatleben übergreifen. Als sie Edo kennenlernte, hatte sie gerade zwei schlechte Jahre mit einem verheirateten ehemaligen Kunden aus Mailand hinter sich, voller Szenen und unerwarteter Rosenkaskaden, und mit einem zu jeder Uhrzeit trillernden Handy. Im Vergleich dazu ist dies hier eine geordnete Affäre. Vermutlich sogar eine idyllische, wenn sie es sich recht überlegt, was sie kurioserweise so gut wie nie tut; eine Affäre, die innerhalb eines genau umrissenen Felds von Ambitionen gedeiht, wie ein nicht sonderlich bedeutendes Kunstwerk. Die Vergangenheit, die Edo ihr in Anekdoten vor Augen führt – denn er ist ein unermüdlicher Geschichtenerzähler, wenngleich selten ein langweiliger –, sorgt dafür, dass die Grenzen klar bleiben.

Afrika; das staubfarbene Tansania. Edo erzählt ihr gerade, wie seine Mutter einst auf einer Safari in Wut geriet, auf einen der Träger schoss, ihn verfehlte und ein kleines Nashorn traf. Unter einem Dach von Augenbrauen und unter schweren Lidern schimmert sanfter Gleichmut in Edos blauen Augen, als bedeute ihm die Geschichte nichts; in Wirklichkeit könnte er nicht leben, ohne derlei Erinnerungen heraufzubeschwören, die nicht etwa verblasst oder deutungsbedürftig, sondern vielmehr lebhafter geworden sind und nun so etwas wie einen laufenden Kommentar zur Gegenwart darstellen. Edos Haar ist weiß, und wie ein Stammeszeichen trägt er einen edwardianischen Schnurrbart. Jahre der Jagd in allen Witterungen und auf allen Kontinenten haben auf seinen Wangen Furchen hinterlassen. Sein Gesicht ist das eines bärbeißigen alten Grafen aus einem Kinderbuch, aus einem von Lear, und passend dazu ist er autoritär, listig, launisch, sentimental.

Er beobachtet Elizabeth und befindet, dass ihre Begeisterung für die klebrige Schweinshaxe ebenso wie für die Nashorngeschichte auf dem snobistischen amerikanischen Bedürfnis beruht, überall nach Traditionen zu scharren. Amerikaner sind Romantiker, denkt er – »romantisch« bedeutet für ihn das gleiche wie »Mittelschicht« –, und Elizabeth macht da keine Ausnahme, auch wenn sie aus einer guten Familie stammt. Gewohnt, Haustiere zu taxieren und sich bei Familientreffen mäusehirnige genetische Theorien anzuhören, betrachtet er ihren Körperbau mit Expertenblick. Ihre Haltung ist von der unkomplizierten Ausgewogenheit, die in Europa auf ein junges Mädchen aus gutem Hause hinweist. Aber sie hat auch etwas Unerwartetes an sich – etwas Aktives, Unmutiges, Unsicheres, Begehrliches. Das mag er. Er mag sie in weißen Strümpfen.

Leise sagt sie etwas. »Lauter!«, ruft er und legt die Hand ans Ohr wie ein tauber alter Mann. Er ist tatsächlich ein bisschen taub, von all den Schüssen, die über die Jahre hin neben seinem Ohr losgegangen sind. Oft behauptet er, davon sei auch sein Haar vorzeitig weiß geworden und sein Penis dauerhaft geschrumpft, doch nur das erste stimmt. »Du bist gerontophil«, erklärt er ihr.

Sie hatte etwas von den Stürmen in der Penobscot-Bucht gesagt. Die klirrenden Fenster hier erinnern sie an die Stürme, die Ende August über Vinalhaven hinwegfegten und das Sommerhaus ihrer Großmutter so von der Außenwelt isolierten wie ein in graues Tuch gehülltes Paket. Sie erinnert sich an die kristallklaren Tage nach einem Sturm, in denen sie und ihre Cousins, gebräunt wie Berber und fiebernd vor Verliebtheit, vom Ende des Anlegestegs aus heilsame

Wasserbomben ins kalte Wasser absolvierten. Sie sieht noch vor sich, wie ihre Großmutter, wegen ihrer Lupus-Krankheit mit Strohhut und in langärmliger Bluse, den grünen Pfad zum Bootshaus hinunterflitzte, einen Hammer in der Hand: Sturmschäden. Im Haus dort auf der Insel steht, wie in dem von Edo, eine hohe Standuhr, deren gebieterisches Ticken die Zeit aufzuheben scheint.

Elizabeth und Edo sind mit der Schweinshaxe fertig und stapeln das Geschirr im Spülbecken. Dann gehen sie hinauf und vögeln auf seinem Einsiedlerbett mit einer Gier, die sie beide – wie jedesmal – überrascht. Jeder von ihnen meint, dem andern etwas zu stehlen, ihm Lust mit dem unschuldigen Triumphgefühl abzuluchsen, mit dem ein Kind ein Spielzeug an sich reißt. Jeder von ihnen hat das Gefühl, dies sei ein Geheimnis, das dem anderen verborgen bleiben müsse, und diese doppelte Zurückhaltung schenkt ihnen ein seltenes Maß an Harmonie.

Später liegt Edo allein unter den schweren Leinenlaken; sein magerer Körper hat eine genügsame, leicht gekrümmte Haltung angenommen, die sich in Jahren des Schlafens auf Pritschen und auf dem nackten, kalten Boden herausgebildet hat. Er hat die Hunde zum letzten Pinkeln durch die Küchentür hinausgelassen, und nun schlafen sie, gelegentlich zuckend, vor der Glut in seinem Kamin. Er hat die Schlaftablette mit einem Glas Calvados hinuntergespült, das Elizabeth für ihn hat stehen lassen, hört einen Pop-Sender aus Aberdeen und spürt, wie der Sturm das Haus zum Beben bringt, und seine Knochen auch. Elizabeth, stellt er sich vor, wird in dem Zimmer mit den russischen Stichen bereits eingeschlafen sein oder – fürchterliche amerikanische Sitte – vor dem Schlafengehen noch einmal duschen. Noch nie hat er ein Bett mit einer Frau zu teilen vermocht, nicht während seiner kurzen Ehe, nicht während seiner Affären mit bemerkenswerten, anspruchsvollen Schönheiten. Er fühlt sich merkwürdig elend, wenn er an all die Frauen denkt, die protestiert haben oder verstummt sind, sobald er sie zu gehen bat oder selbst aufstand und sie allein ließ. Als einzige von allen scheint sich Elizabeth mit aufrichtigem Vergnügen von ihm zu trennen; so flink verschwindet sie, dass die Konturen ihrer weißen Beine unter seinem Morgenmantel verschwimmen. Sehr attraktiv.

Nachdem er in ihren glatten Körper eingetaucht ist, fühlt er sich nicht ermüdet, sondern sonderbar zäh und wohlerhalten. Du bist eben ein alter Salzhering, sagt er zu sich, aber aus irgendeinem Grund hat er stattdessen einen Auswuchs an einem Baum vor Augen. Auf Santa Radegonda, einem immensen Landgut bei Görz, das nun nur noch in den Köpfen einiger alter Leute existiert, stand im Garten der Kinder ein Baum, eigentlich eine Laube aus mehreren knotigen Nussbäumen, die man über Jahrhunderte hinweg zusammengebunden hatte. Das groteske, knorzige Gewächs mit seinem üppigen grünen Laub regte zu ungezählten Ammenmärchen über Kobolde an. In der Mitte standen ein ländlicher Tisch und Stühle, aus dem gleichen gichtigen Holz gezimmert. Die Schnellen und die Toten. Ein Wunder von Handwerkskunst im Garten eines Hauses, in dem es viele solche Wunder gab – alle den Bomben der Alliierten und der Deutschen anheimgefallen. Edo meint, jene Laube vor Augen zu haben, und im Innern blitzt etwas weiß auf, Elizabeths Beine vielleicht, doch dann tut die Schlaftablette ihre Wirkung, und er ist eingeschlafen.

2. OSTERERINNERUNGEN

Der Sturm hat sich ausgetobt und einem strahlenden blauen Morgen Platz gemacht, und Elizabeth liegt im Bett unter einem Stich, der eine kuhäugige zirkassische Braut zeigt, und liest die Tagebücher von Virginia Woolf, zweiter Band, 1920-24. Sie stellt sich Bloomsbury-Bewohner mit länglichen Gesichtern und hängenden, künstlerisch anmutenden Kleidern vor, die sich mit so anarchischer Leichtigkeit der Liebe hingeben wie die Trobriander. Durch das Fenster hört sie Edo in seinem erstaunlich schlechten Englisch mit dem Gärtner über den Schaden reden, der die Cruciferae im Gemüsegarten ereilt hat. Reihen von Brokkoli, Rosenkohl und einer raren, schwarzen toskanischen Kohlsorte sind zu Boden geknickt worden. Der Gärtner antwortet in unverständlichem Schottisch, und Elizabeth lacht laut auf. Sie findet es schockierend, dass sie sich so glücklich fühlen kann, wo sie doch nicht verliebt ist.

Als sie sich kennenlernten, war sie noch deprimiert über das entsetzlich banale Ende, das ihre Beziehung zu dem verheirateten Geliebten aus Mailand genommen hatte; alles, wovor ihre Freunde sie gewarnt hatten, war nacheinander eingetreten, wie auf einem Pinball-Gerät ein Punkt nach dem anderen aufleuchtet. Sie hatte den Männern, besonders den italienischen, abgeschworen, als Nestor, ein schwuler Freund von ihr, der zwar römischen Dialekt sprach, eigentlich aber irgendein aristokratischer Bastard war, sie einlud, mit ihm und ein paar anderen Freunden zusammen Ostern im Haus seines verrückten Onkels in Schottland zu verbringen. Nestor und die anderen tauchten am verabredeten Treffpunkt auf dem Flughafen Gatwick nicht auf; also kaufte sich Elizabeth in der Flughafen-Boutique ein Paar Argyle-Socken und bestieg das Flugzeug nach Aberdeen allein. Es war ihr nicht wie ein Abenteuer vorgekommen, eher wie ein Schritt ins Leere. Nach der lohfarbenen Opulenz von Rom deutete die sture Wolkendecke, durch die sie gelegentlich Felder in Tweedtönen ausmachen konnte, auf eine düstere protestantische Sparsamkeit hin, die sogar die Landschaft betraf. Sie hörte die nordbritischen Akzente um sich her, und die Geschichten ihrer Mutter über ein legendäres, sadistisches Kindermädchen namens McGregor fielen ihr wieder ein. Ein Kinderreim ging ihr nicht aus dem Kopf:

Es war einmal ein Schlingel,
Und Schlingel, der er war
Lief er davon nach Schottland,
Um Schottland anzuschaun.

Nestor war auch nicht in Aberdeen, hatte keine Nachricht hinterlassen, und der verrückte Onkel brachte sie aus der Fassung: weißhaarig, mit dünnen Beinen und den erbarmungslosen Augen eines alten Falken. Er war ausnehmend wenig überrascht, dass sie allein kam, als fände er es völlig normal, unbekannte junge Frauen zum Osterwochende auftauchen zu sehen. In einem grünen Land Rover bretterte er mit ihr dahin und rauchte eine filterlose Zigarette nach der anderen, während sie ihm von Rom erzählte, um ihre Wut auf Nestor und ihre Verlegenheit zu überspielen. Die nahezu polare Luft, die rein und eisig zum Fenster hereinwehte, beruhigte Elizabeth, und in der Dämmerung sah sie, dass die Landschaft nicht aus Tweedballen bestand, sondern aus lang dahinrollenden Wellen von Wald-, Feld- und Weideland unter einem Himmel, der weiter war als der von Colorado, einem glasigen, von Sternen durchstichelten Dom, der sie beide nicht klein machte, sondern sie vielmehr in eine fast feierliche Abgeschiedenheit versetzte. Keine anderen Wagen zeigten sich auf der Straße. Sie fuhren durch kleine, aus Granit erbaute Dörfer und vorbei an gepflügten Feldern voll kinderkopfgroßer Klumpen, und Elizabeth spürte, dass der Mann neben ihr sie ohne Eile, ohne wirkliche Neugierde erkundete; ab und zu wich sein kalter Blick von der Straße ab und schweifte über sie hinweg wie der Strahl eines Leuchtturms.

Edo fragte sich, ob ihm dieser junge Esel von Neffe ausnahmsweise einmal einen Gefallen erwiesen hatte. Allerdings hatte er selbst ihm nichts geboten, was eine Gegengabe verdient hätte, und Nestor war, wie alle aus Edos mütterlicher Familie, nicht großzügig. Vielleicht war es als Streich gedacht, das Mädchen so hier eintreffen zu lassen; in Rom, erinnerte er sich, war einmal im Morgengrauen ein halbbekleidetes Cinecittà-Sternchen auf seiner Terrasse aufgetaucht, das seine Freunde geschickt hatten, das aber behauptete, es sei während einer Séance mittels Gruppentelekinese dort hingebeamt worden. Elizabeths Ärger aber war, unter dem notdürftigen Lack von Höflichkeit, echt und verlieh ihrem kuriosen Auftritt eine starke Wirkung. Im Dämmerlicht bewunderte er ihre wohlgeformten Gesichtszüge unter dem kurzen, blonden Haar; auch, dass sie in einem ausgezeichneten Italienisch parlierte, dabei gestreng aus dem Fenster sah und ab und zu den Hals im kamelfarbenen Kragen zur Seite warf wie ein junger Offizier, dem seine Uniform lästig ist.

»Wir sind jetzt auf meinem Land«, sagte er nach vierzig Minuten, und sie nahm gefältelte dunkle Waldkämme und einen Wust blonder Hügel wahr. Am Fuß eines Hangs stand hinter einer Wand von Ulmen das Haus – ehemals ein Landsitz, zweihundert Jahre alt, langgestreckt und niedrig, mit seinen beiden Seitenflügeln einen Innenhof umschließend. Mit den tiefen Fenstern unter dem überhängenden Schieferdach wirkte es abweisend und zum Ausharren entschlossen; auf jedem Seitenflügel gaben ihm schwarze Stützbalken aus grob bearbeitetem Fichtenholz den Charakter einer archaischen Festung. Als Edo die Tür des Land Rover für Elizabeth öffnete und sie auf den Kies hinaustrat, war die Luft, die ihr in die Lunge drang, so rein und frisch, dass es fast schmerzte.

»Warum leben Sie eigentlich hier?« Elizabeth hatte statt der Jeans ein weiches, rostfarbenes Wollkleid angezogen, das sie an Tagen, an denen sie sich entgegenkommend und gnädig fühlte, auch in der Bank trug. Sie stand mit einem der roten venezianischen Pokale vor dem Kamin, fühlte, wie zart das Kristall war und balancierte das Glas wie einen Löwenzahnstengel, dessen wattige Samenkrone sie gleich davonpusten würde. Der Feuerschein spielte auf all den kleinen blanken Gegenständen in dem langen, niedrigen Raum, so dass sie funkelten wie die Lichter einer fernen Stadt. Elizabeth kannte die Antwort auf ihre Frage: Der klatschfreudige Nestor hatte ihr ausgiebig von Erbstreitigkeiten byzantinischen Ausmaßes erzählt, von rachsüchtigen Ex-Gemahlinnen und langen Tobsuchtsanfällen klimakterischer Fürsten. Doch nun, da Edo vor ihr stand – eine so kleine und schmale Gestalt und dabei so vibrierend vor Autorität, dass man sich dafür entschuldigen wollte, überhaupt wahrgenommen zu haben, wie schmal er war –, mit makelloser Diskretion den Gastgeber spielte und ihr zugleich doch auf subtile Weise fortwährend huldigte, da fühlte sie sich eigentümlich wehrlos. Sie hatte sogar das Gefühl, auf Zeit spielen zu müssen. Schon stellte sie sich mit Bedacht zur Schau, während ihr das Feuer von hinten die Beine wärmte. Bevor sie sich ganz gehen ließe, wollte sie verstehen, warum sie sich plötzlich so erregt fühlte und so verloren, und warum sie beides so wenig kümmerte.

»Warum ich hier lebe? Um die kleinen Diebe los zu sein«, sagte er lächelnd. »Die alltäglichen, die von der schlimmsten Sorte – Verwandte und Geliebte. Als ich sie vor ein paar Jahren alle satt hatte, ging mir auf, dass ich ja nicht nach Genf zu ziehen brauchte wie ein trübsinniger alter Narr im Exil. Afrika kam nicht in Frage, denn von einem gewissen Alter an klebt man dort nur an der Ginflasche. Da bin ich hierher gekommen, in den Nebel und zum Stechginster. Ich mag die Vögel in Schottland, und die Leute haben feste Fäuste und gesunde Mägen, wie ich.« Schweigend betrachtete er sie mit dem widerborstigen Blick eines Mannes, der es gewohnt ist, als Exzentriker zu gelten, und Elizabeth sah ihn gelassen an. »Sind Sie nicht hungrig?«, fragte er plötzlich.

»Sehr sogar. Seit dem Frühstück habe ich nur ein scheußliches Hörnchen gegessen.«

»Scheußliche Hörnchen gibt es in diesem Haus nur zum Tee. Ich habe etwas fertig, und das wärme ich jetzt für Sie auf. Nein, ich will nicht, dass Sie mir helfen; setzen Sie sich, und ich bringe es Ihnen. Es wird mir ein Vergnügen sein, Sie zu bedienen. Es gibt Schnepfen, die einer meiner Neffen – nicht Nestor – im letzten Herbst in Sizilien geschossen hat.«

»Was meinen Sie, wo Nestor wohl steckt?«, fragte Elizabeth. »Könnten Sie ihn anrufen?«

»Diesen ungezogenen jungen Päderasten? Nie im Leben. Als Teenager hat er es fertig gebracht, mit Soldaten zu flirten. Jetzt ist er richtiggehend schrullig geworden.«

Als Edo in die Küche verschwand, ging Elizabeth hin und her, betrachtete Photographien und Bonbonnieren, drückte auf eine Computertaste, entdeckte Kochbücher und Werke über Vogeljagd, Rennwagen-Zeitschriften und die abgenutzten rosaroten Bände des *Almanach de Gotha*, und lächelte schelmisch darüber, dass ihr Herz so pochte. In der Küche sah die Labradorhündin aus ihrer Ecke Edo flehentlich an, als er die kleinen Schnepfen mit einer sämigen dunklen Sauce übergoss. Wie plötzlich, dachte er, das Begehren doch die Einsamkeit – nein, nicht etwa bedrückend macht, sondern unpraktisch und eine Spur lächerlich. Dieser Gedanke war ihm in den letzten Jahren nie gekommen – nicht mehr, seit sich an seiner letzten Geliebten die unvermeidliche Verwandlung hin zur zynischen, allzu wissenden Freundin vollzogen hatte. Du scharfer alter Bock, sagte er freundlich zu sich – so hatte sie ihn genannt, freimütig wie sie war; und mit der gleichen Umsicht, mit der er Spuren verfolgte oder Wetterveränderungen vorausahnte, nahm er wahr, dass seine Hand beim Schöpfen der Sauce bebte.

Am nächsten Tag, am Karfreitag, fuhren sie die hundertsechzig Kilometer nach Loch Ness und standen in einer kleinen Felsenbucht im Regen. Edo pflückte eine vom Regen mitgenommene Narzisse und überreichte sie Elizabeth wortlos. Er hatte eine Khakijacke mit aufgestelltem Kragen an, und auf einmal sah Elizabeth ihn so, wie er vor vierzig Jahren ausgesehen haben musste: ein dünner junger Mann mit großer Nase und der Haltung eines Granden – ein Bild, das nun in dem Mann vor ihr eingeschlossen ruhte wie in einem Reliquienschrein.

Auf der Rückfahrt fragte er sie plötzlich, ob sie eigentlich wisse, wer er sei; dann erzählte er ihr, das sein kurioser erster Vorname (Edo war erst der dritte in der Reihe) vor dem Krieg eine Mode in Gang gesetzt hatte, weil Hunderte von Müttern für ihre Babys die Namenswahl einer Prinzessin imitierten. Ganz schön kläglich, so etwas zu sagen, dachte Elizabeth; von Nestor wusste sie alles über ihn und seine Familie, bis hin zu deren Bündnissen mit diversen üblen politischen Regimes. Lange Sonnenstrahlen drangen hervor und fielen auf Weiden, wo Lämmchen umhersprangen und Mutterschafe rote oder blaue Markierungen auf dem Rücken trugen, je nachdem, welcher Widder sie gedeckt hatte; über das Hochland in der Ferne glitten Wolkenschatten. Edo fuhr sie durch ein Hochmoor, in dem man Moorhühner jagte, und redete über Entwässerung, Pestizide und das Abbrennen von altem Pflanzenbewuchs, über Gänse, Rebhühner und Schnepfen.

Dann sagte er: »Ich möchte, dass zwischen uns beiden eine Art von Liebesgeschichte entsteht. Bin ich dafür zu alt und taub?«

»Das weiß ich nicht«, sagte Elizabeth.

»Ich habe mich mit fast allen gestritten, ich bin ein selbstsüchtiger Einzelgänger, und ich verstehe Hunde besser als Frauen. Ich habe äußerst promisk gelebt, aber ich habe keine bekannte Krankheit. Dies nur, um Missverständnissen vorzubeugen.«

»Sehr anziehend klingt das nicht.«

»Nein, aber ich habe so ein törichtes, optimistisches Gefühl, Sie könnten es doch anziehend finden. Am besten gefällt mir ein Mädchen aus guter Familie, das sich gelegentlich vulgär anzieht. Nicht glamourös – nur wie die Köchin an ihrem freien Abend. Und das Schulmädchenunterwäsche trägt, wie meine Schwestern sie bei den Nonnen tragen mussten. Meinen Sie, dazu wären Sie für mich bereit?«

»Könnte schon sein.« Gleich lache ich laut los, dachte Elizabeth. Alles nahm sich so ungemein einfach aus – wie eben zu Beginn der schmerzlichsten Affären, das wusste sie. Sie lachte innerlich, und doch empfand sie Zärtlichkeit und Nachsicht für ihn und für sich selbst. Warum auch nicht?, dachte sie. Auf dem letzten Stück der Heimfahrt tauschten sie Geschichten über frühere Liebhaber und Geliebte, mit einer dünkelhaften Leichtigkeit, die unter den gegebenen Umständen bestürzend war: als wären sie bereits alte Freunde und über die Phase hinaus, in der sie miteinander geschlafen hatten. Seine Geschichten waren alle obszön und komisch: von Sex mit einer fetten ägyptischen Prinzessin auf dem Rand eines Waschbeckens, das herunterbrach, von einer Schauspielerin, die drei lange, goldene Haare auf einem Muttermal an intimer Stelle wachsen ließ.

Vor dem Essen an jenem Abend läutete das Telefon, und Nestor meldete sich. Er war irgendwo in Frankreich, an einem Ort, wo sehr viele Leute waren und die Verbindung immer wieder abbrach; er wollte wissen, ob Elizabeth angekommen sei. Sein Onkel beschimpfte ihn und sagte, nichts und niemand – weder Mann noch Frau, weder

Fisch noch Vogel – sei angekommen, und er verbringe Ostern allein. Dann knallte er den Hörer auf und sah Elizabeth an. »Jetzt bist du der Welt entkommen«, erklärte er ihr. »Du bist unsichtbar und frei.«

Sie standen am Fenster des Wohnzimmers und blickten nach Nordwesten, wo noch ein Schleier von Tageslicht über dem Atlantik hing. Wenn die Robben an den stadtnahen Stränden aus dem Meer kämen, erzählte ihr Edo, stellten ihnen die Leute mit Gewehren nach. Er trat näher an sie heran, empfand es jäh wie einen Schlag, dass er sie begehrte, nannte sich einen alten Narren und küsste sie. Ihr Haar duftete nach irgendetwas Schlichtem, nach Getreide vielleicht, und das rief die verschüttete Erinnerung an eine Geschichte in ihm wach, die ihm seine erste, geliebte Kinderfrau (eine Kroatin, die auf einem Auge schielte) erzählt hatte: Eine verzauberte Weizengarbe verwandelte sich in ein Mädchen – wie oder warum, wusste er nicht mehr. Elizabeth blieb reglos stehen und hatte zum ersten Mal die seltsame Empfindung, die sie bei Edo von nun an immer haben sollte: dass sie sich Lust erschlich und es verbarg. »Wir tun es heute Abend nicht«, sagte er zu ihr. »In Gedanken habe ich dich schon auf hunderterlei Art genommen; ich möchte wissen, ob ich dich womöglich noch mehr begehren kann. Mir Vorgefühle zu verlängern – eine sehr egoistische Neigung von mir. Aber ehrlich gesagt, ohne solchen kleinen Tricks werden diese Dinge allzu schnell eintönig.«

Später sagte er noch, sie solle sich keine Sorgen machen, und heiter erwiderte sie: »Aber ich mache mir nicht die geringsten Sorgen. In ein paar Monaten öden wir einander tödlich an.«

Diese österliche Ankunft ist in Elizabeths Repertoire sentimentaler Bilder eingegangen, doch im Gegensatz zu Episoden mit anderen Männern tritt sie ihr nicht während der Arbeit ablenkend vor Augen, und nicht einmal sehr oft, wenn sie nicht arbeitet. Wegen Edo war sie noch nie besorgt, aber sie möchte ihn oft sehen. Obwohl er niemals ruhig ist, beruhigt er sie. Wenn er sie zu sich ruft und sie den nun vertrauten Flug hinauf nach Aberdeen nimmt, spürt sie mit jeder Minute in der Luft mehr, wie ihr Leben sich vereinfacht. Es fühlt sich an, als glitten ihr die Kleider vom Körper.

Daran denkt sie an diesem Morgen, an dem sie mit unter der Decke angezogenen Knien im Sonnenschein sitzt, und sie ergreift Besitz – eine Gewohnheit von ihr – von einem Satz aus dem Buch, das sie gerade liest. »So vergehen die Tage«, liest sie halblaut, »und ich frage mich, ob man nicht vom Leben hypnotisiert ist wie ein Kind von einer Silberkugel, und ob das ein gelebtes Leben ist.«

3. JÄGER

In den letzten zehn Minuten haben Elizabeth, der alte Prinz und drei junge Männer um den Tisch gesessen und über Fürze geredet. Die jungen Männer sind Nestor und zwei seiner Cousins, die Elizabeth von Partys in Rom ein wenig kennt. Alle drei sind sie groß und dünn, haben deutsche Gesichter und wohlklingende italienische Doppelnamen; sie haben abgewetzte amerikanische Jeans und verblichene langärmlige Strickhemden an. Sie sind für ein paar Jagdtage hier, und im Eingangsflur stehen ihre Stiefel – prachtvolle, kastanienfarbene Schnürstiefel, handgenäht, gewienert und immer wieder gewienert, bis sie den bebenden Schimmer alter Möbel angenommen haben.

Die drei jungen Männer verehren Edo – seit ihrer Kindheit war dieser Onkel für sie der mondäne Wüstling an sich, und die Anekdotenwolke um sein Haupt war selbst für ihre Familie ungewöhnlich dicht. Sie sind auch sehr an Elizabeth interessiert; zwei von ihnen, weil sie so gut aussieht, und Nestor aus einer Mélange von pikierter Neugier und aufrichtiger Zuneigung. Sie vertraut sich ihm nicht mehr an, seit er sie an Ostern mutwillig seinem Onkel ausgeliefert hat. Er besitzt in der Via dei Coronari eine Eigentumswohnung neben derjenigen, die Elizabeth gemietet hat, und weiß, dass sie sehr viele Urlaubstage zu Trips nach Schottland genutzt hat; er nimmt an, dass der alte Geizhals das Geld für die Flugtickets ausspuckt und dass sie miteinander schlafen, aber er versteht nicht, was sie einander zu bieten haben, was sie miteinander zu tun haben. Sie ist keine Abenteurerin (in seinen Kreisen spricht man noch von Abenteurerinnen), und sichtlich ist sie nicht einmal verliebt. Elizabeths Nichtmarotte, wie er die Sache mittlerweile nennt, dient in Nestors frivolem Weltbild dazu, ihm zu bestätigen, dass Amerika ein undurchdringliches Rätsel darstellt.

Elizabeth sitzt unter ihnen wie eine Sphinx – das hat sie aus der Beobachtung eleganter Italienerinnen gelernt. Aber sie fühlt sich im Konflikt, zerrissen zwischen Generationen. Edo ist zunehmend erzürnt darüber, wie mühelos ihr frisches Gesicht sich unter die frischen Gesichter der jungen Männer einfügt. Durch ihre Anwesenheit wird die gesellige Gruppe überschäumend und instabil, und verquererweise haben sich sämtliche Männer verbündet; fast rührend durchschaubar versuchen sie, Elizabeth zu schockieren.

»Es handelt sich um ein kupfernes Gerät aus dem sechzehnten Jahrhundert, das als péteuse bezeichnet wird«, fährt Edo in einem höhnischen, belehrenden Ton fort. »Es besteht aus einer langen, biegsamen Metallröhre, die dazu benutzt wurde, im Schutz der herrschaftlichen Bettdecken die nächtlichen Flatulenzen von der Öffnung zwischen den Hinterbacken in ein Gefäß mit parfümiertem Wasser zu leiten, in dem Rosenblätter schwammen. Ich besitze drei davon – eines in Paris und die beiden anderen in Turin. Ich bewahre sie bei den Keuschheitsgürteln auf.«

Alle knabbern und suckeln an den winzigen Knochen am Spieß

gegrillter Lerchen, welche die Gäste in einem adrett in Alufolie gehüllten Päckchen direkt aus Italien mitgebracht haben, da Singvögel abzuschießen in Großbritannien verboten ist. Sie verspeisen die Lerchen mit gerösteten Polentastreifen, ebenfalls importiert. Elizabeth kann kleine Vögel nicht ausstehen, ist aber an diesem Abend entschlossen, auf der weiblichen Position zu beharren; sie zieht die Grenze bei den winzigen verdrehten Köpfchen, die sie an Holocaust und Dantes Höllen gemahnen. Wildbret, geht ihr durch den Kopf, ist reich an denjenigen Aminosäuren, die Gicht und aggressives Verhalten fördern.

»Der schlimmste Fall von Flatulenz, von dem ich weiß«, sagt Edo, »war derjenige der Gräfin Pentz, einer Hofdame meiner Mutter. Sie war eine reizende Frau mit hübschen großen Brüsten, aber sie war klein und hässlich und furzte unentwegt. Es war lustig anzusehen, wie bei Empfängen jeder so tat, als nähme er es nicht wahr. Ich glaube, sie trug dicke, wattierte Unterhosen, die das Geräusch so dämpften, dass es nur noch wie fernes Donnergrollen klang.«

Nun kommen sie auf Hitler und Blähsucht zu sprechen. Der eine von Nestors Cousins, Giangaleazzo, wirft Elizabeth rasch einen fragenden, vielleicht um Entschuldigung bittenden Blick zu; es ist ein liebenswerter Blick. Edo sieht ihn, und seine Miene verfinstert sich. Elizabeth nützt die Gelegenheit, etwas zu dem Gespräch beizutragen, indem sie – sie merkt sofort, dass dies ein Fehler ist – Chaucer erwähnt. Verständnislose Blicke von den Männern, obwohl nur Edo wirklich ungebildet ist. Edo sagt: »Die Mittelschicht bringt ständig literarische Zitate an. Das gibt ihr ein sicheres Gefühl.«

Elizabeth hat lang genug in Rom gelebt, um kaltblütig mit einem Widerhaken von Bemerkung kontern zu können, wie ihn die Männer von einer Amerikanerin nicht erwarten. Sie weiß, das Edos Äußerung die jungen Männer nicht einmal überrascht, denn anscheinend entspricht es in dieser Familie der Tradition, übereinander herzufallen wie in einem Rudel von Wolfsjungen. Sie schaut jedoch zu der Reihe von Restaurantmessern und -beilen hinüber, die in einem Holzblock hinten auf der langen, geölten Arbeitsfläche der Küche stecken, und stellt sich die Berge von Vögeln in der Gefriertruhe vor – kleine, verkrümmte Leiber, deren Farbe an Zypressenrinde gemahnt. Und sie beschließt, dass sie Edo am liebsten nicht einfach umbringen, sondern ihn flink und mit chirurgischem Geschick ausweiden würde, wie sie es ihn so viele Male mit einem Moorhuhn hat tun sehen.

Als sie die Lerchen verspeist haben und die jungen Männer in Kit-Kat-Riegel beißen und Whiskey dazu trinken, sorgen sie für eine richtig brüderliche Atmosphäre, indem sie ein *canzone goliarda* anstimmen, ein zotiges Studentenlied. Dasjenige, für das sie sich entscheiden, hat fast zwanzig Strophen und handelt von einem Mönch, der Frauen an einem stürmischen Abend die Beichte abnimmt und ihnen allerlei obszöne Bußen auferlegt:

Con questa pioggia, questo vento,
Chi è chi bussa a mio convento?

Zwischen den Strophen sieht Edo sie ohne Reue an. Er denkt: Sie ist zäh, sie steht es durch – eines seiner größten Komplimente. »Du siehst wie ein wildes Tier aus, wenn du wütend wirst«, sagt er zu ihr, und sie hasst sich dafür, dass ihr Herz einen Hüpfer tut. Kurz vor Mitternacht liegt sie im Bett und fragt sich, ob er wohl zu ihr herunterkommen wird. Sie wird nicht zu ihm gehen; sie will, dass er in ihr Zimmer kommt, damit sie ihn schlecht behandeln kann. Mit Rachegelüsten liegt sie da, zwingt sich, passiv zu bleiben und malt sich aus, sie sei ein viktorianisches Dienstmädchen, das darauf wartet, dass der Herr des Hauses wie Zeus zu ihr herabsteigt; in jedem Augenblick kann sich der Türknauf drehen. Doch er kommt nicht, und bei brennender Lampe schläft sie ein. Beim Frühstück am nächsten Morgen begrüßt er sie überaus zärtlich und erzählt ihr, dass er, bis es hell wurde, mit Nestor aufgeblieben ist und sie die Fischgrundrechte auf einem Gut der Familie in Spanien erörtert haben.

4. HALLOWEEN

Tief gebeugt schleichen Edo und Elizabeth durch einen Hain von spirrigen Lärchen und Blaubeerbüschen auf den Teich zu, an dem die Wildgänse für die Nacht Rast machen. Es ist nach vier an einem kalten, klaren Nachmittag; die Sonne steht bereits hinter den Hügeln, und ein konzentrierter Geruch nach moderndem Laub und feuchter Erde steigt betörend unter ihren Schritten auf – die Quintessenz von Herbst. Edo geht Elizabeth lautlos voraus, ohne je auf einen Zweig zu treten. Den weißen Kopf hat er tief in den Kragen seiner grünen Jacke gezogen, sein Körper ist so entspannt und rege, wie er ihn sich in fünfzig Jahren der Pirsch in Jugoslawien, Tansania, Persien erhalten hat.

Noch bevor sie den Teich auch nur sahen – als sie noch im Landrover saßen, behäbige Hertfordshire-Kühe scheuchten, und dann zu Fuß, als sie umständlich ein Gatter öffneten, das der Pächter unordentlich mit einer Wäscheleine und einem Stück von einem eisernen Bettgestell gesichert hatte –, schwirrte die Luft schon von den Rufen und Flügelschlägen der Gänse. Das Geräusch schuf um sie beide ein lebendiges Kraftfeld, als hasteten unsichtbare Geister im Wind vorüber. Jetzt, vom Rand des Wäldchens aus, erspähen Edo und Elizabeth zweihundert, dreihundert Gänse, so dicht geschart und laut wie Badende an einem stadtnahen Strand: Sie putzen sich, erfüllen gesellschaftliche Pflichten, einige zupfen an Riedgras im Wasser des trüben kleinen Teichs, andere treffen in sich auflösenden Formationen ein, rufen, kreisen, landen. Auf den großen Zügen im Herbst und Frühling machen manchmal mehr als zweitausend von ihnen an Edos Teich Halt.

Er hat sie selbst hierher geholt, indem er mit seinem enzyklopädischen Wissen über Wasservögel eine Landschaft geschaffen hat, von der er wusste, dass sie ihnen behagen würde. Den unscheinbaren, mit Gestrüpp bewachsenen Landstrich hat er unter topographischen Gesichtspunkten und nach den Migrationsmustern ausgewählt, den zugewucherten Teich so vergrößert, dass er exakt dem inneren Bild von der Gestalt und Lage entsprach, die zusammenwirken müssen, damit die schönen beflügelten Nomaden, Paar für Paar, wie durch Zauberei aus dem Himmel gelockt werden. Nach drei Jahren sind die durchreisende Gänse im Landkreis zu einer Kuriosität geworden. Umliegende Kleinpächter haben wiederholt Klage erhoben. Edo jagt die Gänse nicht; er beobachtet sie. Diese Leidenschaft für die edleren Jagdvögel ist die reinste und dauerhafteste, die in seinem Leben von ihm Besitz ergriffen hat; sie war genauso stark, als er früher über Stunden auf der Lauer lag, um sie zu töten. Nun hat er vom Schießen genug, doch die Leidenschaft ist ihm geblieben.

Er packt Elizabeth am Arm und deutet auf ein Wildgänsepaar in der geschwätzigen Gesellschaft auf dem Wasser. Seine Hand auf ihrem Arm ist wie aus Stein. Die Wildgänse beobachten zu gehen, ist für Elizabeth ein Vergnügen, und dennoch hat Edos starres Interesse daran etwas Sprödes und Altjüngferliches, findet sie. Während sie neben ihm kauert, überkommt sie ein schales Gefühl – ob von Hoffnungslosigkeit oder von Eifersucht, das weiß sie nicht genau. Sie blickt um sich und denkt an Edos ehemalige Geliebte, die manchmal anrufen oder zu Besuch kommen – Europäerinnen ungefähr seines Alters, die sich anscheinend eine entsetzliche erotische Wahrheit zu eigen gemacht haben und dies durch kehliges Lachen und die übermenschliche Balance zum Ausdruck bringen, mit der sie rauchen und ihre noch immer schönen Beine übereinander schlagen. Sie betrachten Edo als ihr Eigentum und geben Elizabeth das Gefühl, so verwundbar zu sein wie ein Kind, das man aus seinem Zimmer holt und Unbekannten vorführt. Und doch sind diese Frauen, das weiß sie, nicht der eigentliche Grund dafür, dass ihr so kalt ums Herz ist.

»Es würde dich nicht interessieren zu heiraten, oder?« Ganz unerwartet sagt er das, als sie wieder beim Landrover angekommen sind – auf Französisch, für ihn die Sprache für Probleme, rationale Fragen und für Entscheidungen. Er hört seine Panik heraus und wendet gereizt den Blick von Elizabeth ab. Sie kennen sich seit sechs Monaten.

»Nein«, erwidert Elizabeth. Dass ihr das einfältige Wort so prompt entschlüpft ist wie beim Gedichtaufsagen in irgendeiner Schulveranstaltung, geniert sie, aber sie hat es sich nicht zurechtgelegt. Überhaupt nichts hat sie sich zurechtgelegt. Sie holpern über Stoppelfelder, und im Westen, wo das Abendlicht stärker ist, leuchten ein paar grüne Flecke seltsam intensiv inmitten all der herbstlichen Brauntöne auf: Gerstenfelder, die in diesem Monat bestellt wurden, um im Januar oder Februar abgeerntet zu werden. Am Horizont strahlt unter einer kleinen grauen, gezackten Wolke ein heller Planet gleichmütig auf sie herab. Ohne ein weiteres Wort stellt Edo den Motor ab, greift herüber, zieht den Reißverschluss ihrer Jacke herunter und knöpft ihr die Bluse auf. Mit den gleichen entrückten, beherrschten Bewegungen, mit denen er sich den Gänsen genähert hat, neigt er den Kopf und küsst ihre Brüste. Dann richtet er sich auf und sieht sie an, und da geschieht etwas Sonderbares: Beide begreifen sie, dass sie sich Lust erschlichen haben. Für eine Sekunde stehen sie einander in einem gläsernen Korridor gegenüber; sie erkennen alles. Es ist ein kleines Wunder und schon vorbei, bevor ihnen noch klar wird, dass es das Äußerste war, was sie gemeinsam je erfahren werden. Sofort danach bleibt nur noch die Empfindung, dass eben ein lichter Moment vorübergehuscht ist und dass sie sich beide taumelnd einer unbestimmbaren Gefahr nähern. Als Elizabeth ihre Bluse zuknöpft und Edo den Motor anlässt, sind sie beide bereits dabei, sich mit kleinen, routinierten Bewegungen auf den Rückzug und die Leugnung des Geschehenen vorzubereiten. Im Dämmerlicht biegt der Jeep auf die Landstraße ein, und keinem von ihnen fällt ein Wort ein, das noch zu sagen wäre.

Als sie zehn Minuten später am Haus vorfahren, begrüßt sie ein Schwall von Wind und Hundegebell. Laubderwische drehen sich auf dem Kies neben dem gemieteten Suzuki, mit dem Nestor und seine Cousins an diesem Tag zur Jagd in die Gegend von Guthrie gefahren sind. Elizabeth und Edo starren beide überrascht auf die Küchenfenster, die ein ungewöhnlicher Lichtschein erfüllt. Es sieht aus, als stünde etwas in Brand, und für eine Sekunde wittert Edo eine Katastrophe – eine Schändung, nicht seines Hauses, nicht etwas so Reales, sondern die Fata Morgana einer brennenden Stadt, ein Symbol, aus einem Traum in die Wirklichkeit geraten.

»Was haben sie bloß angestellt, die jungen Esel?«, sagt er und steigt eilig aus dem Jeep. Elizabeth jedoch erfasst, was Nestor und seine Cousins getan haben, und, merkwürdig erleichtert, kichert sie los. Sie haben grässliche Gesichter in vier Kürbisse geschnitten, Kerzen hineingetan und die Kürbisse in einer Reihe auf die Fensterbretter gestellt. Sie deutet dies als eine Botschaft an sie, denn am Tag zuvor hatten sie und Giangaleazzo, der auf dem Brown College gewesen war, sich über Halloween in Neuengland unterhalten. »Wir haben Halloween«, sagt sie nun in einer etwas zu hohen Stimmlage. Auf einmal fühlt sie sich trotzig solidarisch mit der Horde junger Männer, die in der Küche Guinness trinken und wie hungrige Golden Retriever an Töpfen schnüffeln.

»Diese Esel«, sagt Edo noch einmal; einen Scherz, den er sich nicht selbst ausgedacht hat, betrachtet er im besten Falle als grobe Anmaßung. In der Stimmung, in der er sich nun befindet, werden in ihm abergläubische Tendenzen wach, und er kann die Katastrophe, die ihm zunächst vor Augen gestanden hat, nicht abschütteln. Er rennt ins Haus und ruft Elizabeth zu, sie solle ihm folgen.

Stattdessen lässt sie die Haustür zuschlagen und verweilt noch ein wenig draußen, betrachtet die leuchtenden Kürbisgesichter und nimmt bewusst den kalten Wind wahr, der ihr das Haar von der Stirn zurückbläst. Sie zwingt sich, nicht über Edo nachzudenken. Dafür denkt sie an ein Halloween in Dover zurück, als sie acht oder neun gewesen war und noch lange, nachdem ihre Brüder und alle anderen hineingegangen waren, auf der Schwelle ihres Hauses gestanden hatte. Die beiden großen Ulmen hatten sich über den Mond gebeugt, der Kürbisfratze im Wohnzimmerfenster hing ein dicker Sabberfaden aus Wachs vom grinsenden Mund, und Elizabeth musste dringend pinkeln; aber sie war weiter dort stehen geblieben, eine kalte Hand zwischen die Beine gepresst, wo sich das schwarze Mull ihres Hexenkostüms bauschte, und hatte ihre volle Blase gespürt. Aufgeregt stand sie da, voller Angst vor der kleinen, dunklen Welt, die sie um sich her geschaffen hatte, einfach indem sie den Harndrang unterdrückte. Für sie ist dies eine erotische Erinnerung, für die sie sich immer irgendwie geschämt hat, aber in diesem Moment kommt sie ihr seltsam passend vor, als etwas Lustvolles, das sie genossen hat, ohne zu ahnen, was es war.

Edo macht die Küchentür auf und ruft nach ihr, und sie geht über den Kies auf ihn zu. Bevor er sie noch deutlich sehen kann, kommt es ihm einen Moment lang so vor, als bewege sie sich anders, als könnte sich auf ihrem Gesicht etwas abzeichnen, das alles verändern wird. Einmal, vor dreißig Jahren in Persien, haben er und sein

Bruder Prospero eine Staubkugel über die Wüste auf sich zurollen sehen, eine Staubkugel, die vor ihnen anhielt und sich als Rolls-Royce entpuppte, mit einer Karosserie, die, obwohl das doch völlig unmöglich war, aus Korbgeflecht bestand, und darin saßen lachend zwei junge persische Adlige, Freunde von ihnen, mit Falken auf dem Arm. Edo, sein Bruder und die Gewehrträger hatten entgeistert dagestanden wie angesichts einer Erscheinung, die Djinns herbeigezaubert hatten. Er spürt, dass Elizabeth im Herankommen ebenso alle seine Sinne lähmt, wie er es an jenem Nachmittag in der Wüste erlebt hat. Als sie jedoch näher kommt, legt sich gleichsam der Staub und das schwankende Bild, das ihm – auf der Schwelle seines letzten, seines liebsten Hauses, in dieser kalten Oktobernacht – vor Augen steht, normalisiert sich wieder. Er denkt an die unausgesprochene Abmachung, an die sie sich so prachtvoll gehalten hat für eine Frau ihres Alters, für irgendeine Frau, und sagt sich: Nun gut. Er hat zu lange die Natur studiert, um gegen das Unumgängliche aufzubegehren. Warum pocht dann aber dieses eine Wort in ihm, erst wie ein Appell, dann wie ein Urteilsspruch: »Niemals, niemals, niemals«? Nun, dann eben niemals.

Hinter ihm erschallt Gelächter. Um ihn herbeizurufen, haben seine Neffen das wüste Studentenlied von jenem Abend vor ein paar Tagen angestimmt. Als Elizabeth bei ihm anlangt, schaut er sie nicht mehr an, sondern nimmt sie fest am Arm, zieht sie hinein und schließt die Tür.

Inhalt

Inhalt

Danksagung

Für Inspiration und moralische Unterstützung danke ich Amanda Urban, Lee Boudreaux, Courtney Hodell, Dan Menaker, Alice Quinn, Bill Buford, Hilton Als, Helen Garner, Elinor Schiele, Catherine Lencíone, Susie Ropolo, Laura Anderson, Sherry Davis, Sarah Parsons, Kit Parsons, Michael Chisholm, Nancy Wilson und vielen anderen von der Baldwin School, Mabel Rooks Taylor, Lucy Rooks Hall, Mabel Lee Revaleon und den übrigen aus dem Lee-Jacob-Bartolomeo-Taylor-Clan.

Literatur bei DuMont

CHRISTINA CHIU

SCHWARZE SCHAFE UND ANDERE HEILIGE

304 Seiten, gebunden, 2002

Aus dem Rahmen fallen sie alle – die schillernden Figuren in Christina Chius Geschichten sind allesamt schwarze Schafe: selbstmordgefährdet oder schwul, magersüchtig oder kriminell, überangepasst an den Ehrenkodex ihrer Familienclans oder lustvoll ausbrechend.
Von einer Geschichte zur nächsten umspielen sich diese berührenden Storys und entwerfen ein Netz aus Schicksalen – von Suchenden, Süchtigen, Verlierern und Verrätern. Wer verletzt wen, wenn Eltern und Großeltern aus der chinesischen Einwanderergeneration die alten Traditionen hochhalten, während ihre Kinder längst ihre eigenen Wege gehen – in die Vielfalt westlicher Lebensweisen? Die Helden dieser Shortcuts sind auf vertraute Art verloren. An den Entscheidungspunkten ihrer zerrissenen Lebensentwürfe entdeckt Christina Chiu tragikomische Momente von Wahrheit.

»Melancholische, haarscharf beobachtete Kurzgeschichten.«

Der Spiegel